各界給本書的讚譽

研究投資理財，學習財富累積之道，也學習財富之上的更高價值。

——綠角，「綠角財經筆記」部落格格主、財經暢銷作家

如果你也想擁有足夠多的財富，本書作者實際採訪有錢人的故事，與整理歸納出的心法可成為借鏡。

——艾爾文，富朋友理財筆記站長、財經暢銷作家

《原來有錢人都這麼做》的含意是……幾乎有穩定工作的人都有機會累積一筆小財富。

——《富比士》（Forbes）

本書內容比任何國家政策更有助於個人財務層面的提升……《原來有錢人都這麼做》有個非常真實的主題……「你看，我做得到，你一定也可以！」

——羅許・林保（Rush Limbaugh）

一本了不起的好書。

——《華盛頓郵報》（The Washington Post）

對想變有錢的人而言，說到心坎裡了。

——《今日美國》（USA Today）

渴望透過節儉致富者的入門指南。

——《波士頓環球報》（The Boston Globe）

一個有趣的社會學研究。

——《商業周刊》（Business Week）

對美國社會的有錢人做了一個十分有趣的檢視。

——《快訊報》（The Dispatch）

這些睿智的建議，是給我們所有人的忠告……一本讀起來相當有趣的書。

——《考克斯新聞社》（Cox News Service）

揭露奢華揮霍就代表有錢人的假象。

——《美國新聞和世界報告》（U.S. News and World Report）

很喜歡這本書，內容提到「美國多數有錢人的財富靠繼承而來」根本是個迷思。事實上，過去二百多年，我們創造了一個這麼偉大的國家。我們已找到方法讓窮人也能白手起家並坐擁財富，為

他們的子孫創造一個扭轉人生的機會。我們讚揚它，把它拍成電影，圖書館裡到處都是這樣的書。這沒什麼不對。

——伯尼·桑德斯（Bernie Sanders）

作者以大數據展現這些有錢人共同、出人意料的節儉個性。一家企管顧問公司董事總經理這麼説：「主要的課題就是高收入並不等於財富多。」他把本書列為「非讀不可，而且越早讀越好」。

——《芝加哥論壇報》（Chicago Tribune）

原來有錢人都這麼做

效法有錢人的理財術，學習富人的致富之道

The Millionaire Next Door

湯瑪斯　史丹利（Thomas J. Stanley）

威廉　丹柯（William D. Danko）　合著

凌　瑋◎譯

久石文化事業有限公司　發行

國家圖書館出版品預行編目資料

原來有錢人都這麼做／
湯瑪斯·史丹利 (Thomas J. Stanley)/威廉·丹柯 (William D. Danko) 著；凌瑋 譯. --
初版--
臺北市：久石文化，2017. 3〔民106〕
　面；公分. --(Learning；038)
譯自：The Millionaire Next Door: The Surprising Secrets of America's Wealthy
　ISBN　978-986-93764-1-9 (平裝)

　1.理財　2.財富　3.成功法
　563　　　　　　　　　105023596

Learning 038

原來有錢人都這麼做

作　者／湯瑪斯·史丹利 (Thomas J. Stanley)
　　　　威廉·丹柯 (William D. Danko)
譯　者／凌　瑋
發行人／陳文龍
總編輯／黃明偉
特約編輯／劉小英
特約校對／王靜怡
出版者／久石文化事業有限公司
地　址／台北市南京東路一段二十五號十樓之四
電　話／(02)2537-2498　傳　真／(02)2537-4409
網　站／http://www.longstone.com.tw
E-mail／reader@longstone.com.tw
郵撥帳號／19916227　戶　名／久石文化事業有限公司
總經銷／創智文化有限公司
電　話／(02) 2268-3489　傳　真／(02)2269-6560
出版日期／2017年3月　初版一刷

定價380元　　　　　　　　　　　　ISBN 978-986-93764-1-9

有著作權，侵害必究　　　本書如有缺頁、破損、裝訂錯誤，請寄回本公司更換

CONTENTS

目　錄

推薦序一：研究投資理財，學習如何累積財富

本書作者湯瑪斯・史丹利（Thomas J. Stanley）和威廉・丹柯（William D. Danko）在本書討論了一個主題——美國的百萬富翁是怎樣的人？他們有哪些共同特點？將相關資料整理起來，或許可以進一步回答，「如何成為有錢人？」這個問題。

會花錢不等於有錢

本書的內容是根據作者在過去二十年所做的研究與統計，源自跟超過500位百萬富翁的面談，以及與11,000名高所得或高資產人士所做的問卷調查。

作者定義「富人」是擁有超過100萬美金淨資產的人。在美國，一億個家庭（Households）中只有3.5%，也就是350萬個家庭有達到這個標準。這些百萬富翁中的九成五，持有100萬到1000萬美金不等的淨資產。

他們之中有八成是第一代富人；也就是說，他們的財產大多不是繼承而來，而是靠自己的努力，在自己這一代成為有錢人。

書中第一章談到，有錢人跟你想像中很不一樣，他們大多不會

開進口車，不會穿高級西裝。他們看起來就像一般人，住在一般的社區（僅管他們的淨資產是鄰居的好幾倍）。

　　書中舉了一個很有趣的對比。一家信託公司的經理是作者研究富人目標客群。這個經理穿高級西裝，開進口車；反觀他們面談的富翁，則是穿舊西裝、牛仔褲，開國產車。

　　假如你問一般人，誰看起來像有錢人？

　　大多人會選經理。

　　但其實，有錢人是那些其貌不揚的人。

　　這是社會的一個通病，我們沒有搞清楚有錢和很會花錢的差別。

　　我們以為擁有很多值錢的東西，就是有錢的象徵。

　　作者初期也犯過這個錯誤。他們剛開始要研究有錢人時，前往高級社區調查。結果卻發現，很多住在廣廈豪宅，開好車的人，其實口袋裡根本沒什麼錢，沒有多少淨資產。他們把錢花在消耗性產品上，卻未持有什麼具增值潛能的資產，譬如股票、債券、私人企業、油田或林業產權。

　　這個現象跟媒體渲染的富豪形象有關。我們三不五時就會看到某個有錢人（企業大亨、體育明星，或是知名藝人）一擲千金，買下高昂物件的報導。

　　我們心中留下一個印象「有錢人都很會花錢」。然後再進一步把邏輯顛倒過來，就變成「很會花錢的就是有錢人」。

媒體報導的是容易吸引人的內容，而不是整體真相。

想想看，假如報紙或是電視報導一個富翁的節儉生活，那會有什麼賣點？

於是，這樣的看法成為對富人的第一個誤解。

但很多人的確活在這樣的迷思中。

有的有錢人似乎怕別人不知道他有錢，所以為了符合「社會期待」，花大錢去買一些高單價的物件。

現今房價高漲，擁有特定豪宅，剛好成為這些人試圖展示自己很有錢的途徑。

想來可悲，他們很可能一點也沒有自己的品味，也不知道自己到底想要怎樣的居所，只為了「符合大眾期待」便買了高單價的豪宅。有了錢，卻仍是不自由。

而對於這些人當中的某些人來說，有錢似乎是人生唯一且重要的目標。

有錢最重要，可以用任何途徑達成，包括從事內線交易、販賣黑心食品等等。出賣自己的人格、企業的品格在所不惜，只要變有錢就好。

想想這些人，假如把錢從他們身邊剝離，他們還會是誰？

你會發現，他們會變成誰都不是。這些人假如沒有錢的話，什麼都不是。

這些人以金錢為人生首要目標，不擇手段達成之後，深怕外界

不知，於是選擇全國知名豪宅為居所。結果這個地方的住戶，接連「出事」。這是巧合，還是事出有因？

而有些人，他就算沒錢，他仍然是Somebody，一個令社會大眾敬重、佩服的人。

譬如指數化投資教父柏格先生，就是這樣的人物。對於這個人，金錢根本不是衡量他成就的標準。不管有錢沒錢，他都是個偉大人物。

這，才是人生的真正成就。以自己的工作與生命，為社會、為他所服務的族群帶來價值。

在這個真正成就之前，所有進口汽車、豪華房屋的廣告，宣稱擁有這些東西就有「領袖風範」，就是「至尊王者」的畫面，都變得膚淺而可笑。

金錢本是獎勵一個人做好工作的獎品。做得好，同時收入不錯，變有錢人，那是天經地義。

但假如倒行逆施，為了金錢做出傷害社會，罔顧他人之事，這個人就是除了錢之外，什麼都不是的人。東窗事發之後，更會成為被社會唾棄的人。

做得好，而得財富，人生快樂。

為了財富，賤招出盡，沒有人格，那就真的成為金錢的奴隸了。

令人佩服的富人

對一個年收入300萬的人來說，擁有200萬的淨資產其實不算什麼。但對於一個年收入40萬的人而言，200萬的資產已是個小成就。

不同的收入層級，所能達到的資產層級自然不同。如何估算自己在所屬的層級中，是否有存到該累積下來的資產呢？

作者在書中提出一個簡單的估算法。

算式是：年齡×稅前總收入／10

譬如40歲，年收入80萬的人，他至少應該有40×80/10=320萬的資產。

假如是一個很會存錢的人，其累積的資產至少該是預期資產的兩倍以上。延續上面的例子，他至少要有640萬的資產。書中把這類人稱作超優理財族（prodigious accumulator of wealth, PAW）。

假如資產不到預期的一半，延用上述的例子，就是資產連160萬都不到，那他就是個很不會存錢的人。這些人是超遜理財族（under accumulator of wealth, UAW）。

依據這個算式，可以讓讀者很快的評估自己落在什麼層級。

在接下來的討論中，作者以實例說明財富是怎麼累積出來的。重點是，高收入不一定可以累積出高額財富。假如過著過度消費的生活，弄到入不敷出都有可能。中低收入者的財富也不一定會輸給收入較高者，假如他們很會存錢，那也可以累積可觀財富。

　　真正有效的財富累積，來自於「攻守兼具」的方法。攻，指的是擴大收入；守，指的是控制支出，也就是存錢。在這方面，很多美國富有家庭採分工的方式，由先生主攻，負責帶來家庭的主要收入；太太主守，詳細規劃與控制家庭支出。兩者搭配起來，有相當好的成效。

　　真正存很多錢的家庭，常是夫妻兩人都很願意存錢的人。只要其中有一人很會花錢，在財富累積上就會比較辛苦。

　　攻守兼具是家庭理財很重要的概念。有些人講理財，僅一直講如何存錢，完全把重點放在這上面。其實再怎麼會存都有上限，上限就是收入總額。要攻，拉高收入，才能增進財富累積的速度。這點，在《膽小存錢，不如勇敢賺錢》書中，作者也有提到。

　　總結來說，這本書戳破了「會花錢就是有錢」的假象，讓讀者看清，其實大多數富翁之所以「有錢」，正是因為他沒「花錢」，沒把錢送出去。

　　這本書也讓非美國裔的讀者看到，美國當地與「印象中」不同的富有階層。

　　很多外國人看美國，都覺得這是一個過度消費、鋪張的國家。它有這個問題沒錯，但仍有不少美國人有著勤奮、儉樸的個性，他們生性低調，媒體上看不到，但不代表他們不存在。

　　巴菲特先生本身就有這種性格，他富有，但生活非常節約。指數化投資教父柏格先生也是，過著質樸的生活。雖貴為資產管理公

司總裁，當初出差至紐約，仍不惜顏面跟旅館櫃檯討價還價，要便宜的房間住；舊衣一穿再穿，搞到小孩看不下去幫忙買新衣。但在慈善或公益方面，這兩人都貢獻了大筆資產。

他們都是美國這類富人的典型。錢可以存就存下來，從不花在過度的物質享受上；但在做慈善或是回饋母校方面，則是一擲千金，毫不手軟。

這是真正令人欽佩的富人，因為他們表現出身而為人所能達到的更高價值，一個克制、奉獻、服務的精神。

研究投資理財，學習財富累積之道，也學習財富之上的更高價值。

綠角，「綠角財經筆記」部落格格主、財經作家

推薦序二：再簡單不過了！富有之道沒想像中複雜

　　《原來有錢人都這麼做》（The Millionaire Next Door）一書透過實際採訪美國擁有百萬美元淨資產的人，了解他們成為百萬美元富翁的過程，以及運用什麼方法維持住財富。如果你也想擁有足夠多的財富，本書作者實際採訪有錢人的故事，與整理歸納出的心法可成為借鏡。

　　在介紹本書前，大家不妨先來思考這個問題：如果今天要你去找出一群千萬台幣以上身價的人來採訪，你覺得去哪裡比較容易找到？一般直覺會想到去雙B轎車展場取得客戶名單、去入會門檻高的高爾夫球俱樂部認識人、去高級住宅區發名單徵求受訪對象，除此之外你可以再思考看看有沒有其他答案。

　　有想到要去哪裡找到身價高的人了嗎？

　　答案確定了嗎？要不要再想想看？

　　如果你的答案跟上面方法相似，認為到那些地方就可以找到符合的對象，那麼你看完本書後，應該會發現有錢人真的跟很多人想的不一樣！

　　聽起來心中充滿問號，是吧。

　　如同我在開頭所言，本書作者實際採訪淨資產擁有100萬美元以

上的人，並以統計過的數據來告訴讀者，這些旁人眼裡的富翁是如何取得財務上的成就，日常過的生活又是如何，所擁有的資產是透過投資還是透過繼承遺產。

強調一下，這些受訪對象必須是在扣除所有債務後，資產仍然超過100萬美元的人。前述會一直強調用「淨」資產而不是看年收入，是因為作者發現，就算收入很高的人也不見得擁有相對高的淨資產；有些人可能年收入是20萬美元，但淨資產卻不到10萬美元；有些人年收入則是7萬美元，淨資產卻來到200萬美元。到底為什麼會有這樣的差異？這本書就是在討論多數人沒注意到的觀點，並揭露這些人會致富的真正原因。讀完後會發現這些人的經驗並不複雜，大眾都可以效法，很多都值得我們學習。

以全書架構來說，我會將此書分成三個部分來看：

第一部分：真正的有錢人到底是過什麼樣的生活？看完會讓許多人大吃一驚。

第二部分：如何達成那樣的財富？

第三部分：如何守住財富並讓財富持續成長？

首先，要告訴大家一件聽起來正面的事情：經作者調查，80%的百萬富翁是有錢的第一代。

什麼意思呢？就是他們並不是透過繼承遺產或傳承家族事業而

變富有，80%的人是靠自己發跡，多數人擁有的事業也是自己所創辦，然後慢慢累積出財富。所以，如果你跟我一樣不是含著金湯匙出生，我們仍然有機會在自己這一代致富。

只是說實在，這好像跟平常在電視或媒體上接收到的資訊有些差別，電視節目報導有錢人的生活通常都很奢華，不時還出現難以理解的花邊新聞：撞壞法拉利不是在乎修車費而是在乎不可以露臉；經常參加VIP時尚派對；一出手就買了幾百萬的商品等。

不可否認，電視節目上形容的富人都是偏向這些報導，因為不報這些根本沒有人會有興趣看！想像一下，如果電視報導出來的內容，畫面中出現的是一個穿著輕便樸素衣服的人，然後生活中省吃儉用慢慢存錢，出入開的是二手的國產車……想像一下這樣的報導能夠吸引多少人？因為題材性不夠，媒體自然不會想報導。然而若依照本書作者調查，在真正有錢的族群中，有很高比例都是過著電視根本不會想報導的平淡生活。

雖然還是有過著極度奢華的人，但根據作者的調查多數的百萬富翁通常生活都過得很簡單，買的東西也不昂貴甚至比大部分人購買的東西還便宜。吃的也是普通食物。出入開的也不是進口名車而是普通汽車，有的人還只願意買二手車。像作者起初邀請有錢人受訪時，為了讓這些有錢人感受被尊重，所以特地在精華區租下豪華的招待室，並且準備高級紅酒、牛肉、點心招待，就是為了讓有錢人覺得「符合他們的身分」。結果，沒想到受訪時那些人幾乎沒

吃準備好的高級食物，只願意吃些簡單、便宜的小餅乾，而且還因座位「太高級」顯得坐立難安。作者有了這段經驗後，之後的採訪就改為簡單、樸實的規格，沒想到整體採訪效率出奇的好。那時作者才知道，原來有錢人不一定都過著大眾所想像的生活，正確來說不是過著電視媒體所傳達給我們的訊息——奢侈、豪華、高調的生活。相反地，他們懂得節儉，知道量入為出，非常擅於管理金錢，並且積極地把錢存下來與學習投資知識。儘管他們的收入並非位於級距的最上端，但時間久了累積的淨資產卻是大部分人一輩子都難以賺到，也比許多其他年收入更高的人還富有。這些人懂得進攻（賺錢），更懂得防守（把錢留住）。

超優理財族 VS. 超遜理財族

作者還有個觀點值得學習，就是衡量自己過去是否有留住財富。本書中以「超優」跟「超遜」來辨別一個人是否在累積財富的道路上通往正確的方向。所謂的超優理財族，是指在收入、年齡相近的族群中屬於淨資產較高的一群，反之就是超遜理財族。經作者觀察，通常超優理財族的淨資產會比低度累積者多出3到4倍。

比如書中的「豪邁先生」（Mr. Friend）就是個明顯的例子。他是一個極端的高消費者，擁有兩艘船與六輛高級汽車，可是其實家中只有3個人在開車，況且那六輛車也不完全屬於他，有兩輛是用租

的，另外四輛是用車貸買的。他同時是兩個高級俱樂部的會員，手上戴的手錶價值超過5000美元，身上穿的都是在高檔服飾店購買，還擁有一套度假別墅。

以直覺來看，「豪邁先生」走在路上應該多數人都會覺得他是有錢人，若再告知他的年收入超過20萬美元，相信他有錢的人就更多了。然而，他到底擁有多少淨資產呢？作者透過一個統計的算法來衡量財富，在同樣收入水平的族群裡，一個人應該擁有多少淨資產才是合理：

應該擁有的淨資產＝你的年收入＊你的年齡／10

好比一個人的年齡是40歲，年收入是100萬元，那麼這個族群的淨資產平均值就是400萬元。而「豪邁先生」的年齡是48歲，年收入為22萬1000美元，經公式計算應該要擁有約106萬美元的淨資產。而他實際上有多少淨資產呢？不到該有淨值的四分之一。他不是百萬美元富翁，而且在同族群中是屬於超遜理財族。他表面上過著看似富裕的生活，但他不一定是真的有錢，至少以他所屬的族群來說並不是。雖然光看外表他的生活或許令人稱羨，但實際上他在所屬族群裡是相對財富不高的人。

然而「豪邁先生」也不是個完完全全只喜歡出手擺闊的人，比如他在付費尋找金融理財專家時，就是以價格便宜為優先。作者以

幽默的口吻形容他懂得如何花錢買到好的高價商品，卻在財務管理方面選到沒那麼專業的人。相較之下，作者發現多數真正有錢的人認為金融理財專家是一分錢一分貨。令人省思的是，Mr. Friend因為高額的貸款以及高消費的習性，所以整天必須忙於工作賺更多的錢來支付利息，根本沒時間去享用他購買的奢侈品。

如果你賺錢是為了花錢，那麼你因為要花更多的錢就需要賺更多的錢。

「豪邁先生」的故事裡還有個小插曲，那就是他的消費及投資習慣可能來自於原生家庭父母。他父母的金錢觀也是有多少花多少，而且不喜歡了解投資，認為投資都會吃掉自己的錢，倒不如把錢拿去花掉。他父母本身有抽煙習慣，作者計算如果他們把每年抽掉1,095盒的香煙錢省下來，46年來共省下33,190美元，比他們住的房子還貴！而且若把這些錢有計畫地投資香煙公司的股票，46年後股票將價值高達200萬美元，而且他們的身體還會更健康。

當然，這些都是事後諸葛，也不是把香煙錢省起來就肯定能換到那麼多的財富，但把賺來的錢做更好的運用對財富累積絕對有正面幫助，至於當下願不願意相信還是得看自己了。

了解原來有錢人表面看來並不像我們想像得那麼有錢時，我們接著再進一步思考，這些白手起家的「富一代」，是如何成為真正有錢人的？

成為有錢人的方法

經過訪談後，作者歸納出這些人致富的七大要素，調查對象中滿足有錢條件的人都符合或大致符合以下七點。在此建議，你也可以把它們當作確認清單，勾選看現在的你符合哪幾點。

1. 他們量入為出，通常生活支出遠小於收入。
2. 他們有效運用時間、精力與金錢，去做能幫助他們累積財富的事。
3. 他們相信獲得金錢上的自由，比把錢花在讓人知道自己有錢的表象還重要。
4. 他們的父母在他們成年時沒有提供金錢上的資助。
5. 他們的小孩成人後即擁有經濟上自主與獨立的能力，能夠自己養活自己。
6. 他們擅於抓住市場機會。
7. 他們懂得選擇適合自己的職業。

縱觀這些有錢人的主要特徵，說出來可能會讓大家覺得無趣，那就是：有錢人喜歡節儉不喜歡浪費！

說到這或許有人會想：「想成為有錢人就是想要享受生活，不是要節儉度日呀！」當然你可以有這樣的想法，只是或許也應該想

想書中有錢人到底做了哪些事才成為富裕的人。我常提醒，想做有錢人跟真的成為有錢人差別很大；過著想像中有錢人的生活與去過真正有錢人在過的生活，你覺得哪個比較有機會累積財富？

財富累積的首要基礎是把賺來的錢守下來，接著依靠良好的預算跟計畫讓財富持續成長。

善用有限資源，打造自己的財務自由系統

撥出你的時間、精力、金錢來管理你的錢，超優理財族願意花很多的時間來管理、投資自己的金錢；相反的超遜理財族通常會因為覺得太忙、沒時間而疏於管理自己的金錢。研究中更有些人因為以下的想法而不去管理自己的金錢：

「這樣做是沒有希望的。」
「我從來沒有時間管理我的金錢。」
「我賺的錢不夠多。」

「工作、事業已佔去我所有的時間，沒時間學理財。」
但是別忽略了，大多數累積財富的高手也一樣很忙，一樣每天只有24小時的時間，只是他們知道要透過一套系統來規劃他們的生活、工作、理財，每天、每週、每年就靠著建立好的系統，一步一

步累積出財富。還有個關鍵,這些人習慣一點一滴持續的計畫與執行,相較於偶爾心血來潮才寫份計畫(比如每年才一次的新年新希望),他們更懂得透過自己的系統每天持續實現心中的財務目標。

當你能把錢留住時,再思考如何賺更多的錢

如果前面說的你已經能做到後,思考賺更多的錢才有意義。當你擁有良好的金錢管理習慣後,將有機會不去依賴上班的薪資收入。擁有一定存款、財富的你,也可以開始創辦其他的事業。也許你認為創業風險太大,那麼書中一位商管教授說的話值得好好思考:

「風險是什麼?就是只有一種收入來源。受僱於他人有風險……他們只有一種收入來源。那麼,那些為你的雇主提供清潔服務的創業家呢?他有成千上百個客戶……成千上百個收入來源。」

就算你對創業沒興趣,上述這段「創造額外收入來源」的觀點仍值得好好思考。

這個心得總結一定要帶走

如果你是個跳過文章想直接看最後結論的人,以下是我建議讀

完書後一定要記起來的三個心得：

1. 永遠要量入為出。收入減去支出的差值愈大，你愈有能力管理好金錢。

2. 要為自己打造存錢與投資的系統，若可以，讓這些系統自動化。

3. 以上兩點愈早開始進行愈好。

我知道，聽起來有些廢話，但這就是貨真價實的致富之道。

艾爾文，富朋友理財筆記站長、財經暢銷作家

前　言：亙古不變的財富知識

《原來有錢人都這麼做》第一版在1996年10月發行。 這個議題顯然獲得廣大群眾的共鳴，1997年1月首度登上《紐約時報》暢銷書排行榜，連續上榜179週。最終，在全球以八種以上的語言熱銷超過3百萬本。

這本書大行其道，連帶促成相關題材書籍的熱賣，其中有許多是推廣個人理財知識與責任的工具書。本書更勝後來許多其他書籍，差別在於本書的深度研究。本書是立基於真實世界以大數據為基礎做出的結論，包括對14,000多名美國有錢人進行調查。確實，我父親過去二十年在這個領域的持續研究，確認了這個原始論點：藉由勤奮工作、細心、簡樸，與時間累積，一個家庭就算沒有數十萬或百萬薪資，一樣可以變得富裕。指導原則很簡單——量入為出，把餘額拿來投資，讓它與時俱增。這些研究的重要性也強調，某些人生抉擇，例如伴侶、職業、居住環境的選擇，都會影響一個人財富的累積 。這些論點背後有我父親的財務世界觀支持：找到你的熱情、勤奮工作、為將來儲蓄，最終可以跟你的親朋好友共享努力的果實。

我父親撰寫本書時心裡有特定的讀者群，他希望能對大學畢

業，追求一般人公認高薪的職業領域（業務、法律、醫藥、會計、管理階層），但被束縛於高調消費生活方式的某些人，起到暮鼓晨鐘的作用。他可以感受到這些人覺得自己陷入某種困境，卻苦於找不到原因。

他也想警告某些人，那些假裝有錢的人，這類人是經濟不獨立的啃老族。他寫這本書是為了某個女子，一個受過教育的上班族，準備要選擇未來的另一半。在逐漸了解對方家庭的過程中，她發現，她的白馬王子表面上是虛幻角色，有個讓他依賴的家庭作為後盾。

是否有人能夠依循書中闡述的原則變得有錢？一定可以。我父親一開始就很清楚打造財富有個必要條件，當一個人的收入無法負擔基本需求，儲蓄或投資可能是件艱難的事。對那些捉襟見肘等待每個月薪資入帳過日子的人更是如此。當薪資收入僅能勉強維持食宿，經濟上的獨立將變得十分困難，建立財富的障礙變得更高。因此，和擁有高於平均收入的人相比，他必須更努力與堅守紀律。然而，就像許多透過書信和電子郵件跟我們分享他們的故事的讀者一樣，這並非不可能。這些讀者向我們回報，與其依賴政府救濟或中樂透，不如靠自身能力來達成目標。

本書記錄的基本原則與剛出版時相比，更適用於今天；關於瓊斯一家人的消費，在2016年比1996年更容易理解。也因此，需要更嚴格的自律來避免陷入「別人有所以我也要有」的消費競賽。沒

必要觀察朋友或同事的高消費生活方式——你會在社群媒體即時目睹每個購買行為：新車、新家、私立學校、重新裝潢、度假、裝飾品、昂貴的禮物、送出去或收到的昂貴禮物被分享，上推特或臉書，讓全世界看到你的照片。同樣的研究顯示，我們花非常多時間和精力為錢操心；但很矛盾，我們花很少時間理財。美國心理學會（American Psychological Association）最近一份關於壓力的研究顯示，72%的美國人不時感受到金錢方面的壓力，超過四分之一（26%）的美國人絕大多數時間會為了錢而感到壓力很大。同時，根據美國勞動統計局（Bureau of Labor Statistics）報告，美國人花在家務的時間只有0.5%，個人理財也包括在這個類別中。這種壓力和行為之間的鴻溝，持續證明本書中所提倡的論點的重要性。

　　為本書20週年版撰寫前言這工作與殊榮，原屬我父親。這本書的第一版在1996年問世時，將個人理財提升成為主流，這是他畢生的職志。他非常期待這個週年版的發行，很高興知道他的研究到了今天仍然影響那些想審慎理財，並尋求指引的人們。

　　本書的成功和隨後對書中寓意的關注，使我那普通勞工階級背景的父親覺得特別感恩。他勤奮工作，靠自己完成大學和碩士學位，在教書的同時還創立一個成功的顧問業務。在研究當中，他與那些白手起家的人進行訪談，得知他們藉由勤奮與紀律，從一無所有到坐擁財富。他也曾和繼承財富又將它們揮霍一空的那些人有過諸多討論。這兩種人之間顯而易見的對比，成為他後來研究的重

點。

　　關於尋找和追求一個人在職業上的熱忱，我父親一直是堅定的擁護者。他從研究富人和小型企業家中了解，如果你能找到一個讓你熱情不墜的愛好，把它轉化成職業，就會像他一樣從來不覺得工作是工作。

　　2015年2月，因為某個酒駕造成的車禍意外，他的人生悲劇地戛然而止。隨之而來的媒體報導中，有些評論家藉此機會抨擊他的觀點，認為本書中的原則已經不再適用，並奚落本書的中心思想，認為時至2015，一個赤手空拳的人僅靠努力工作、紀律和精打細算，不可能締造財富。這個廣為散播的誤解，使得本書更彌足珍貴，更足以證明他的研究結論和心血，必須也將會持續到未來。二十年以前，關於有錢人，實際數據與老生常談互相牴觸；經驗證明，沒有贊助人或可觀的薪資收入，人們一樣能夠獲得經濟獨立，時至今日，數據仍然持續支持這個結論。如果父親還在世，他一樣會這麼告訴你。

莎拉・史丹利・法羅　博士

自序：有錢人有不一樣的想法

　　最近，有位記者問我在當前經濟危機下，我關注的美國富人人口產生的變化。她想知道，因為股票和房地產的市場價值翻黑，有錢人是否已經走到了盡頭。我說，就算經濟衰退，周遭的有錢人一樣好端端地過日子。自1980年起，我持續注意到，大多數有錢人並不會把所有的財富套牢在股票投資或房地產上。有錢人之所以成為經濟上的贏家，就是因為他們想的不一樣。好些有錢人分別告訴我，控制自己的投資與真正的多角化之間有重要的關係；沒有人能掌控股市。但是你可以——好比說，掌控你自己的事業、私人投資，和放貸給私人團體。過去三十年來，我從來沒發現有任何一位典型的有錢人對上市股票的投資超過財富的30%。比較常見的是20%～25%這個區間，這個百分比和美國國稅局所做的調查結果一致。關於有錢人，國稅局握有全世界最棒的數據。

　　想到鄰家富人型的夫婦典型——T小姐和她的先生。對大多數人來說，這對夫婦的生活方式十分無趣，可謂是平淡無奇。T小姐戴的手錶品牌是天美時（Timex）；先生戴精工錶（有錢人最鍾愛的品牌）。這對夫婦在迪拉（Dillard's）、潘尼（J.C. Penney）和帝捷麥克斯（TJ Maxx）（＊譯注：平價連鎖百貨公司）這類地方買衣服；

過去十年來只買過兩輛車，廠牌都是福特；他們的自住房屋目前市值約275,000美元；T小姐最近一次剪髮費用18美元。在某種意義上來說他們經濟獨立，但有點極端。

當我談到T小姐和她先生時，總會有人問道：「可是，他們快樂嗎？」那些自住房屋價值低於30萬美元的有錢人中，有整整九成對他們的生活極度滿意。而且，在我最新的研究當中清楚顯示，投資金額在100萬美元或以上的家庭，自住房屋價值不超過30萬美元的家庭數，比住家價值超過或等於100萬美元的家庭數多了三倍。

就算是身價好幾百萬美元的大富豪，多數人也不住在豪宅裡。我最近把國稅局2007年（可取得的最新資料）的遺產資料中，遺產金額高於或等於350萬美元的數據拿來做成表格。我估計，這些逝世者的自住房屋，市場價值中位數是469,021美元，或是不到他們遺產淨值中位數的10%。平均來說，這些過世者投入房地產市場的金額，是他們自己住家價值的2.5倍。

分析這群鄰家富人是個持續進行研究，到今天仍在持續努力。起初，我用不同的描述來定義這群人。1979年10月10日，我在紐約市參加證券產業協會（Securities Industry Association）的會議，當時我發表一篇名為「市場區隔：利用決定因素投資」的論文，並首次套用「富裕的藍領」這個區隔；這篇論文稍後由美國行銷協會（American Marketing Association）出版。更早期在1979年5月，紐約證交所邀請我，基於當時新近完成的全國性調查——針對2,741個家

庭的投資模式、態度與用錢習慣，建立一套行銷指引與建議。這就是那篇論文的起源。我在論文中提到一個關鍵點：

> 投資產業忽略已久的區隔存有商機……。富裕的藍領這個區隔的龐大人口，對於昂貴的手工藝品這類白領階級必需品之一，他們並不需要……。

在簡報當中，我發現藍領／低調鄰家富人這個區隔不但確實存在，且其規模可能還相當可觀。我在初次發現這個區塊後不久，便證實了它的確是非常大的區塊。

1980年6月，一家大型貨幣中心銀行邀請我對美國的有錢人進行全國性的研究調查。在規劃階段發生某個事件，對我後來的職涯方向產生重大影響。有一天早上，當我在跟強‧羅賓（Jon Robbin）進行工作匯報時，突然對鄰家富人這個區隔產生頓悟。強是哈佛畢業的數學家，也是我的客戶、同事和朋友。他把美國超過2萬個住宅區裡居民的財富性格逐一拿來分析。他提道，「美國大約五成的有錢人並不住在高級住宅區。」就是在這時候我靈光一閃！真正受人矚目的故事並不是那些一般的富裕人士，而是這些低調有錢人的住家，坐落於中產階級，甚至勞工階級住宅區的普通房舍。從那時起，我開始密集地研究和書寫這類鄰家富人。我於三十年前開始做研究，在1980年提出第一份完整性全國性研究，包括規模、地理區

域分佈，和有錢人的財務支配方式。這份研究的主要發現，與此後我做的無數調查結果非常一致。

我為美國前五十大金融機構財團寫過「全國富人研究1981～1982」（The National Affluent Study 1981～1982）。除了設計這份研究之外，我到全美各地出差，組成富人焦點小組面談。稍後，其中許多家金融機構，包括美國前十名信託公司中的七家，要求我為他們舉辦焦點小組訪談和富人研究。因為這樣，我有機會跟五百多位富人面對面。我對這些訪談和其他調查的解釋，從本書可見一斑。有趣的是，我在比如奧克拉荷馬州和德州，以及在紐約市與芝加哥訪談的這些有錢人，具備同樣一套美國傳統價值觀。極大多數人十分熱衷於達到經濟獨立，這是他們量入為出過日子的原因。

在撰寫本書之前，我花了整整一年研讀我的調查數據，和1982到1996年間進行訪談的文字紀錄。這個範圍廣大的研究和分析，我相信，是本書得以在排行榜上歷久不衰的原因。讀者花一本書的價格，買到的卻是價值高於100萬美元的珍貴研究和解讀。

為什麼我還繼續書寫有錢人？這並不是為了造福有錢人！我寫書，是為了點醒那些對富有這件事搞不清楚狀況，或接收到錯誤訊息的人。大多數美國人並不清楚一個富有家庭內部運作的實際狀況。好萊塢的廣告產業成功地對人們洗腦，讓人們相信富有和過度消費劃上等號。然而，我說過很多次，大部分有錢人懂得量入為出。很可惜，多數美國人以為，他們的現金流一旦增加就立刻把它

花掉的行為是在模仿有錢人。

　　其實鄰家富人這類型人的做法不同。一位科班出身的工程師女富翁告訴我，「大學畢業之後，我先生（也是位工程師）跟我都找到很好的工作。我們用其中一份薪水過日子，另外一份存起來。只要碰到加薪，我們就存更多。我們這二十年來一直住在一間1,900平方尺（約五十三坪）的普通房子裡……。我的小孩有時候會問，我們家是不是很窮，因為我要求他們點1美元的超值餐。」

　　美國仍然是機會之地。過去三十年來，我持續看到80%到85%的富翁靠自己的力量致富。無與倫比的驕傲、快樂和滿足，來自於打造自己的財富。有無數的富翁曾告訴我，創造財富的旅程本身比到達目的地更讓人滿足。當他們回首打造財富的過往，憶起當初不斷設定經濟目標，和每次達成目標時那種強烈的喜悅。的確，在經濟成就這一點來看，是體驗，是到達經濟獨立的旅程，讓這些鄰家富人們引以為傲。

湯瑪斯・史丹利博士

史丹利博士網站 www.thomasjstanley.com

引言：有錢人的調查報告

我們從二十年前開始研究人們如何致富。一開始，我們做的正如你的想像，對全國居住在所謂高級住宅區的人們做問卷調查。一段時間之後，我們發現一些奇怪的現象，許多住豪宅、開名車的人，實際上並沒有多少財富。然後呢，更奇怪的事出現了：很多財富可觀的有錢人，卻不住在高級住宅區裡。

這個小小的發現改變了我們的生活。它讓我們之中的一位，湯瑪斯‧史丹利深受啟發，跳脫學術生涯，撰寫了三本以美國富人為對象的行銷書籍，為那些專門提供產品和服務給富人的企業擔任顧問角色。此外，他受七家美國前十大金融機構企業所託，對富人進行研究。他跟我兩個人一起舉辦了上百場以富人為主題的研討會。

為什麼這麼多人對我們要講的內容有興趣？因為我們發現了什麼樣的人才是真有錢，什麼樣的人並不是；更重要的，我們確認了一般人該怎麼做才會變有錢。

這些發現有什麼大不了的？就是這點：美國大多數人對財富的想法都錯了。財富並不等於收入。如果你收入很高但卻是個月光族，你不會變得更有錢，只不過是生活水準高。財富是你累積了什麼，而不是你消費了什麼。

該怎麼做才會變有錢？你看，就是這樣，大多數人都想錯了。

很少人是因為幸運、繼承、念很多書,或特別聰明而能夠累積大筆
財富。財富往往是某種生活方式的結果——勤奮、努力不懈、規
劃,更重要的是,自律。

我為什麼沒有錢?

很多人總老是愛問自己這個問題。他們通常努力工作,受過良
好教育,收入也高。那麼,為什麼有錢人這麼少?

富人與你

在美國個人財富從來不像今天這麼多(1996年已超過22兆)。
然而大多數美國人並不有錢,這些財富大約有一半由3.5%的家庭所
持有,多數其他家庭跟財富沾不上邊。這裡所指的「其他家庭」,
指的不是那些經濟上的弱勢家庭;上百萬的所謂其他家庭,多由中
高收入者所組成。美國家庭年收入超過5萬美元者有2,500萬個以上
家庭;收入高於10萬美元的有700萬個以上家庭。除了這些「高收
入」者外,沒什麼財富的人則不計其數。許多人都是靠著每個月的
薪水過活,這些人將會是本書最大的受益者。

典型美國家庭的財富淨值,扣除房產不算,還不到15,000美
元。再剔除汽車、家具這類資產後,你猜怎麼樣?往往這些家庭並

沒有剩下任何像股票或債券這類金融資產。美國這類型的一般家庭，一旦少了雇主給的薪水，在經濟上可以支撐多久？多數情況下，大概可撐一到兩個月。就算收入排在前五分之一的家庭也不見得有錢，他們的家庭淨值中位數低於15萬美元。除去家庭資產，這類家庭的財富淨值不超過6萬美元。那麼銀髮族呢？如果少了社會福利，65歲以上的老人幾乎有一半會生活在貧困當中。

擁有最傳統金融資產的美國人僅占少數。美國家庭只有大約15%持有貨幣存款；22%有定存單；4.2%有貨幣市場基金；3.4%有企業或市政公債；有股票和共同基金者則不到25%；8.4%有不動產出租；18.1%有美國儲蓄債券；23%有個人退休帳戶。

不過，65%的家庭有自己的房產，85%以上家庭至少擁有一輛車。汽車通常很快折舊，但金融資產通常會升值。

我們在本書中討論的有錢人都達到經濟獨立，即便他們一個月沒有收入，仍然得以年復一年，維持當前的生活水平。絕大多數的有錢人並非洛克斐勒（Rockefellers）或范德比特（Vanderbilts）的後代子孫。他們之中有八成以上，只是在一個世代之中累積財富的普通人。他們逐步漸進地累積財富，他們沒有跟洋基隊簽下年薪數百萬的合約，也不是中了樂透，更不會是下一個米克・傑格（Mick Jagger）。意外之財能讓你上頭條，但機會如鳳毛麟角。一個人一輩子裡靠中樂透來致富的機會小於四千分之一。相較之下，美國家庭財富淨值大於或等於100萬美元的機率還有3.5%。

致富七大元素

　　什麼樣的人能夠致富？有錢人通常會是生意人，在同一個地方住一輩子。這個人可能擁有一家小型工廠、連鎖商店，或是提供服務的公司。只結過一次婚，仍在已婚狀態。他的鄰居，財富只有他的一小部分。他強迫自己儲蓄跟投資。他靠自己打拼賺錢。美國富翁有80%是白手起家。

　　富人們通常遵循一種能夠幫助他們累積財富的方式生活。在我們的調查過程中發現，這些成功打造財富的有錢人有七個共同特性：

1. 他們量入為出。
2. 他們有效分配時間、精力、金錢，以達到建立財富的目標。
3. 他們相信經濟獨立比展現崇高社會地位更加重要。
4. 他們的父母並不提供經濟上的後盾。
5. 他們的成年子女在經濟上能夠自給自足。
6. 他們對掌握市場機會很有經驗。
7. 他們選對了職業。

　　在本書中，你會學到這致富的七大元素。我們希望你能學以致用。

我們的研究

在本書當中，你將發現關於美國的有錢人是哪些人，和他們如何致富的研究是前所未有的完整。這些研究，有很多是依據我們最近的調查而展開，而這些調查是依據我們過去二十年來的研究發展出來的。這些研究包括對500位富人進行個人和焦點小組訪談，及對11,000多名高淨值和／或高收入富人進行問卷調查。

我們最近收到這份問卷調查回覆數超過一千人，這是一份在1995年5月到1996年1月份之間進行的問卷調查。我們在問卷中詢問作答者廣泛的財富相關問題，關於他或她的態度和行為。每一位作答者都回答了249個問題，這些問題觸及的主題從是否規劃家庭預算，到對財務方面的擔憂或恐懼；從購買汽車的殺價方法，到金錢贈與的類別，或有錢人「出於善意」對成年子女的贈與。問卷中有好幾個部分要求答題者註明，他們在汽車、手錶、套裝、鞋子、度假，和其他消費方面支付過的最多金額。這是我們做過最有野心也最徹底的研究。從未有其他的研究專注於解釋人們如何在一代之間致富的關鍵元素。從來也沒有一份研究揭露，為什麼許多人，甚至大部分是高收入者，為何竟連累積尋常金額的財富都做不到。

除了問卷調查之外，我們也從其他的研究當中，得到和鄰家富人相關的重要洞見。我們花費上百小時與白手起家的富人進行深度訪談，並加以分析。我們也與他們的顧問，例如會計師或其他專業

人士進行訪談。當我們探索這些關於致富的主題時，這些專業人士給予我們非常多的協助。

　　從所有的研究當中，我們發現什麼？最主要的是，打造財富需要紀律犧牲和努力工作。你真的想達到經濟獨立嗎？你和你的家人願意為了達成這個目標，而重新定位你們的生活方式嗎？許多人很可能會說他們做不到。如果，你願意拿你的時間、精力，和消費習慣來交換，打造財富並獲致經濟獨立，那麼本書會為你展開這段旅程。

原來有錢人都這麼做

第一章

原來隔壁鄰居是個有錢人

　　這些人怎麼可能是有錢人！他們看起來不像有錢人，穿的衣服不像，吃的東西不像，行為舉止也沒有富翁的架勢——他們甚至連名字都不像是有錢人。那些長得富翁樣的有錢人去了哪裡？

　　說這段話的是位信託部副總。我們邀請了十位白手起家的富人組成焦點小組，在跟他們面談與晚餐之後，他作出以上評論。他和大多數並不富有的人對有錢人之看法相同。他們認為有錢人擁有昂貴的服飾、名錶，與那些象徵地位的手工藝品，但我們發現情況並不是這樣。

　　事實上，我們這位信託副總購置西裝的花費，遠高於美國典型的有錢人，他戴的手錶則要價5,000美元。根據我們的調查顯示，大多數有錢人願為一隻手錶花的錢，連5,000美元的十分之一都不到。這位副總開的是最新款的豪華進口車，反觀大多數富人開的車卻不是當年度車款。只有小部分富人會開進口車；極少部分會選擇進口豪華車。我們這位信託副總開的車是租來的，但只有一小部分的富人曾經租車來開。

　　不過，要是問問一般大眾這個問題：誰看起來更像有錢人？到底是這位信託副總，還是參加面談的與會者之一？我敢打賭，多數人會選擇那位信託副總，且比例極為懸殊。然而，人不可貌相。

　　說到類似我們信託副總這一類型的人，那些財富和智慧兼備的德州人把它的定義表達得更傳神：

打腫臉充胖子

第一次聽到這個說法是出自一位35歲的德州人口中，他把重建大型柴油引擎的事業經營得非常成功。 但他開的是十年車齡的中古車，穿著襯衫、牛仔褲，住在中下階層區域一棟普通房子裡，鄰居是郵局員工、消防人員和技師。

這個德州人，用實際數字證明自己財務的成就之後，他告訴我們：

（我的）事業看似不怎麼光鮮亮麗。我不搞這一套……不做表面功夫……我那英國合夥人第一次見到我的時候，還以為我是自家貨車司機之一……他們把整間辦公室看遍，打量了每個人，唯獨漏掉我。 後來那群人裡的老傢伙說：「哦，我忘了這裡是德州！」

我的臉不是被打腫的，我是個貨真價實的大胖子！

有錢人畫像

什麼樣的人會是美國典型有錢人的原型？他會怎麼形容自己？*

◆ 我是個五十七歲的男人，已婚，有三個小孩。我們之中有

70%的人負責家庭收入的至少80%。

◆ 我們之中有1/5已經退休；2/3是自僱人士。有趣的是，自僱人士的數量不到美國勞動人口的20%，但竟然占了富人的2/3。還有，每四個自己當老闆的有錢人中，有三個自認為是創業家。其餘的自僱者多半是專業人士，例如醫生和會計師。

◆ 我們當中很多人從事的行業，可以形容為枯燥乏味，像是焊接包商、拍賣商人、稻農、移動式房屋園區所有人、蟲害防治專家、錢幣郵票交易商及鋪路包商。

◆ 大約有一半人的老婆是家庭主婦；另一半有工作的人中，當老師的最多。

◆ 美國家庭的年度已實現收入（稅前）是131,000美元 （中位數，或第五十百分位數），而平均收入是247,000美元。提醒你，我們之中，收入在50萬到99萬9,999這個等級者（約占8%），和100萬（含）以上等級（約占5%）的這群人，拉高了平均數。

◆ 我們的平均家庭資產淨值是370萬美元。當然，其中有部分

---

*我們分析的典型有錢人是基於對富人家庭的研究，而非個人。因此，在多數案例中，不太可能確定典型有錢人是他還是她。無論如何，富人家庭有95%比例是由已婚夫婦組成，而其中70%戶長是男性，並貢獻家中八成以上的收入。所以我們在本書中，一律以「他」來代表典型美國富人。

人累積的資產比這數字高多了，大約有6%的人其淨資產超過1,000萬美元。拜這群人所賜，將我們的家庭資產淨值平均數提高。通常（中位數，或第五十百分位數）有錢人家庭淨資產在160萬美元左右。

◆ 平均來說，我們的年度已實現總收入還不到我們財富的7%。換句話說，我們依靠財富的7%生活。

◆ 大部分 （97%）人有自己的房產。目前住家價值平均為32萬美元。大約一半的人在同一間房屋居住二十年以上。因此，我們在住家價值上享有大幅的增值。

◆ 大多數有錢人不會因為沒能繼承任何遺產，而感覺自己處於劣勢。我們之中有80%是白手起家的富人。

◆ 我們的生活量入為出。穿著平價衣服，開國產車。只有少數人會開當年度的車款；另有少部分人開租賃車。

◆ 大多數人的配偶很懂得精打細算。事實上，只有18%的人不同意「慈善先惠及家人」這個說法。有很多富人會告訴你，配偶對錢的態度比我們更保守。

◆ 我們有一筆 「老子不幹了基金」。換句話說，我們的財富已經累積到某種程度，足以讓我們十年以上不必工作。因此，那些資產淨值達到160萬美元以上的人不工作的話，至少可以過十二年寬裕的生活。事實上，應該會比十二年還久，因為我們至少會把收入的15%拿來儲蓄。

◆ 我們坐擁的財富是周遭非富人鄰居的6.5倍，但是以人口來看，這些鄰居的人數是我們的3倍有餘。他們是否決定用財富來交換高水平的物質享受？

◆ 我們這群人都受過良好教育。只有五分之一的人沒念完大學，許多人有更高的學位：18%是碩士，8%有法學學位，6%有醫學學位，還有6%是博士。

◆ 我們和我們的配偶，就讀過私立小學或高中的只有17%。但我們的下一代中，正在就讀或曾經讀過私立學校的有55%。

◆ 我們普遍相信教育對自己和兒孫輩都極為重要。為了後代的教育，我們不惜一擲千金。

◆ 我們之中有三分之二的人，每週工時在45到55小時之間。

◆ 我們是謹慎的投資人。平均說來，我們差不多把每年家庭已實現收入的20%拿來投資；大部分人至少拿15%來投資。79%的人至少有一個證券公司戶頭，但是投資標的由自己作決定。

◆ 家庭財富約有20%放在證券交易、公開上市的股票和共同基金之中。我們很少售出股權投資。我們投入更多資金在退休計畫裡。平均來說，約把家庭財富的21%投入到自己的私人生意中。

◆ 有錢人普遍認為，相較之下，女兒在財務方面比兒子弱勢，

就算是相同的職業類別，男人賺的錢似乎比女人更多。所以我們會毫不遲疑地將一部分財富分給女兒。至於兒子，男人通常在經濟方面天生有一手好牌，他們應該不會需要父母的經濟支援。

◆ 子女的理想職業是什麼？像我們這樣的富人家庭大約占總人口的3.5%。這個數字成長的速度比一般人口成長還快。我們的下一代應該考慮為這些有錢人提供他們用得到的服務。總括來說，最得我們信賴的財務顧問就是我們的會計師，律師團也很重要。所以，我們會建議孩子們主修會計或法律。稅務顧問或房地產規劃顧問在未來十五年會是很搶手的職業。

◆ 我是個守財奴。我會為了1美元新鈔填一份冗長的問卷。要不然我幹嘛花兩、三小時接受這些研究者訪問呢？因為他們付我100、200，甚至250美元。 哦，他們還有另一項提議——用我的名義把接受訪問的報酬捐獻給最鍾愛的慈善機構。不過我告訴他們，「我就是我最鍾愛的慈善機構。」

定義「有錢人」

如果讓一般美國人告訴你什麼是「有錢人」，多數人的定義會跟韋氏辭典相同。有錢人對他們來說，就是指那些擁有大量奢華物

品的人。

　　我們的定義不同，我們不用擁有多少物質來定義富裕、富足、有錢。許多人表面上過著高檔消費的生活，但是關於投資、擁有會增值的資產、能創造收入的資產、普通股票、債券、私人企業、油／氣產權，或林地等等方面，不是沒有就是很少。相對地，我們所定義的有錢人並不崇尚表面奢華的生活方式，反而坐擁大筆可增值資產而感到心滿意足。

名義上有錢

　　我們用來判斷某人有錢與否的一種方法是，依據資產淨值——是「資產」，而不是「所有物」。淨值的定義是，某人的資產減去負債（信託帳戶的本金除外）的現值。在本書中，我們設定一個門檻，資產淨值高於100萬美元（含）以上的人稱為有錢人（富人）。依據這個定義來看，1億個美國家庭中只有350萬人（3.5%）可以被稱為有錢人。95%的有錢人其資產淨值在100萬到1,000萬美元之間。本書中許多討論圍繞在這個人口族群。為什麼鎖定於這群人？因為這種程度的財富，有可能在一個世代之內就獲得。許多美國人都做得到。

你應該多有錢？

　　另一種判斷某個人、家庭，或家族是否有錢的方法，是用他的期望淨值等級來定義。一個人的收入和年齡，是決定此人價值的關鍵決定因素。換句話說，一個人的收入越高，期望淨值就越高（假設仍在職未退休）。類似情況，某人的工作年限越長，他就越可能累積越多的財富。所以高收入年長人士應該比低收入的年輕人累積更多財富。

　　對多數美國人來說，年度稅前收入達5萬美元（含）以上，和多數介於25 到65歲的人，存在一個相應的期望財富等級。相對於他們的收入／年齡等級，那些收入遠超過這個數字的人，可以被視為有錢人。

　　你可能會問：假使某個人的資產淨值僅為46萬美元，他為何會被認定是有錢人？畢竟，他連百萬富翁都算不上。查爾斯‧伯賓斯（Charles Bobbins）是個41歲的消防人員，他的老婆是秘書，他們的年收入加起來有55,000美元。根據我們的研究顯示，伯賓斯先生的資產淨值約在225,500美元左右。但依據他的收入／年齡等級來看，他的淨值比其他人高出很多。伯賓斯夫婦長時間下來累積的家庭資產淨值高於平均數。因此，顯然地，他們不但知道如何以消防人員和秘書的收入來打理生活，還有餘錢儲蓄，並做不少投資。他們可能過著低消費的生活，從這種生活方式來看，伯賓斯先生就算十年

不工作，仍能養活家庭和他自己。在他們的收入與年齡等級中，伯賓斯是個有錢人。

伯賓斯一家和約翰・艾希頓（John J. Ashton）這位56歲的醫生大相逕庭。艾希頓的年收入大約有56萬美元，但他的資產淨值有多少？他算有錢人嗎？依據我們定義的其中一種而論，他的資產淨值為110萬美元，因此他算有錢人；但用另一種定義來看則不然。以他的年紀和收入來看，他的資產淨值必須超過300萬美元才夠格。

以他奢華的生活方式來判斷，假使他不再工作，艾希頓醫生和他的家庭能夠撐多久？或許兩年，最多三年。

如何判斷你是否有錢

不管你幾歲、收入高低，你當前的資產淨值應該有多少？經過多年來對高收入、高資產淨值人們的調查，我們發展出幾套以多重變數為基準的財富方程式。它是個鐵律，雖然簡單，但是足以計算出某個人的期望淨值。

將你的年齡乘以已實現之稅前年度總家庭收入（繼承除外）再除以10，把結果減去任何財產繼承，就是你應有的資產淨值。

舉個例子，假設安東尼・鄧肯先生今年41歲，年收入143,000美

元，他投資獲利12,000美元，因此我們用155,000乘以41再除以10，得出淨值635,500。另一位61歲的露西·法蘭珂小姐，年度已實現收入是235,000美元，根據方程式，她資產淨值會是1,433,500美元。

　　用你的年齡和收入來算，你的資產淨值有多少？你在財富累積這條路上的哪個位置？如果你屬於財富累積的前四分之一人口，你就是超優理財族（prodigious accumulator of wealth, PAW）。如果你是排在後面的四分之一，你是個超遜理財族（under accumulator of wealth, UAW）。你是超優理財族、超遜理財族，還是一般理財族（AAW average accumulator of wealth）？

　　我們發展出另一個簡單的法則。要想躋身超優理財族的一員，你的資產淨值必須2倍於期望應有淨值。換句話說，鄧肯先生在他的收入／年齡類別的淨值／財富應該至少在期望淨值的2倍左右，也就是635,500乘以2，即1,271,000。如果他的資產淨值約略等於或大於 127萬，表示他可以歸類為超優理財族（PAW）。相反地，假使他的財富水平等於或少於他年齡／收入應有淨值的一半或更少，那麼鄧肯先生就會被歸類在超遜理財族（UAW），也就是少於或等於317,570（635,500的1/2）。

超優理財族與超遜理財族

　　超優理財族是財富的建造者——換句話說，在同一個收入／年

齡等級中，他們比其他人更擅長打造財富。一般來說，超優理財族累積的財富至少是超遜理財族的4倍。將超優理財族與超遜理財族的特性加以比較，是我們過去二十年所做的研究中最發人深省的部分。

有兩個關於超優理財族和超遜理財族的案例討論，這是顯示他們差異的好例子。米勒「布巴」理查斯 （Mr. Miller "Bubba" Richards）先生，五十歲，是一個移動式房屋交易商。去年度他的家庭收入是90,200美元，依財富方程式計算，他的資產淨值應該等於451,000美元。但「布巴」是個超優理財族，他的實際淨值有110萬美元。

我們拿詹姆斯・福特二世（James H. Ford II.）來對照。福特先生，五十一歲，是個律師。他去年的收入是92,330美元，比理查斯先生稍高。但福特先生的資產實際淨值是多少呢？他的應有財富淨值又是多少？福特先生的實際資產淨值是226,511美元，應有財富淨值是470,883美元。依據我們的定義，他是個超遜理財族。福特先生在大學進修了七年，像這樣的人為什麼累積的財富還不如一個移動式房屋商？事實上，理查斯的資產淨值幾乎是福特的3倍。要知道，兩個人的收入／年齡屬於同一等級。在你試著回答以上問題時，先問自己兩個比較簡單的問題：

◆ 一個律師和他的家庭若要維持中上階級的生活水準，需要多

少生活費？

◆ 一個移動式房屋商和他的家庭，若要維持中下甚至藍領階級的生活水平，他們的生活開銷又是多少？

顯然，律師福特先生為了維持並展現較高檔的中上階級生活水平，他的開銷無疑高出許多。開什麼樣的車才能符合一個律師的身分地位？毫無疑問，必須是豪華進口車。誰有必要每天換穿不同的高質感西裝上班？需要加入一個以上鄉村俱樂部的人是哪一個？又是誰需要蒂芙尼（Tiffany）的銀器和托盤？

福特先生這個超遜理財族，他的消費習慣比超優理財族更加奢侈。超遜理財族習慣過著超出他們財力的生活，他們很重視消費，對於影響他們打造財富的關鍵元素並不特別在意。

有錢的是你，還是你的祖先？

美國的有錢人白手起家者占多數。一個背景普通的人該怎麼做才能用一個世代時間變成有錢人？為什麼許多擁有類似社經背景的人，連累積像樣的財富都做不到？

多數後來才變有錢的人，對自己的能力都很有自信，他們從來不擔心父母是否有錢，也不認為有錢人一定就有個富爸爸。相反地，如果一個中等背景的人認定，有錢人一定有個富爸爸，這已經

註定他一輩子不可能有錢。你一向認為多數有錢人是含著銀湯匙出生的嗎？這樣的話，看看我們以美國有錢人為對象所做的研究，它揭露出以下事實：

◆ 僅19%的有錢人，收受過經由信託基金或遺產而來的收入或財富。

◆ 不到20%的有錢人，財富中有10%（含）以上靠繼承而來。

◆ 過半數的有錢人，連一毛錢都不曾繼承過。

◆ 不到25%的人，曾收受1萬美元（含）以上由父母、祖父母或其他親戚「出於善意」的贈與。

◆ 91%的人從未受贈家族事業中任何一塊錢的股份。

◆ 將近一半的人從不曾讓父母或親戚支付大學學費。

◆ 不到10%的人相信他們未來將會繼承遺產。

對那些希望在一個世代間致富的人來說，美國仍然充滿希望。事實上，對那些相信我們國家社會制度和經濟動盪本質的人，美國一直是塊機會之地。

一百多年以前，這個說法一樣適用。在《美國經濟》（The American Economy）一書中，史丹利・立柏葛（Stanley Lebergott）檢視一份1892年對4,407名美國富人做的研究，他聲稱，這些人中有

84%「是暴發戶，未受先人庇蔭而達到財富頂端」。

大不列顛最強？

就在美國獨立戰爭之前，這個國家的多數財富掌握在地主手上。而半數以上的地主若不是在英國出生，就是雖在美國出生，但父母都是英國人。這個國家目前的財富是否有半數以上掌握在英裔美國人手中？並非如此。人種起源與財富的關係，是人們對於美國財富的主要迷思之一。有太多人認為，美國的有錢人主要是當年五月花號（Mayflower）航海者的直系後裔。

讓我們客觀地來檢視這個推斷。假設「國籍」是解釋財富差距的主要因素，我們應該會看到美國有錢人口中的一半以上，其祖先來自英國。事實不是這樣（見表1-1）。我們最近一份以富人為對象的全國性問卷調查，要求作答者註明他們的國籍／血統／人種，顯示的結果可能讓你下巴掉下來。

全美富人家庭中，有21.1%註明他們的種族是「英國」。源自英國的家庭占全美家庭戶數的10.3%。因此，以這個數據在全美人口來看（10.3%與21.1%），全美國的富人當中，英國出身家庭比一般人認為的更普遍。 換句話說，這群人的富人集中率等於2.06 （富人家庭21.1% 除以戶長源自英國的10.3%），其表示富人家庭這個組別中，英國出身的戶長比率，是英國出身的家庭占全家庭戶數比率的2

表1-1：美國富人前十大血統類別

血統／種族：戶長[1]	全美家庭戶數百分比	富人家庭數[2]	富人家庭百分比	排名：富人家庭百分比	集中率：富人家庭數／總家庭戶數	富人家庭血統百分比	排名：富人家庭血統百分比
英國	10.3	732,837	21.1	1st	2.06	7.71	4th
德國	19.5	595,171	17.3	2nd	0.89	3.32	9th
愛爾蘭	9.6	429,559	12.5	3rd	1.30	4.88	7th
蘇格蘭	1.7	322,255	9.3	4th	5.47	20.8	2nd
俄國	1.1	219,437	6.4	5th	5.82	22.0	1st
義大利	4.8	174,929	5.1	6th	0.94	4.00	8th
法國	2.5	128,350	3.7	7th	1.48	5.50	6th
荷蘭	1.6	102,818	3.0	8th	1.88	7.23	5th
美國	4.9	89,707	2.6	9th	0.53	1.99	10th
匈牙利	0.5	67,625	2.0	10th	4.00	15.1	3rd

[1]戶長意指家庭成員中負責回答問卷的成人。這些作答者自認為是家庭中負責財務決策的人。

[2]富人家庭意指家庭資產淨值大於或等於100萬美元者。

倍。

那麼，在富人家庭這個級別中，英國後裔家庭又占了多少比例？你覺得英國會拔得頭籌嗎？事實上，他們排名第四。根據我們的研究，家庭資產淨值等於或大於100萬美元的這個級別當中，英國血統的百分比是7.71%；反之，另外三種血統的富人集中率卻遠高於這個數字。

英國血統這組並不是富人家庭集中率最高的，這怎麼可能？畢

竟，他們可說是第一批抵達新大陸的歐洲人。他們占盡先機，在這塊機會之地享有經濟上的優勢。在1790年的美國殖民時期，超過2/3的家庭之戶長是自僱人士。在美國，與其說是前人的豐功偉業，當前這個世代的作為，更能解釋他們致富的原因。再說一次，大多數今天的美國富人（80%左右）是白手起家。一般說來，這些人打造的財富，大多會被他們的第二代或第三代揮霍殆盡。美國經濟經常風水輪流轉，許多人處在通往財富的大道上，另有許多人則是一路揮霍，與財富背道而馳。

勝出的祖先

　　如果英國後裔的富人集中率不是最高，那誰是第一名？俄國拔得頭籌，蘇格蘭第二，接著是匈牙利。雖然俄國裔的家庭僅占全美的1.1%，卻占富人家庭的6.4%。我們估計，每100個俄裔家庭中，有22個家庭的資產淨值等於或大於100萬美元。相較於英國，這是個很強烈的對比，英裔家庭中每100個家庭只有7.71個躋身富人家庭之流。這些俄籍美國富人家庭到底共有多少財富？我們估計大概在1.1兆美元之譜，幾乎等於全美國個人財富的5%！

　　該怎麼解釋俄裔美國人的經濟生產力？ 一般說來，大多數美國富人擁有自己的事業，俄國人自己當老闆的比例又更高。另外，俄國人的創業精神，似乎能一代接一代傳承下去。

匈牙利裔這組人也傾向於自己創業。這個組別僅占全美家庭的0.5%，卻是富人家庭的2%。與德國裔這組相比較，他們大約占了全美國家庭數的1/5（19.5%）；然而只有17.3%的富人家庭戶長屬於德國血統，躋身富人家庭級別的德裔家庭也只有3.3%。

勤儉持家的蘇格蘭人

蘇格蘭血統的家庭僅占全美家庭的1.7%，但它卻代表全美富人家庭的9.3%。因此，就集中率來看，蘇格蘭裔的富人家庭比例，至少5倍（5.47）於他們在全美的整體家庭比例。

蘇格蘭裔這組在富人家庭類別中的血統排名第二，100個蘇格蘭家庭中大約有21%（20.8）屬於富人家庭。該怎麼解釋蘇格蘭裔家庭的高排名？的確，很多蘇格蘭人是早期的移民，但這並不是造成他們經濟生產力高的主要原因。還記得英國人是最早期的美國移民嗎，但是他們的集中率遠不及蘇格蘭人。我們也考慮到，美國建國初期，蘇格蘭人並不像英國人一樣享有穩固的經濟地位。光用這些事實來看，人們應該會以為英國裔這組家庭的富人家庭集中率比蘇格蘭裔更高，但事實恰恰相反。再次強調，蘇格蘭裔這組的集中率是英裔這組的幾乎3倍之多。蘇格蘭裔有什麼獨特的地方？

如果某個血統的富人集中率較高，我們該怎麼去看這群人的收入特性？我們會預期，這群人中的創造高收入之人集中率一樣比較

高。收入與資產淨值高度相關，美國富人家庭中，有2/3以上年度總收入不少於10萬美元。事實上，這個相關性存在於所有主要血統之中，除了一個：蘇格蘭。這組人有比較高的家庭資產淨值，但是光用高收入生產家庭這一點來解釋是不夠的。創造高收入的蘇格蘭籍家庭，在全美高收入家庭中占不到2%。還記得今天全美的富人家庭中，有9.3%屬於蘇格蘭這一組嗎，但這組人中有60%以上的年度家庭收入卻少於10萬美元。沒有其他的組別，出現高收入生產家庭集中率這麼低，卻創造出這麼高的富人家庭集中率。

　　要是收入本身不足以解釋美國的蘇格蘭裔這組人之富有狀態，那是什麼原因造成這種現象呢？這裡有幾個基本元素。

　　第一，蘇格蘭裔美國人通常很節儉。以他們的家庭收入來看，數學上有個相對應的期望消費水平，然而這組成員的消費水準並不符合這種預期。平均來說，他們的生活水平通常低於相同收入組別中的常態。他們一般生活在自己安排的，相當簡樸的環境當中。一個蘇格蘭裔的家庭，年收入10萬美元者，他們的消費水準通常僅相當於一般年度總收入85,000美元的家庭，簡樸生活讓他們得以儲存更多錢。與相近收入組別相比，蘇格蘭裔家庭的投資更多。因此，同樣是年收入10萬美元的家庭，蘇格蘭裔家庭的儲蓄和投資水平，相當於年收入接近15萬美元的傳統美國家庭。

　　在下一章，我們會告訴你，典型富人回答他們為衣服、鞋子、手錶，和汽車花費過的最高價格。而在蘇格蘭裔富人這組中，有極

大部分的回覆顯示，他們在這些項目的每一項花費，比所有富人的常態要更少。舉個例，高於2/3（67.3%）的蘇格蘭裔富人他們買過的最奢華汽車，比所有參與富人問卷調查的常態要低。

　　因為他們懂得累積財富，蘇格蘭裔的富人有辦法把財富傳承給後代子孫。我們的研究揭露，蘇格蘭的後代子孫通常在經濟上和感情上比較獨立，就算是年輕人也不例外。因此，他們通常不會把父母的財富拿來恣意揮霍。

　　蘇格蘭裔這組人能夠持續將他們勤儉的價值觀、經濟上的成就，和財務獨立灌輸給後代子孫。這些價值觀也是大多數靠自己打拚的百萬富翁之普遍特性。

少數人口

　　通常小眾這些組別在富人研究當中比較不具代表性，但這當中有許多包括了高集中率的富人家庭。這裡指的是哪些人？我們估計，表1-2中列出的所有15個小眾血統組別中的富人家庭，他們占全美家庭比例的2倍有餘。全美國的家庭當中只有3.5%的資產淨值超過百萬。表1-2 這些國家的組別，至少是這個百分比的2倍（整體來看，15個組別加起來還不到所有富人家庭的1%）。事實上，有一個可靠的數據證明，血統規模的大小，和他的成員當中有錢人之比例呈反比關係。換句話說，比較大的組別，其富人比例比那些較小的

表1-2：前十五大具經濟生產力的小眾血統[1]

家庭血統	占全美家庭比率	血統高收入指數[2]	血統依賴性指數[3]	血統經濟生產力指數[4]	血統生產力排名
以色列	0.0003	2.6351	0.3870	6.8095	1
拉脫維亞	0.0004	2.4697	0.5325	4.6383	2
澳洲	0.0001	2.1890	0.5329	4.1080	3
埃及	0.0003	2.6546	0.6745	3.9357	4
愛沙尼亞	0.0001	1.8600	0.4787	3.8855	5
土耳其	0.0003	2.2814	0.6650	3.4305	6
冰島	0.0001	1.8478	0.5600	3.2997	7
敘利亞	0.0004	2.1659	0.6698	3.2335	8
伊朗	0.0009	2.0479	0.6378	3.2107	9
斯拉夫	0.0002	1.2292	0.4236	2.9018	10
盧森堡	0.0002	1.1328	0.3992	2.8379	11
南斯拉夫	0.0009	1.3323	0.5455	2.4424	12
巴勒斯坦	0.0002	1.8989	0.7823	2.4274	13
斯洛伐尼亞	0.0004	1.0083	0.4246	2.3748	14
塞爾維亞	0.0004	1.3184	0.5950	2.2157	15

[1]小眾血統意指居住在美國，總數少於10萬個家庭（根據1990年美國血統人口普查結果）。

[2]舉例：以色列裔家庭的高收入比率是全美國家庭比率的2.6351倍。

[3]舉例：以色列裔家庭接受政府補助比率是全美國家庭比率的0.3870倍。

[4]舉例：以色列家庭血統經濟生產力指數（6.8095）是用高收入指數（2.6351）除以他們的依賴指數（0.3870）所得出。

組別來的小。

　　這些血統的人在美國的時間長短又有何影響？ 他們在美國越久，創造出極大比例富人的可能性越低。怎麼會這樣？因為我們是個以消費為基礎的社會，一般來說，這些血統成員在美國的時間越久，他或她被全面社會化成我們過度消費生活方式的可能性越高。還有另一個原因，白手起家的富翁通常是自僱人士，自己當老闆是財富的重大正相關因素。

　　我們沒打算暗示你，自己當老闆和／或第一代美國移民就能確保進入富人家庭排名。大多數自僱的美國人從來也沒有累積過像樣的財富，對大多數第一代美國人來說也是如此。但這個國家今天有2,300萬人出生在其他國家，這是個很大的基因庫。注意，《公司雜誌》（INC.）的五百大創新企業家中，有12%是第一代美國移民。

　　有些人可能會以為這群人的兒女、孫子女，在經濟方面會自然而然地青出於藍，然而並非如此。我們稍後在第五和第六章會討論世代之間的轉換細節，但在這個時點，還是讓我們解釋為什麼「下一代」通常在經濟方面生產力不如上一代。

維克多和他的後代

　　拿維克多（Victor）當例子，他是第一代美國移民，也是一位成功的企業家。像他這樣的創業家，通常具有簡樸、低調、自律、低

消費、注重風險、非常努力工作等特性。但是當這些性格上的強人變得有錢後，他們會怎麼教育小孩？鼓勵孩子們跟隨他的腳步，讓他們的孩子也成為屋頂包商、開採包商、廢金屬商人等等？很可能不會，會這麼做的人不到1/5。

　　不會的，維克多希望他的小孩過比較好的生活。他鼓勵孩子們多唸點書。維克多要他的孩子們變成醫生、律師、會計師、經理……等等。但是這種鼓勵，本質上就是不建議他們創業。他在不經意中鼓勵他們延遲進入勞動市場。而且，他也鼓勵他們不去跟隨自己簡樸、自我要求的節衣縮食。

　　維克多希望孩子們過比較好的生活。但他說的到底是什麼意思？他的意思是，孩子們應該接受良好教育，達到比他自己崇高的職業地位。而且，「比較好」也包括比較好的日常用品：好房子、新款豪華車、高質感服裝、俱樂部會員等涵意。但是維克多疏忽了他所謂的「比較好」，並未涵括曾經為他奠下成功基礎的那些元素。他不了解，良好教育會產生某種經濟上的弱點。

　　那些受過良好教育長大成人的孩子們，在大學和職業學校花了很多年唸書的人，通常養成過度消費的習慣。今天，維克多的小孩成了超遜理財族，他們與自己的父親相反，不再是藍領、成功的商人。他的孩子們變得十足美國化，屬於過度消費、延遲勞動之世代中的一員。

　　需要多少世代的時間，才會讓上千個像維克多這樣血統的人，

在今天變得美國化？只要區區幾個世代就足夠了。大多數人在一到兩代之間即轉變成「典型美國人」。這就是為什麼美國會需要具備像維克多一樣的勇氣和堅持之移民持續流入。這些移民和他們的下一代必須不斷進來，取代美國的維克多。

作者與陶迪和艾利克斯

　　幾年前，陶迪僱用我們對美國富人進行一個調查。陶迪是一家大公司關係企業的副總，他的祖先是英國人，在美國獨立戰爭之前就到了美國。近代，他們在賓州擁有鋼廠。陶迪是直系後裔，讀的是新英格蘭一家貴族預校，畢業於普林斯頓大學。在學校，陶迪是美式足球代表隊的一員。

　　陶迪，就像這個國家的許多人一樣，總相信有錢人之財富係靠繼承而來；他也相信大多數有錢人擁有英國血統。那麼，在他加入我們的田野調查，見過美國的富人之後，他長久以來的信念會發生什麼變化？陶迪訪談的富人受訪者，大多數是白手起家的有錢人。他們大都念公立學校，開美國車；與其吃魚子醬，他們更喜歡總匯三明治。而且，不像陶迪，大多數人相當簡樸。

　　陶迪受到的震撼教育被另一事件更提升了一層。艾利克斯聯繫陶迪和公司的另一位資深經理。艾利克斯想要把陶迪工作的公司給買下來。這位艾利克斯是誰？他的父親在艾利克斯出生之前，從俄

國移民到美國。他父親是個小公司老闆。他畢業於州立大學。「這怎麼可能，」陶迪問：「像這樣的傢伙，不但想買，還有本錢買下這家公司？」艾利克斯的父親不囉唆地回答了這個問題：

俄國人——他們是最好的馬販子。

艾利克斯靠自己的努力發大財。他是很典型的美國成功故事。相反地，陶迪和其他同類則是瀕臨危機的種族，有一天，甚至會被滅絕。對那些總是花很多時間緬懷當年他們的祖先如何建立鋼廠、鐵路，和快遞服務的人來說，這一點特別真實。

第二章

真正有錢人的致富之道

他們量入為出。

我們首次訪談一組身價超過1,000萬美元的富翁，那次活動結果跟我們原先的預期有很大的出入。一家大型國際信託公司僱用我們研究有錢人，這個客戶希望能了解這些高資產淨值者其個人需求是什麼。

為了確保這些千萬富翁受訪者在訪談過程中感到舒適，我們在曼哈頓時尚東區租了一間高檔閣樓，僱用兩位美食設計師。他們構思了一份包含四種肉凍、三種魚子醬的菜單。為了搭配這些小點心，設計師建議購買一箱1970年的高級波爾多（Bordeaux）紅酒和一箱超讚的1973年卡本內・蘇維濃（Cabernet Sauvignon）紅酒。

我們把所謂的理想菜單預備好，熱切地等待這些千萬富翁受訪者抵達。第一個到達那位，我們幫他取了暱稱，叫作百威先生（Mr. Bud）。他六十九歲，白手起家，在紐約都會區擁有好幾座價值連城的商用房地產；此外，他經營兩種生意。從他的外表來看，你絕對想像不到他的身家超過1,000萬美元。他的打扮可以說是那種無聊沒型的——穿著老舊的西裝和大衣。

儘管如此，我們還是想讓百威先生感受到，我們充分了解美國千萬富翁對美食和美酒的品味。在自我介紹以後，我們之中有個人問他：「百威先生，您想嚐嚐1970年的波爾多嗎？」

百威先生一臉困惑地看著我們說：

「我只喝威士忌和兩種啤酒——一種不要錢，另一種就是百威（BUDWEISER）！」

我們掩藏了震驚的表情。這位千萬富翁給我們的訊息，如同暮鼓晨鐘把我們喚醒。接下來兩小時的訪談中，這九位千萬富翁如大風吹般一直換位子。他們偶爾望向自助餐檯，但沒有一位去碰那些肉凍，或飲用我們準備的陳年佳釀。他們一定餓了，但他們唯一動的只有那些高檔餅乾。我們很不想浪費食物，該怎麼處理這些美食、美酒呢？ 不，我們不需要把這些東西倒掉，隔壁房間那些信託經理解決了大部分。當然，作者們也共襄盛舉！看起來我們大家似乎都是老饕，不過，我們這些人中沒有一個是千萬富翁。

打造財富的基礎

現在我們對這些富人的生活方式已比較有概念。最近我們預備訪問這些富人的時候，會提供比較貼近他們生活方式的膳食。我們準備了咖啡、無酒精飲料、啤酒、威士忌（晚上那一組）、總匯三明治。當然，成本以人頭計算，每位約在100到250美元之間。有時候，我們會提供額外的獎勵。許多受訪者會選擇一個所費不貲的大型豪邁先生熊，當作非金錢報酬之一；他們說，孫子收到這隻超大豪邁先生熊一定會開心的要命。

很不幸，許多人用他人對食物、飲品、衣服、手錶、汽車等等的選擇來評斷一個人。對人們來說，優渥的人在消費時應該有高尚的品味。而用購買商品來表示自己的優越，比經濟成就上的真實優越要容易多了。若把時間和金錢花在追求表面上的優越，通常也會帶來意料中的結果：較差的經濟成就。

哪三個詞可以用來形容有錢人？

節儉，節儉，節儉

韋氏辭典將節約定義為「符合經濟狀況下善用資源的行為」。節約的反義則是浪費，我們定義浪費是一種奢華花費與過度消費的生活方式。

節儉是打造財富的基石。但是，主流報章雜誌經常鼓勵和美化那些過度消費者。舉個例，我們經常被媒體渲染、炒作百萬運動明星所轟炸。沒錯，這些運動明星當中有一小部分人是有錢人。但如果一個技術高超的球員年薪500萬美元，資產淨值100萬根本沒什麼了不起。照我們的財富方程式計算，一個三十歲，年薪500萬的人，他的資產淨值至少應該有1,500萬。有多少高薪的球員財富達到這個水平？我們相信非常少。為什麼？因為他們多數習慣奢華的生活——只要他們的收入還是這麼高，他們會繼續這種生活方式。技術上，他們會是有錢人（資產淨值大於或等於100萬美元），但是在超

優理財族（PAW）的等級上，他們通常處在低的一端。

　　美國有多少家庭年收入達到500萬？在1億個左右家庭中，還不到5,000個。用比例來算，大概是兩萬分之一。多數富人一年的收入連500萬的1/10都不到。大多數人一直要到五十歲或年紀更長，才會成為有錢人。大多數人很節儉。很少有人能夠在一輩子的時間裡，一邊維持過度消費的生活方式，又能同時成為有錢人。

　　但奢華的生活方式才能博得電視廣告時間和報紙版面。年輕人一天到晚被灌輸這種「有錢就是要氣派奢侈」和「如果別人看不到，就等於沒有」這種觀念。你能想像媒體炒作典型美國富翁節儉的生活風格嗎？結果會變成怎麼樣？電視收視率將超低，觀眾也會跑光。因為，美國大多數為財富打拚的人，勤奮工作、簡樸，一點也不光鮮亮麗。很少有人透過中樂透、全壘打，或靠益智節目而致富，這些人不過是媒體大肆炒作的少數幸運兒。

　　許多美國人，特別是那些落在超遜理財族（UAW）類別的人們，非常清楚該怎麼處理增加的稅前收入。花掉它們吧！他們強烈需要得到立即的滿足感。對他們來說，生活就像一個益智節目，贏家得到現金和可以拿來炫耀的獎品。這類問答競賽節目，讓觀眾對參賽者產生共鳴。看到某人拿最高分，就好像獲勝的是自己一樣開心。觀眾喜歡看他們支持的人贏得汽車、遊艇、家電和現金。為什麼這些問答競賽節目不會拿學費、獎學金來當作獎品？因為多數人想要立即的滿足感，他們不希望拿一個獎品，好比野營車，來跟夜

校八年的學費交換；不過大學學位可以換來的價值，可能比一打野營車更多。

美國典型有錢人的生活風格

一個介紹美國典型百萬富翁的節目，會獲得廣大電視觀眾的青睞嗎？我們很懷疑。為什麼不會？讓我們來看看為什麼。

鏡頭拉近到某個典型有錢人強尼‧盧卡斯 （Johnny Lucas）的家。就像大多數有錢人一樣，四十七歲的強尼跟同一個女人維持了將近一輩子的婚姻。他從本地大學拿到學士學位，自己經營一家小型清潔公司，過去幾年生意十分興隆。現在他所有的員工都穿著體面的訂作制服，戴著印有公司標誌的帽子。

在他的鄰居看來，強尼和他的家人十分平庸，只是個中產階級的普通家庭，但強尼的資產淨值超過200萬美元。事實上，就財富來說，強尼家在他的「好鄰居」家庭中排名前10%，在全國家庭的排名是前2%。

電視觀眾對描述強尼的財富和他的螢幕形象會有什麼反應？首先，觀眾可能會覺得困惑，因為強尼看起來一點也不像多數人心目中的富翁。其次，觀眾可能會覺得不自在。強尼的傳統家庭價值觀，以及他那勤奮、紀律、自我犧牲、簡樸的生活方式、良好的投資習慣，可能會讓觀眾覺得受到威脅。一旦你告訴一個美國成人，

未來他們必須得節衣縮食才能打造財富，他們會怎麼樣？他可能會覺得這對他的生活方式來說是種恐嚇。八成只有強尼那類人會看這種電視節目。這種節目肯定會增強他們對生活的看法。

　　儘管有這些考量，讓我們假設有某個主流電視網同意試播一個實驗性的節目，來報導美國的強尼一族。這個節目會傳遞什麼訊息給他們的觀眾？

　　各位先生、女士，讓我為你們介紹強尼・盧卡斯。盧卡斯先生是位百萬富翁。我將會問一些問題來了解強尼的購買習慣，這些問題是電視機前面的觀眾提問的。

訂製服，還是成衣？

　　首先，強尼，我們有位觀眾G先生想知道：「你買過最奢侈的衣服花了多少錢？」

　　強尼閉起眼睛想了一下。很顯然地，他得用力回想。觀眾以為他會說，「大概在1,000到6,000美元之間。」但依據我們的研究，觀眾會預測錯誤。我們估計這位典型百萬富翁會說：

　　我花過最多的錢……我花過最多的……包括我幫自己買的跟幫我太太瓊，兒子巴迪和戴洛，還有我女兒懷琳和金吉兒……買過最貴的一套衣服是399美元。天哪，我記得那是我買過最奢侈的衣服。

那是為了一個特殊的場合而買——我們結婚25週年派對。

　　觀眾對強尼這段話會有什麼反應？或許是震驚加上難以置信。他們的預期和多數美國富翁的真實情況並不一致。

　　根據我們最新的調查，典型美國富人說他／她從來不曾為自己或任何人購買一套399美元以上的衣服。注意表2-1的數字。受訪的富人中至少一半，花過最多不到399美元買衣服 。只有大約1/10的富人會花到1,000美元或以上；大約1/100花過2,800美元或以上。相反的，大約有1/4富人花的錢不到285美元，1/10富人買過最貴的衣服還不到195美元。

表2-1：富人購買衣飾的價錢表列

| | 一套衣服 | | | 一雙鞋 | | | 一隻手錶 | |
| 最高金額 | 低或高於最高金額的比重 | | 最高金額 | 低或高於最高金額的比重 | | 最高金額 | 低或高於最高金額的比重 | |
	低於	高於		低於	高於		低於	高於
$195	10	90	$73	10	90	$47	10	90
$285	25	75	$99	25	75	$100	25	75
$399	50	50	$140	50	50	$235	50	50
$599	75	25	$199	75	25	$1125	75	25
$999	90	10	$298	90	10	$3800	90	10
$1400	95	5	$334	95	5	$5300	95	5
$2800	99	1	$667	99	1	$15000	99	1

　　這些數字來自我們問卷調查中的所有富人。記住，接受問卷調查的富人中，有差不多14%告訴我們，他們的財富是繼承而來的。要是我們把財產繼承和白手起家的富翁比較，會有什麼結果？靠自己打拚的富人，花在衣服和多數所謂象徵高地位的品項上的錢，比那些靠先人庇蔭的富人要少很多。典型（五十百分位）白手起家的富人為一套衣服支付的價錢，大約360美元；而那些靠繼承而來的富翁，通常會花到600美元以上。

　　像強尼這類人在美國怎麼能夠花這麼少錢？強尼沒必要穿昂貴的西裝。他不是成功的律師，不需要穿著光鮮亮麗來讓客戶印象深刻；他也不需要在年度會議穿得人模人樣，以取悅那些股東、金融媒體，或投資銀行家。強尼不必擺出強勢執行長的樣子，常常得對自視甚高的董事會成員發言。不過，強尼的確需要打動他那群替大樓打掃清潔的員工。怎麼說？他不會讓員工覺得他賺的錢多到能負擔得起一套量身訂作的，一千至數千元的西裝。

　　這二十年來，我們訪談過的多數富人都跟強尼很類似。那麼，到底是哪些人在買那些昂貴的衣服？我們的問券調查揭露一個有趣的關聯。每有一位富人擁有一套千元西裝，至少有六位年收入在5到20萬之間的非富人擁有千元西裝。這種購買習慣顯然跟他們之所以不是百萬富翁的事實有所關聯。這些是什麼人？一般來說，他們沒有自己的事業，多半是企業中的中階主管（特別是雙薪家庭中的一個）、律師、業務行銷專業人士，和內科醫生。

為什麼有人會建議你花錢買一套衣服，比典型的富人花得還多？在一篇最近發表的文章裡，一位擁有價值不菲西裝的人吹捧這種西裝是很棒的投資〔勞倫斯·米納德（Lawrence Minard），「先生，你看起來相當有前途」《富比士》，1996年8月，132-133頁〕。米納德先生自問自答了關於投資西裝的問題：

一套訂製西裝可能值2,000美元嗎？我的可以。我穿了十四年又胖了14磅之後，它們看起來還是很好…信不信由你，這是我一個很有眼光的投資（《米納德》，132頁）。

米納德跟讀者分享，他一開始是怎麼被兩位「品味卓絕」，但不隨便花錢的資深大佬帶到倫敦裁縫街去的：

他們解釋買一套手工訂製西裝，等於跟你的衣服建立一個獨特且親密的關係（《米納德》，132頁）。

量身訂作（bespoke）是什麼意思？對中產階級的美國人來說，它代表手工訂製西裝。強尼·盧卡斯從來沒買過手工訂製西裝。他跟自己從潘尼百貨（JC Penny）買來的全羊毛，頂級西裝是否有「獨特且親密的關係？」（你是否很驚訝，有些富人在潘尼百貨購物？更讓你下巴掉下來的是，大約30.4%的富人受訪者擁有潘尼百貨

聯名卡。）潘尼的自有品牌斯達福（Stafford Executive），最近以它的耐用、剪裁合身，被一家居領導地位的消費刊物列為最高分：

潘尼……今天他們的衣服都經過嚴格的測試，包括配色、布料是否會縮水、會不會起毛球……說到品質管制，潘尼的要求比任何一家百貨公司（泰瑞・阿金斯（Teri Agins），「為什麼廉價成衣得到更多尊重？」《華爾街日報》，10月16，1995 B1, B3版）都更嚴格。

要記得，飛蛾、雪茄菸灰，和其他危險物品才不會管你這套羊毛西裝是花多少錢買的。它們並不清楚訂製西裝代表什麼，它們對狄更斯（Dickens）、戴高樂（de Gaulle）和邱吉爾（Churchill）曾經穿過同樣牌子的西裝，興趣也不大，它們更不在乎你的西裝是否曾賺到股利或資本利得；但它們絕對可以毀掉你花在西裝上的投資。

接著來看鞋子

讓我們回到我們提議的電視節目。盧卡斯先生還在舞台上。強尼・盧卡斯會買什麼樣的鞋呢？電視機前面的觀眾，如果還有人沒轉台的話，會再度被他的答案嚇到。強尼就像多數富人，不會花大

錢買鞋。受訪的富人裡面，大概有一半的人從不曾買過比140美元更貴的鞋子；有1/4富人不會花 100美元以上買鞋；大概只有1/10的富人買鞋會花到 300美元以上。如果不是這些富人，是誰讓高價鞋類製造商和交易商人還能在這個產業裡活得好好的？當然，有些富人會買造價不菲的鞋，但花費300美元以上買鞋的這群人中，每一位富人就有至少八位非富人。

　　但那些主流媒體是怎麼說的？極少數美國人購買價值不菲的鞋子或相關手工藝品而受媒體渲染吹捧。想想關於拳賽經紀人唐·金（Don King）的報導，他在亞特蘭大花了兩小時買鞋。當時，金先生從某家商店購買了110雙鞋，含稅價格64,100美元。他的消費金額破了同家鞋店前一位消費紀錄保持人魔術強生的輝煌功績，也就是一次消費35,000美元。根據金先生的購買紀錄，換算出來平均每雙鞋要價582.73美元。最貴的那雙花了金先生多少錢？據報導，那一雙鱷魚皮製的便鞋要價850美元 （傑夫·舒茲（Jeff Schultz），〈金在鞋店付了64,100美元的帳單〉，《亞特蘭大憲法日報》，1995年6月4日，第1版）。

　　要知道，受訪問的富人中，只有1%會花667美元以上買一雙鞋。金先生購買鱷魚皮鞋這種消費行為，就算在富人之中也並不尋常。儘管這樣，流行媒體熱衷於吹捧這些不正常的購買行為。結論是，我們的年輕一代被灌輸一種「有錢人就應該花大錢買東西 」的觀念。他們被引導去相信，有錢人就是要享受這種高消費的生活方

式，以為過度消費就是在美國身為有錢人的主要優勢。

當金先生成為頭版標題的時候，卻沒有人注意強尼‧盧卡斯。因為強尼的消費習慣平凡無趣。他得到的獎賞比較無形，與商品無關：經濟獨立、紀律、為家庭提供優渥的生活，一個好先生，和有自律兒女的好爸爸。

盧卡斯先生的最後一搏

我們構思的這個關於美國典型富人的電視節目，還有哪部分的生活沒介紹到？強尼‧盧卡斯能否振作起來，找回流失的觀眾？

強尼‧盧卡斯是個有錢的公司老闆，非常守時。他開會從來不遲到，每個工作日早上6:30到公司上班。他怎麼辦到的？一定是他的錶特別準時。強尼是不是戴了一只特別名貴的手錶？現在你應該可以猜到答案。觀眾又要失望了。所有參與問卷的富人中，整整一半的人這輩子買過最貴的手錶不超過235美元，1/10的人最多花47美元，花100美元以下買錶的富人有1/4。

當然，某些富人會買名貴的手錶，但這些人僅占少數。這些富人中只有25%會花 1,125美元（含）以上買錶， 3,800美元（含）以上的占1/10，付過15,000美元（含）以上的只有1/100。

我們肯定，強尼應該會為他對服飾和珠寶的品味單調乏味，來向電視機前面的觀眾道歉。而且我們確定，他會用底下的陳述來定

義他的狀況：

> 我住的房子很不錯……而且沒有貸款。為孩子們上大學準備
> 的教育基金，已經超過他們需要的，而他們甚至都還沒開始上大學
> 呢。

很不幸地，強尼的故事，包括這個道歉，永遠搶不到時段。

極少數的強尼・盧卡斯們

為什麼美國的富人那麼少？就算大多數年收入達到6位數字的
家庭也不富有。這些人的價值觀和盧卡斯不同，他們相信今天應該
把明天的錢花掉。他們偏好借貸，賺了就花，日復一日循環。對多
數人來說，若不把自己物質享受那一面昭告天下，就不算成功。他
們覺得，像強尼・盧卡斯這麼低調的人，根本沒辦法跟他們相提並
論。

強尼・盧卡斯的多數鄰居很可能不太看得起他。從社會地位
的角度，他不到平均水準。但標準是誰訂的？在鄰居眼裡，強尼的
職業低下，不過是個小公司的老闆。偶爾他把一輛清潔公司小貨車
開回家的時候，那輛貨車會在他的車道停放一整晚，直到他隔天早
上離開為止。他的鄰居會怎麼想？他們並不知道強尼已達到經濟獨

立。強尼只結過一次婚而且沒離過，全額支付孩子的學費，手下有
好幾十個員工，正直、簡樸，貸款全部還清，他們不覺得這些有什
麼了不起。真的，有好多鄰居甚至希望強尼一家搬離這個社區。為
什麼？或許只是因為他們一家人看起來不有錢，穿著打扮不像有錢
人，開的不是有錢人會開的車，從事的工作社會地位又不高。

強襲猛攻

我們放在問卷調查裡的以下三個問題，富人們通常回答
「是」：

1. 你的父母很節儉嗎？
2. 你節儉嗎？
3. 你的另一半比你更節儉嗎？

最後一題十分關鍵。這些超優理財族不但本身節儉，他們的配
偶通常更是節儉到不行。想想典型的富人家庭，其中大概95%由已
婚伴侶組成。這些家庭中有七成，男主人貢獻至少80%的收入。多
數男主人在創造收入的活動中，扮演強襲猛攻者的角色。以經濟術
語來說，強襲猛攻 （great offense）意指一個家庭產生的收入顯著高
於常態——也就是年稅前收入高於33,000美元。這些家庭同時也是

出色的防守者；換句話說，他們在消費品和服務方面的支出也很懂
得節儉。不過，同樣生活簡約的高收入家庭，已婚狀態，並不會自
動轉換成高資產淨值，一定還有其他原因存在。一位白手起家的富
翁說得最好：

　　我沒辦法讓我老婆花一毛錢！

　　若是有個奢侈浪費的配偶，多數人永遠不可能變有錢。一對夫
婦中如果有一個習慣過度消費，他們不可能累積財富。要是其中一
人正在努力為事業打拚，這一點更顯得真切。很少人能夠在習慣恣
意揮霍金錢的同時，還能打造財富。

歌頌那節儉的老婆

　　一個有錢人把他最近剛上市一家公司當中相當於800萬美金的
股票給了他老婆，老婆的反應是什麼？對於她那結縭三十一年的老
公，她說：「我很感激，真的。」她微笑著，她在廚房餐桌旁的位
子坐著，動都沒動一下，繼續從當週的報紙上剪下25分或50分美元
的折價券。沒有什麼事重要到能打斷她週六早上的例行工作。「她
今天做的跟以往沒什麼兩樣，即便我們曾經除了廚房餐桌以外什麼
都沒有……我們就是因為這樣才能發財。很多交換和犧牲……在我
們剛結婚的時候。」

為什麼你不有錢？你問我們。好，讓我們來看一下你的生活方式。你是個強襲猛攻者嗎？你的收入在7萬、10萬，或20萬這些等級嗎？恭喜你，你扮演很不錯的進攻者。但你為什麼在財富累積的遊戲中不斷被打敗呢？

對自己誠實點。有沒有可能是你的防守太糟糕？多數高收入的人都有同樣的情況，但有錢人通常不是這樣。富人們既攻且守，兩方面都做得很好。他們的嚴密防守，常常幫助他們比那些賺得多／收入高的人累積更多財富。累積財富的基石是防守，這種防守應該要有制定預算和規劃兩者作為後盾。我們發現，幾種職業類別在預算規劃方面很在行。

富有的拍賣商

我們在最近一次對拍賣商進行的問卷調查中發現，拍賣商有35%以上是有錢人。這個比例稍微高於那些住在美國最好的市區和市郊住宅的富人家庭比例。

1983年我們第一次依職業別做研究，自那時起，拍賣商一直在我們的高生產力職業類別名單上。當時在年度稅前收入高於10萬美元這組，他們排名第六。但吸引我們注意的並不光是他們的收入，以同等收入的人來看，累積比較多財富的，是住在美國小鎮的拍賣商，還是某個住在市區或市郊高級住宅區的人？你應該可以猜到，

答案是住小鎮的典型拍賣商。

　　跟素有創造高收入名聲的其他群組相比，一般說來，拍賣商更節儉；不論是在家裡或公司，他們的費用支出都比較低。某種程度上可以解釋成：在小城鎮裡，做生意和生活開銷都比較低廉。但就算把生活費用考慮進去，拍賣商還是比較會累積財富。考慮以下幾點：

◆ 平均說來，這些富有的拍賣商年紀約五十歲上下，比他們住在市區／市郊的同儕年輕六至八歲。

◆ 一般有錢的拍賣商在房屋方面的支出，僅占其他住市區／市郊富人的61%。

◆ 市區／市郊的富人購買豪華進口車的比例，是有錢拍賣商的3倍以上。

◆ 與其他很會賺錢的人相比，拍賣商將財產的較高比率分配在可增值的資產上，而且他們會投資在專長的品項中。

◆ 拍賣商很清楚破產是什麼滋味。他們很明白消費性商品最後通常值不到幾毛錢。有位拍賣商解釋她這麼節儉的原因：

　　在我很年輕的時候，目睹一個女人……就坐在前院的椅子上哭泣。整個過程中，得標的人不斷把她曾經擁有的每樣東西從她身邊帶走。我永遠也忘不了那個女人。

　　讓我們請教這位白手起家的美國典型富婆，她的防守策略如何？我們先暫且稱呼她為珍·規則太太。規則太太和先生共同經營一個小事業，一家拍賣／鑑價公司。同時也投資他們負責鑑價的某些項目類別。規則先生是這家公司檯面上的老闆。這家公司會成功少不了他的功勞。他很會講話，而且速度很快。但事實上規則太太才是這家公司真正的幕後功臣、領導者。她負責規劃、設計、制定預算、收帳與行銷，使得這家拍賣公司業務蒸蒸日上。

　　為什麼規則先生夫婦今天會是有錢人？因為有規則太太無懈可擊的防守！她為家庭和公司負責預算和支出。你們家有任何人負責預算嗎？答案經常是「不算有吧」。人們經常讓他們的收入來支配自己的預算。當我們告訴觀眾這些有錢人制定預算和規劃的習慣時，總會有人問這個預料中的問題：已經是有錢人了還需要預算幹嘛？我們的答案永遠都一樣：

　　他們之所以能成為有錢人，就是因為他們制定預算、控制支出，而且一直用同樣的方法維持他們富有的狀態。

　　有時候，我們不得不加上具體的例子來類比，好說明我們的觀點。舉個例子，我們會問：

　　你是否留意過，有些人天天慢跑，他們是那種看起來並不需要

慢跑的人？但這就是他們能夠維持體格的原因。那些有錢人得持續努力，才能維持財務上的良好狀態。而財務狀態不好的人，對他們的狀態並沒有做太多努力。

多數人希望保持完美身材。人們大多知道該怎麼做才能達到目標，然而儘管明白這些，許多人的身材從來不在良好狀態。為什麼呢？因為他們沒辦法要求自己去實行，他們不計劃時間去做。就像你想在美國變成有錢人一樣。沒錯，你是這樣希望，但你的財務防守超爛。你沒有紀律節制花費；你沒有花時間去規劃跟制定預算。記住，那些超遜理財族，每個月花在運動上的時間，比他們花在規劃投資策略的時間還多三倍。

規則太太則不同。就像多數富人，她很自律，她花時間做計劃跟預算。這麼做會轉換成財富。規則太太的家庭收入每年都不同（對拍賣商來說很普遍，現金流時高時低。通常當國家經濟衰退時期，對拍賣業服務的需求會升高）。過去五年，她的平均年收入在9萬美元左右，而她的資產淨值持續增加中。到今天，規則太太的資產淨值高於200萬美元。在我們的問卷調查中，四項關於規劃和預算的題目，她都答「是」。

你想變得有錢而且一直有錢下去嗎？你能不能坦白誠實地回答四個簡單的問題？

問題一：你的家計是否依照年度預算來安排？

你有沒有根據不同類別的消費來規劃年度支出，像食物、衣服、住房？規則太太這麼做，多數富人也一樣。事實上，在最近一次全國性的富人調查中，我們發現每有100個不做預算的富人，同時差不多有120個會做預算規劃。

我們猜你會問，這些不做預算規劃的富人是怎麼變有錢的？他們如何控制開銷？這些人在家裡創造一種刻意營造的，錢不夠用的經濟環境。這些不做預算規劃的富人，他們將收入先拿來投資，剩餘的部分才作消費之用。很多人把這種策略叫作「先付錢給自己」。這些人把年度稅前收入中的至少15%拿來投資，剩餘的才用來支付食物、服裝、家用、信用貸款等等。

那些不做預算也不刻意節儉的有錢人，又是什麼情況？其中有部分人的財產，多數或全部來自繼承。另外少部分人，大概不到有錢人的20%，收入已經高到某種程度，他們就算隨心所欲的花，仍能維持7位數字的資產淨值。換句話說，他們的超凡進攻彌補了超爛防守。要是你一年賺200萬，淨值100萬？技術上來說，你是個有錢人沒錯；但本質上，你是個超遜理財族，而且你的富人狀態很有可能不會天長地久。這就是你在報章雜誌上看到的那些人，媒體很愛報導的怪胎，不管是自然界的還是經濟上的。

主流媒體會有興趣報導規則太太嗎？不太可能。有誰會想看規

則太太價值14萬的家，或車齡四年的「底特律金屬」房車？誰想看
她連續三個晚上坐在廚房餐桌邊搞定家庭的年度預算？計算和核對
去年每一塊錢的帳目，會讓人興高采烈嗎？你會很開心地看規則太
太是怎麼計算未來的收入，分配到數以打計的不同消費細目中嗎？
你能忍受多久看著她小心翼翼地完成年度預算計劃？沒錯，就算對
規則太太來說，這也不是件令人興奮的事。但在她心裡，有些事情
更糟，例如永無退休之日、永遠無法達到經濟獨立。　一旦看到它的
長期利益，做起預算來會比較輕鬆自如。

問題二：你知道你們家在食物、衣服和居住一年支出多少錢嗎？

　　受訪的富人中，有2/3對以上問題答「是」，規則太太也是其
中之一。但那些很會賺錢的非富人，只有35%回答「是」。高收入
／低淨值這群人中，有很多人不知道他們每年在各類別上花了多
少錢，像在家吃飯、外出用餐、飲料、生日和節日禮物（各類別的
接受者）、為家裡哪個人在哪家商店消費、買哪種類別的衣服、保
姆、日托中心的費用、貸款額度使用明細、慈善捐獻、財務顧問、
俱樂部年費、汽車與相關費用、學費、假期、暖氣和照明，以及保
險。

　　注意，我們並沒有把房貸還款放在清單裡。通常高收入／低
淨值的受訪者會自吹自擂，他們用房屋貸款當作所得減項少繳了多

少稅。當然，許多還有貸款未清的富人也會採取這種方式節稅，但是多數富人還會在其他家用支出上面精打細算。如果問那些高收入／低淨值的人有什麼目標，他們會怎麼告訴你？他們通常會說，主要目標是把稅務負擔降到最低。為了達到這個目標，他們把貸款扣除額也當作方法之一。那麼這些人為什麼不好好算算他們的家用支出？因為他們不了解這麼做有什麼好處。他們看到的是，在計算應納稅額時，多數家用支出都不能當作扣除項目。

不過規則太太有不同的看法。她的目標是達成經濟獨立——以她的情況來說，她希望在他們夫婦退休時存到500萬美金。她相信，家用支出的預算和記帳跟達成她的目標有直接關係。在她看來，把費用製成表格有助於控制支出。為避免分配太多錢給非必要的物品或服務，表格化能幫助她把這種機率發生的可能性降低。規則太太總會把公司的費用表列下來。她了解到公司的會計系統，一樣可以應用在家裡的開銷。這就是自己當老闆的好處之一。

規則太太希望在她六十五歲生日之前達到經濟獨立，擺脫財務上的憂慮。每次她在列表的時候就會告訴自己，她正在降低自己對無法輕鬆自在退休的恐懼。哪些人會對未來有經濟顧慮？肯定不會是規則太太。雖然她的年收入是9萬美元，她的資產淨值是這個數字的20倍以上。而且，每一筆家庭開銷都在她掌握中。

另一方面，羅伯特和朱蒂則相當害怕退休。他們也的確該害怕。這對夫妻年收入達20萬美元，可以算是規則太太的2倍以上。不

過，就像今天許多高收入夫妻般，羅伯特和朱蒂的財富僅僅是規則
太太的一小部分。他們覺得被消費所支配。就算是規則太太，也會
被他們每年高達20萬美元的開銷給嚇到。羅伯特和朱蒂共有14張信
用卡；規則先生夫妻則只有2張（一張公司用，另一張家用）。

　　讓我們來談一下信用卡這部分。問一大群富人樣本關於信用卡
的一個簡單問題，答案會讓你清楚明白，這些富人真正的面貌。

　　富翁／富婆：

　　請圈註適當的數字來標明，你和家中任何成員擁有的信用卡。
圈選所有適合的答案。

　　現在請你閉上眼睛，假裝自己是個身價超過400萬美元淨值的
富翁。什麼樣的信用卡和你生活的定位對等？也許在你清單上的第
一名，會是美國運通白金卡、大來卡，或無限卡。或許你認為自己
是個對時尚敏感的富人。你也許會列下名牌聯名卡，好比布克兄弟
（Brooks Brothers）、尼曼馬卡仕（Neiman Marchus）、薩克斯第五
大道（Saks Fifth Avenue）、羅德泰勒（Lord & Taylor），或艾迪鮑
爾（Eddie Bauer）。如果你列出這些卡，你會是有錢人當中的少數
分子。我們對有錢人做的全國性問卷調查，揭露了一些有趣的信用
卡偏好（見表2-2）。部分重點如下：

◆ 跟多數美國家庭相同，有錢人家庭大都持有一張萬事達卡和一張威士卡。

◆ 富人家庭擁有的席爾斯卡（Sears）（43%）是布克兄弟卡（Brooks Brothers）（10%）的四倍。

◆ 席爾斯和潘尼卡（JC Penny）比象徵地位的名牌商店卡，在富人之間普遍得多。

◆ 富人家庭中只有21%有尼曼馬卡仕卡（Neiman Marcus）；有薩克斯第五大道者為25%；羅德泰勒者為25%；只有8.1%擁有艾迪鮑爾卡。

◆受訪的富人中只有6.2%有美國運通白金卡；3.4%用大來卡；不到1%使用無限卡。

問題三：你有一組定義明確的日／週／月／年度／終身目標？

這個問題是源於我們十幾年前訪談過的一位千萬富翁。他告訴我們，他十九歲時建立了一個食品批發事業。他高中從來沒念完，只是後來得到高中同等學力證明。我們請他敘述，他連高中都沒畢業，卻能累積到千萬以上財富這個事實。他的回答如下：

我一直是個目標導向的人。我有一套定義清楚的目標：每日、每週、每月、每年，和終身目標。我連去浴室都有設目標。

表2-2：富人家庭成員持有的信用卡（樣本數＝385）

信用卡	持有百分比
威士卡 （Visa）	59.0
萬事達卡（MasterCard）	56.0
席爾斯（Sears）	43.0
潘尼（Penney's）	30.4
美國運通金卡 （American Express Gold）	28.6
美國運通綠卡 （American Express Green）	26.2
羅德泰勒 （Lord&Taylor）	25.0
薩克斯第五大道（Saks Fifth Avenue）	25.0
尼曼馬卡仕 （Neiman Marcus）	21.0
布克兄弟（Brooks Brothers）	10.0
艾迪鮑爾（Eddie Bauer）	8.1
美國運通白金卡（American Express Platinum）	6.2
大來卡（Diners Club）	3.4
無限卡（Carte Blanche）	0.9

我總會告誡那些年輕經理們，他們一定要設定目標。

規則太太是個目標導向的人，多數富人人也是。每有100位富人回答「沒有」的同時，有180個答「有」。說「沒有」的是哪些人？許多高收入和繼承家產的富人討論了這題。許多年長、退休的富人，因為已經達成目標，所以回答「沒有」。你或許想體驗一下當時一位80歲富翁給的指教：

作者：我們通常問的第一個問題是關於目標。你現在有什麼目
　標？

克拉克先生：昨天倫敦金價是每盎司438美元！

克拉克先生打開他的助聽器之後，我們又問了一遍。

克拉克先生：哦，是目標（goals），不是金子（gold）……我
　明白了。我的目標。我想做的事已經都完成了。我的長程目
　標，當然是累積足夠的財富，我就可以退休，享受生活。我
　一直在朝這個目標邁進……我已經得到國際上的認可。我的
　公司是全世界數一數二的銲接公司。我並不想退休。我現在
　的目標是我的家庭，和對自己的成就感到心滿意足。

　　克拉克先生就是那種已經坐擁大筆財富的銀髮族典型。附帶一
提，我們訪談過的人當中，只有兩位富人告訴我們他的目標是「死
的那天花掉最後一塊錢！」

　　無論克拉克先生或規則太太的目標都不是像這樣。規則太太計
劃要留教育信託基金給她所有的孫子女，她也打算將來退休後好好
享受生活。她希望財務受到保障。她的財務目標是累積到500萬美
元。規則太太知道她每年必須撥出多少錢，來幫助達到這個目標。

　　但是，她快樂嗎？對於那些節儉度日的富人，這是個我們經常

詢問的問題。是，她很快樂。她的財務狀況良好。規則太太很開心處在一個關係緊密的家庭裡，家庭是她的一切。她的生活與目標很簡單。規則太太不需要一個簽證會計師來幫她規劃目標，當她的公司或家裡有需要時，尋求她的意見就夠了。反觀羅伯特和朱蒂這對高收入／低資產淨值的夫妻，迫切需要一個強大又聰明的幫手。他們需要一位有足夠經驗的會計師，協助客戶改變方向，一位可以幫助他們把混亂和過度消費的家庭環境，改變成目標導向的規劃、預算，和控制。這樣他們就會快樂嗎？我們不知道，但我們可以告訴你：

經濟獨立的人們比那些在同樣收入／年齡等級但財務未獲保障的人要快樂得多。

經濟獨立的人似乎比較能看到訂定目標對未來的好處。舉個例，規則太太能預見她的孫子女們大學畢業的場景，能預見他們畢業後的成功。她沒辦法想像自己在財務上依賴其他人，就算將來她行動不便也仍然如此。她這個目標與多數富人在這方面是一致的。

問題四：你是否花很多時間規劃將來的財務？

每100個富人答「否」的同時，有192個答「是」。再一次，答

「否」的這些人若不是高收入，資產淨值較低的一群；就是多數或全部財產靠繼承而來；要不就是有錢的長者／已退休人士。

像規則太太這樣的人，很精準地把自己定位成規劃者。事實上，這一題的答案和受訪者分配在規劃未來財務的實際時數，呈現高度相關。平均來說，富人們每個月用在分析和規劃將來的投資決策，以及管理當前投資的時間，遠高於收入高的非富人。在第三章，我們會詳細介紹這些用於規劃和管理財務的時數分配。

像規則太太這類有錢人，不僅在規劃財務方面花的時間比非富人多，他們似乎也從這些時數中獲益不少。還記得規則太太的事業並不侷限在拍賣，她的工作還包括替公司負責拍賣的商品鑑價。規則太太經常投資在她相當專業的領域。這方面，她跟多數富人沒兩樣。他們很精明地分配時間，讓規劃事業和私人投資齊頭並進。我們發現，高生產力的拍賣商通常也是厲害的投資人。舉個例，一個專精於商業不動產的拍賣商人，他最懂的投資領域是什麼？商業不動產，他就是自己的投資分析師。如果你的拍賣專業在古董家具或美式衝鋒鎗，你是否該投資在高科技證券？也許不是。一般而言，把你的專業用在幫助你投資上是比較明智的。如果你對骨董十分熟悉，為什麼不利用這些知識呢？

並不是只有拍賣商才會因為他的專業知識而獲益。我們有位同事曾經受僱於一家大企業，擔任策略規劃主管，他有部分工作是要分析不同事業類別的各種趨勢。幾年前，他發現投資級棒球卡的需

求將來可能會狂飆，當時市場還沒有反映出這種趨勢。用他的話來說，在市場還在「沉睡」的時候，他便大量投資棒球卡，等市場價格到達最高點時，他即把手上的棒球卡全部脫手，包括所有米奇・曼多（Mickey Mantle）新秀卡。另外一個朋友是個百貨公司經理，總習慣研讀貿易期刊來使他的商店更有生產力。後來他利用這種閱讀習慣，開始投資零售業的績優股票。

非富人分配多少時間在規劃和管理上？就像前面提過的，比富人要少很多，而且絕對不夠！雖然說富人們在決定投資方針方面的經驗比較豐富，但他們為了成為比較高明的投資人，花在這方面的時間仍然比非富人多很多，這也是富人能夠維持財富的主要原因之一。

像規則太太這類公司老闆，跟受僱於其他公司的人相比，當然享有比較多自由。她可以把她的商業知識用在個人的投資習慣上，她可以選擇事業領域，和她想分析研究的部分；通常當別人的雇員就沒這種好處。不過，就算對良好投資機會有深厚知識的人，也有很多不懂得將這些知識善加利用。想想以下這些範例：

◆ 某位很厲害的業務專業人員（我們稱呼他威利斯先生），沃爾瑪（Wal-Mart）是他十幾年的老客戶。這些年來，沃爾瑪的成長和市值突飛猛進。威利斯先生這位年收入6位數的業務人員，買過多少沃爾瑪的股票？零股。是的，零，即便他

對客戶的成功擁有大量的第一手消息，更不用說他的年薪高達6位數。不過他確實在這幾年當中，每兩年就買一輛豪華進口車。

◆ 一位很會賺錢的行銷經理彼得森先生，在高科技領域工作，但他從來不曾投資一毛錢買微軟或其他具有潛力的公司股票。就算他對科技產業中的許多公司有深厚了解，他就是不曾買過。

◆ 一個印刷公司老闆的某個客戶是美國領導品牌飲料商。這個客戶一年給他的印刷業務高達上百萬美元。那這個老闆投資多少錢買他客戶的股票？零。

以上這三個例子，他們的收入都比規則太太還高，但沒有一位是有錢人。事實上，行銷經理彼德森先生從來不投資任何股票，他從來不把收入拿來投資。但他住在價值40萬美元的房子裡，周遭都是科技新貴，看起來很有錢，房貸也很高，只是沒有資產。很多高收入／低資產淨值類型的人，總是倚賴每次薪水進帳，害怕經濟突然衰退。

超遜理財族——豪邁先生

是什麼激勵了西奧多「泰迪」・豪邁先生（Theodore "Teddy" J.

Friend）？他為什麼這麼努力工作？是什麼驅使他賺這麼多錢？他為什麼這麼會花錢？豪邁先生會告訴你這是因為他好勝心很重。幾乎所有的頂尖業務員都很好勝，但好勝不是造成他這種行為的最主要原因。

在豪邁先生成長過程中，他家是藍領社區中是最窮的一群。他家的小房子是用舊木材和類似的廢棄物料搭建起來。一直到豪邁先生高一為止，都是爸爸替他理髮，這樣的確省下不少錢。只是，據豪邁先生說，大多數人都看得出來他的頭是「讓一位業餘理髮師剪的」。他就讀的那所公立學校，吸引來自各式各樣社經背景的學生，其中很多是來自上流家庭。「有錢小孩」人數多到使學校停車場擠滿了名車。這些車總是讓豪邁先生十分讚嘆。他整個高中時期，全家只有一輛車，一輛很舊的福特，他爸爸買的時候已經是輛十年的二手車。

高中那幾年，豪邁先生對自己許下承諾，有一天他會比他父母更有錢。「更有錢」在他的心裡就是在高級住宅區有間不錯的房子，所有家人都能穿好衣服，開拉風的車，成為俱樂部會員，在最貴的商店買東西。豪邁先生知道，找到高薪的職位，努力工作能幫助他「更有錢」。

豪邁先生從來沒把「更有錢」和累積財富劃上等號。再一次，他以為「更有錢」係表示透過炫耀高檔商品，來展現一個人的高收入。豪邁先生從來沒有深入思考建立投資組合的好處。對他來說，

高收入就是他能戰勝自卑的途徑。而高收入是努力工作的結果。「資本利得型式的收入」這概念對他來說相當陌生。

豪邁先生的父母在金錢方面沒辦法做到未雨綢繆。他們的財務規劃很簡單，有錢就花，沒錢就不花。如果有什麼需要，好比要買一部洗衣機或換新的屋頂，他們會存錢；此外，他們也用分期付款買很多東西。但他們從來不曾買過股票或債券，豪邁先生的父母從來不會撥出部分收入做投資用。他們不懂，也不相信股市。這對夫妻唯一的財富，就是一點退休金和他們的房子。

今天，他們的兒子覺得需要彌補他的「原生藍領」家庭背景，和教育上的不足。豪邁先生沒把大學唸完。就算到了今天，他跟同儕競爭時，還是覺得自己必須表現得比那些大學畢業生更好。他會告訴你，他享受穿好衣服、開好車、住好房子，還有，整體來說，就是要比那些在他的領域工作的「大學生」過更高檔的生活。

豪邁先生是那種極端的消費者。他擁有兩艘船、一艘噴射快艇、六輛車（兩輛是租來的，其餘用車貸買）。有趣的是，他家只有三個人開車。他加入兩家鄉村俱樂部，手上戴的錶超過5,000美元。他在最好的商店買衣服。豪邁先生還「擁有」一個度假別墅。

去年，他的所得為221,000美元左右。以他的年紀來說，48歲的他期望資產淨值是多少？根據財富方程式，他的資產淨值應該等於1,060,800美元（期望財富＝年齡的1／10乘以年度總收入）。那他的實際資產淨值是多少？還不到期望淨值的四分之一。

　　豪邁先生的實際淨值還不到他期望淨值的四分之一，這怎麼可能？答案就在豪邁先生的想法上。坐擁財富這個想法激勵不了他。有趣的是，豪邁先生堅信，如果他真的很有錢，就做不到頂尖業務員。他常說，來自富裕家庭背景的人在職場上求表現的動力很小。

　　豪邁先生找到一個能夠維持和增強鞭策自己力求表現的方法。他發現恐懼是最好的動力，所以不停地貸款買東西。當他的債務越滾越大，相對的，也會提高他對無法清償貸款的恐懼。接著，這種越來越深的債務恐懼，將驅使他更努力、更積極的工作。對他來說，一間大房子等於提醒他背負龐大房貸，所以他必須努力工作。

　　豪邁先生並非在任何產品與服務上都大肆揮霍。你可以問他在財務顧問方面分配多少錢，在這個類別上，他相當斤斤計較。舉個例，他選擇的會計師幾乎純粹係以其收費多寡來抉擇，而不看服務品質。豪邁先生一直認為，所有會計師提供的服務品質應該差不多，差別只在價碼。所以他挑了一個便宜的。形成鮮明對比的是，多數有錢人認為在財務顧問這個領域裡，一分錢一分貨。

　　豪邁先生花很多時間在工作上。不過，他總擔心有天會喪失他所謂的競爭優勢。他怕將來某一天，那種想打敗有錢人家小孩、大學畢業生的心態會漸漸淡化。豪邁先生不斷提醒自己，他出身卑微的家庭，缺乏別人認為重要的大學學歷。他總是在心理上鞭策自己。在他眼裡，他的出身比不上跟他競爭的那些自信的大學畢業生。他常常覺得奇怪，以那些人在職場上毫不亮眼的表現，為什麼

能夠自我感覺如此良好。

豪邁先生從來不曾真正享受生活。他擁有很多高檔的東西，但他工作相當辛苦，工時也很長，平日裡根本沒時間享受。他也沒有時間陪伴家人，每天天亮之前就出門，很少有機會回家吃晚飯。

你想跟豪邁先生一樣嗎？或許很多人覺得他的生活方式很吸引人。但要是他們真的了解豪邁先生的內心世界，可能會重新評估對他的看法。豪邁先生是物質的奴隸，他為了這些東西而工作，他的動力和思想被所謂成功的象徵所鞭策。他必須時時說服別人他的成功。令人難過的是，他從來沒有成功說服過自己。簡單說來，他工作、賺錢、犧牲，都是為了做給別人看。

這些因素影響許多超遜理財族的思考過程，他們多半讓「重要的其他人」來決定他們的財務生活風格。很有趣，這些「重要的其他人」或影響他們的人，往往存在於想像中，而非真實生活裡。你是不是也受「重要的其他人」激勵？或許你該思考人生的不同面向，或許你該重新定位自己。

難道所有出身寒微的高收入人士，皆註定變成超遜理財族的一員？他們最後都會和豪邁先生如出一轍嗎？當然不是。在豪邁先生社經和教育的缺陷下，有些基本因素讓他成為超遜理財族：他父母的不良示範。雖然他們的收入還可以，但是他們從不節儉，幾乎把所有收入花光。他們是花費資源的專家，只要有即將增加的收入，他們會事先想好這部分該怎麼消費。即便是預料中的退稅也難以倖

免，退稅支票還沒收到就已經被花光了。他們的消費行為影響了兒子。他們不斷對他洗腦：

賺錢就是為了花錢。一旦你需要錢時，就更會賺錢。

豪邁一家的生活

豪邁先生的父母怎麼花錢？他告訴我們，父母自結婚開始，就一直隨心所欲地大吃大喝，抽很多菸，買很多東西。他們家裡總是堆滿食物，他們囤積零食、上等肉品、冷肉、冰淇淋，和其他甜點。就算是早餐也都像一場盛宴，培根、香腸、自製薯條、蛋、英式鬆餅、丹麥酥皮點心都是早餐的基本配備。牛排和烤肉是他們喜歡的晚餐。他們從來不錯過任何一餐。親朋好友經常受邀到「豪邁的餐廳」，他們這樣自稱。豪邁先生的父母兩人一天要抽掉三包菸，平日一星期喝掉兩箱啤酒；到了假日，食物、香菸、酒精消耗地更凶。

購物和消費是豪邁一家的主要嗜好。通常，他們購物是為了好玩，而不是出於需要。大部分的週六，他們會從一大早買東西買到快傍晚。他們從買吃的開始，然後在各個折扣商店待上好幾個小時。豪邁先生指出「大多數他們買的都是沒用的垃圾。」

豪邁先生的母親是個特別積極的折扣店購物者。她對小地毯、

菸灰缸、麥芽奶球、焦糖玉米、各種顏色和樣式的浴巾、便鞋、木頭碗，和烹飪用具有種強烈的購買慾。家裡囤積了許多這些東西，有時候一放數年，從來沒用過。他父親把買東西當成消遣，每週六會花好幾個小時購買工具和五金。多數時候，這些東西極少使用，或從來用不到。

豪邁先生的父母很明顯地是超遜理財族，他早已耳濡目染多時。但是今天，他賺的已比父母多出很多，為什麼他仍舊是個超遜理財族？這份收入本身就是父母指導下的產物，他父親經常耳提面命，要他找一份具有高薪潛力的工作。有了高薪之後，就可以擁有生活上的好東西。他父親的教誨很清楚：要想買一棟高級住宅、豪華汽車、名牌服飾，這些都必須有高薪才行。豪邁先生發現，好些領域的業務員都提供賺取高薪的機會。他必須多賺才能多花。父親從來沒提過挪出部分錢來投資的重要性。賺錢就是為了花錢，許多主要的購買都是靠額度。

豪邁先生和他父母從來都沒辦法理解，透過投資來累積財富有什麼好處。豪邁先生不止一次告訴我們，那「根本就沒可能」，他就是沒有任何多餘的錢可以拿來投資！一個年收入是平均美國家庭6倍的人沒有錢投資？怎麼會這樣？豪邁先生在孩子的私立學校和大學學費上花的錢，還高於一般美國家庭的年收入；他擁有的汽車價值超過13萬美元；他每年要付12,000美元以上的房產稅；他整年度的貸款支出超過3萬美元；他某些西裝每一套均超過1,200美元。

他對投資的好處沒感覺，不像他覺得消費是必要的。他父母對投資既不了解也不贊成，他也一樣。父母把這種無知傳承給了他。

豪邁先生辯稱，他父母賺得不夠多，沒錢可投資。讓我們來檢驗這個認知是否正確。他父母一天抽三包菸。他們的成年生活到底抽了多少菸？一年有365天，所以，他們一年大概要消耗1,095包菸。抽了大約四十六年，所以這四十六年當中，他們抽了5萬又370包香菸。這對夫婦為這些香菸花費了多少錢？大約33,190美元──比他們住的房子還貴！他們從來不去思考買香菸花了多少錢，他們覺得這只是小錢。然而積少成多，定期投資小錢，假以時日，也會變成大投資。

要是豪邁父母把他們這輩子買菸的錢投資在股市（指數型基金），它的價值會是多少？答案是10萬美元左右。如果他們把買菸的錢拿來投資菸草公司的股票；要是他們這四十六年來買進再投資所有的股利，而且一直持有菲利浦・莫利斯（Philip Morris）的股份，而不是抽這家公司出產的香菸，四十六年後，這對夫婦持有的香菸股份投資價值會超過200萬美金。但這對夫婦跟他們的兒子一樣，從來沒想過「小銅板」有一天會轉換成可觀的財富。

光是這項行為的改變，就可以讓豪邁家躋身百萬富翁行列。以他們的中等收入來看，他們也早就會是超優理財族的一員。如果有人教導他們去計算財富增值，或許他們會過著不一樣的生活。從來沒有人告訴他們這種景況，所以他們沒有教育小孩投資的好處，一

點也不令人覺得意外。不過他們確實有告訴他別抽菸。他父親告訴他，「絕對不要把香菸放到嘴裡。我一試就上癮。沒有什麼辦法可以讓我戒菸。」他兒子聽從這個勸告。

改變超遜理財族的惡習

　　豪邁先生這種生活方式可以過多久？如果他從今天開始不工作，以他當前的財富水平，他能過多久這樣的日子？大概只有一年！難怪他這麼努力工作。以他目前的狀態來看，豪邁先生絕不可能舒舒服服地退休。雖然他年近五十歲，他還沒為自己打算。但一切還不算絕望，豪邁先生仍然有機會成為超優理財族。

　　我們發現，把這個赤裸裸的事實告訴那些超遜理財族很有用：「朋友，在你的所得／年齡那組人當中，你的資產淨值還不到期望水平的一半。」這個消息通常會鞭策那些好強的超遜理財族。當他們知道，自己的資產淨值在跟他們類似所得和年齡的群組中，落在最後的1/4時會有什麼反應？有些人會感到懷疑；許多人則想要改變，但是不確定該怎麼樣改變自己。一個已經當了二十幾年超遜理財族的人，要怎麼改變？

　　首先，他們必須真心想改變。其次，他們很可能需要專業協助。理想狀態下，他們能找到一個合格的會計師來提供財務規劃，而且這位專家必須經驗豐富，具備改變過超遜理財族人的成功經

驗。換句話說，他們必須有曾經幫助過豪邁先生這類人，成功轉換
成超優理財族的有力紀錄。

　　有些極端的案例中，會計師／財務規劃顧問曾實際控制其客
戶的購買行為。他會先稽查客戶過去兩年的消費習慣，將它們分門
別類做成表格。然後，會計師會跟客戶討論。如果客戶被放進「立
即戒除」削減方案，表示所有消費類別在未來一到兩年當中，必須
削減至少15%，接下來削減更多。某些情況下，會計師／財務規劃
顧問甚至會替他的客戶保管支票簿，幫他開支票，支付所有帳單。
「立即戒除」對多數超遜理財族來說並不容易，但有時候這是解決
問題的唯一途徑。

終極消費類別

　　接受我們問卷調查的典型富人，他們的年度稅前收入約占財富
的7%，這表示他們財富的7%左右將被課予某種型態的所得稅。*
根據我們最新的研究，這個百分比是6.7%。富人們知道，消費的越
多，稅前收入必須越高；他們的稅前收入越高，就要分配更多部分
來繳所得稅。所以這些富人和準富人們嚴格遵守一個重要規則：

*在美國，私人財富的價值高於22兆美元，富人擁有的大概占一半左右，也就是11兆，
　同時期全體個人所得估計在2.6兆美元左右。富翁們的所得僅占30%，也就是0.78兆。
　這表示，富翁們每年僅實現約當7.1%的整體財富（0.78兆所得÷11兆財富=7.1%）。

想打造財富，把已實現（稅前）所得極小化，未實現所得（沒有現金流的財富／資本增值）極大化

所得稅是多數家庭每年最大一筆支出。它是收入被課的稅，不是其他財富或還沒有實現的財富增值；也就是說，還沒有產生現金流的財富都不算收入。

這告訴我們什麼？就算是很會賺錢的家庭，也有很多沒什麼資產。有個原因是他們把稅前收入極大化，這經常是為了維持高消費生活方式的後果。這類人可能應該自問一個簡單問題：我能不能只靠財富的6.7%過日子？成為有錢人，需要嚴格自律。我們訪談過許多身家在200到300萬美元之間的富人，他們的年度稅前收入連8萬美元都還不到。

一般的美國家庭每年已實現收入有多少？大約是35,000到40,000美元，或是家庭資產淨值的90%左右。也就是說，一般美國家庭之財富，至少有10%用來支付每年的所得稅。我們訪談的那些富人家庭呢？平均來看，他們的年收入稅帳單金額，大約僅占他們財富的2%多一點。這也是他們能夠保持經濟獨立的原因之一。

案例討論：雪倫和芭芭拉

雪倫是位高收入的保健專家。她最近問我們：「為什麼我的收

入這麼高,但累積的財富卻那麼少?」

　　去年,雪倫的家庭稅前年收入大約為22萬美元(見表2-3),使她的家庭收入躍升全美家庭的前1%。雪倫的家庭資產淨值在37萬左右。她的收入比美國其他99%的家庭來得高,但資產淨值卻遠低於應有的數字。以她的年齡,51歲,和所得22萬來計算,依照財富方程式(期望淨值＝年齡的1/10×收入),雪倫的資產淨值應該在112萬2,000美元左右。

　　為什麼雪倫的財富累積程度遠不如常態數字?因為她的已實現收入,也就是稅前收入太高。去年她為了22萬美元的所得付出69,440美元聯邦所得稅,占她總財富的18.8%。尤吉·貝拉 (Yogi Berra)可能會說:「雪倫,妳怎麼可能會有錢。妳的收入太高了。」

　　我們相信,跟雪倫同樣收入／年齡級距的人,平均付出財富的6.2% 繳交聯邦所得稅,這是用69,440除以1,122,000算出。所以,雪倫繳的稅相當於她財富的18.8%,比她同級距的人平均數高出3倍。

　　用另一個方式來看,雪倫的年度稅前收入相當於她總資產淨值37萬的59.5%。如果一個人每年繳的所得稅,幾乎相當於他財富的60%,他哪裡有希望成為真正的有錢人?和雪倫在同收入／年齡級距的一般人,僅僅實現相當於年收入19.6%的淨值。因此,他的淨值中每5塊錢只有1塊錢需要繳所得稅。

　　那麼,那些財富高於平均值的人呢?他們的約當資產淨值當中

表2-3：美國納稅人比較

指定家庭	年度稅前已實現家庭總所得	家庭資產淨值（資產減負債）	已實現收入占淨值百分比	聯邦所得稅	所得稅占收入百分比	所得稅占淨值百分比	財富累積等級
典型高收入家庭	$220,000	$1,122,000	19.6	$69,440	31.6	6.2	一般理財族
雪倫家	$220,000	$370,000	59.5	$69,440	31.6	18.8	超遜理財族
芭芭拉家	$220,000	$3,550,000	6.2	69,440	31.6	2.0	超級理財族
羅斯裴洛特家	$2億3千萬	$24億	9.6	$1千9百50萬	8.5	0.8	超級理財族
典型美國家庭	$32,823（平均）	$36,623（中位數）	89.6（平均）	$4,248（平均）	12.9（平均）	11.6（平均）	超遜理財族

有多少必須課稅？芭芭拉是個典型超優理財族，她的已實現年度收入跟雪倫差不多——22萬美元。但芭芭拉的資產淨值為355萬美元左右，亦即她財富的僅僅6.2%會被課以所得稅。那麼，她財富中用來繳納聯邦所得稅的百分比是多少？大約2%。 相較於雪倫所繳的聯邦所得稅占財富的18.8%，可以說比芭芭拉的百分比高出9倍，兩者形成強烈對比。

美國富人平均實現遠低於10%的財富作為年收入。雖然財富可觀，而且年年增值（未實現），但這些典型富人身上可能沒什麼現金。芭芭拉把年度稅前收入的至少20%拿來投資在會增值的金融資產上，不會有已實現收入產生。相反地，雪倫用來投資的部分不到稅前收入的3%，她的金融資產多數是流動資產。

雪倫的經濟情況風險相當高。她是家裡的主要收入來源，收入中很小部分來自於投資。如果她的公司把她裁掉，怎麼辦？今天，年薪20萬美元以上的職位空缺並不是太多。芭芭拉，此時又是一個鮮明對比。她有自己的事業，超過1,600個客戶——也代表有1,600個收入來源。與雪倫相比，芭芭拉的經濟風險低很多。如果雪倫突然沒了這份收入來源，她可能撐不了六個月；但芭芭拉可以輕鬆過二十年以上。其實，光靠她的金融資產，現在已經可以退休了。

芭芭拉是個超優理財族，美國當今350萬個有錢人當中的一個。這些有錢人當中，有90%的資產淨值在100萬到1,000萬美元之間。這些有錢人跟超級富豪比起來又是如何？看起來，一個人的資產淨值

越高，他越知道怎麼把稅前收入降到最低。事實上，這些超級富豪就是精於此道，把稅前收入極小化，才能達到今天這個地位。

羅斯‧裴洛特（Ross Perot）是最好的例子，這位超級富豪懂得如何維持他的財富，甚至年復一年提升他的財富水平。《富比士》（Forbes）最近估計，裴洛特先生的資產淨值有24億美金（藍道連恩（Randall Lane），「羅斯裴洛特到底值多少錢」，《富比士》，1992年10月19日，72頁））。某個總部在華盛頓的稅務重整組織——公民稅收正義組織，估計裴洛特1995年的稅前收入大約是2億3,000萬美元。因此，他實現相當於9.6%的財產，但是僅僅繳了1,950萬美元所得稅，也就是所得的8.5%（見「裴洛特如何讓不斷增加的稅不超過8.5%」，錢雜誌《Money》，1994年1月，18頁）。把這個百分比拿來跟像芭芭拉、雪倫，和許多其他在他們所得級距的人相比，他們的所得稅要31.6%（見表2-3）。

裴洛特是怎麼做到的？他如何能夠僅支付這麼小比例的所得稅？根據一份最新的新聞報導：

裴洛特……把他的所得稅金額降到最低，靠的是大量投資在免稅的市政債券、避稅的房地產，和未實現利得的股票（湯姆‧沃克（Tom Walker），「裴洛特的稅率比大多數人低，雜誌這麼說」（《亞特蘭大憲法日報》，1993年12月30日，第一版）

　　讓人感興趣的是，裴洛特的所得稅率百分比為8.5%，比一般美國家庭還要低。這個國家的各個家庭，每年平均支付4,248美元聯邦所得稅，或相當於他們年度稅前收入32,823美元的12.9%。就累積的財富來看，裴洛特是個超級富豪，但是他的邊際應納稅額還比一般人低。

　　比所得稅占收入百分比更令人感興趣的是，所得稅占一個人的財富百分比。一般美國家庭的整體資產淨值包括房產是36,623美元，他們把相當於淨值的11.6%拿來付所得稅。那麼像裴洛特這類的億萬富翁呢？估計以一年來看，他付的稅相當於財富的0.8%。就所得稅占財富比例來看，一般家庭付的稅率是他的14.5倍。

　　多數有錢人用資產淨值來衡量他們是否成功，而不是用他們的稅前收入。就打造財富的目的來看，收入並沒有太大影響。一旦你進入了高收入一族，不管年薪是10到20萬美元或以上，都不怎麼重要。你怎麼處理既有的財富，比你還能賺多少更重要。

為國稅局作嫁

　　試想自己是鮑伯‧史坦恩先生，一個為國稅局賣命的學者。有一天早上，你的主管約翰‧楊把你叫到他辦公室，給你一個任務：幫助他更深入了解收入和財產之間的關係。

楊：鮑伯，我一直在看有關於百萬富翁人口成長的報告。

史坦恩：是的。我桌上有一大疊文章和簡報也是關於這個主題。

楊：好，問題就在這裡。有錢人的數量一直在快速增加，但我們從
　　這些人身上獲得的所得稅收益，好像沒跟上腳步。

史坦恩：我曾看過一個資料，美國最有錢的那3.5%家庭，他們手上
　　的財富占全國整體個人財富的一半以上，但這些人的收入竟然不
　　到全體的30%。

楊：我希望國會能醒醒，這個國家需要對富人課稅。就算在《聖
　　經》裡，有錢人每年也要把10%的財富拿來繳稅。現在真的是我
　　說的終極稅務重整的時候。

史坦恩：我知道您的意思。不過我們遲早會逮到他們。記住，有兩
　　件事情逃不掉——死亡跟繳稅。

楊：鮑伯，財產稅不是你的專長，這方面你想的太美了。你想的是
　　我們終究可以從這些財產上面課稅，從這個國家的有錢人身上收
　　一大筆稅進來。

史坦恩：死神可是站在我們這邊。

楊：沒這麼快，鮑伯。想想這個國家所有的百萬富翁，他們大部分
　　經營某種生意，還有一大堆股份，這些人會怎麼處理他們的錢？
　　他們躺著等它長大，或把賺的錢丟回公司當資本。他們把這些會
　　增值的股票抱得可牢呢。

史坦恩：那死神呢？

楊：這麼看吧，鮑伯。我們通常看的是那些財產報酬達到100萬以上的，去年只有25,000筆。但是鮑伯，同時尚有350萬個百萬富翁活蹦亂跳的，這表示死神只挑到0.7%，真正的數字應該是它的兩倍。而且你知道這些有錢人怎麼做？在死神出現以前，他們早就把自己改頭換面了，就像奇蹟似的。

史坦恩：他們怎麼做？不可能就消失啊。難道他們在死神出現之前把錢全部移到海外？

楊：海外不是主要因素。要是我們發現有一半的有錢人在臨死之前把自己轉變成窮人，我也毫不驚訝。

史坦恩：臨死是什麼意思？

楊：這是內行人的術語。臨死表示「死到臨頭」，或是死亡之前，跟死後相反，或者說「死掉之後」。看看這個案例。一個叫露西的女人，在她去世前一年有700萬美元財產。她靠退休金過活。這輩子從來沒有賣掉任何一股她手上持有的股票。她的財產在她70到76歲這六年間翻了一倍，但是我們從這上頭拿到什麼？用所得稅來課，幾乎課不到稅。她基本上並沒有從她的投資組合中實現任何收入。我最討厭這些未實現收入。

史坦恩：沒錯，這是個狡猾的敵人。但是死神——逮到她了吧？死神和稅收。

楊：你錯了，鮑伯。她去年是過世了，但你知道當死神終於出現時她的資產淨值是多少？還不到20萬，無法課財產稅。另一個前百

萬富翁走的時候，也是完全沒留下任何可以抽稅的財產。有時候我真希望自己不是做這份工作，勝利老是站在敵人那邊。

史坦恩：那麼她的錢都到哪裡去了？

楊：她捐給教會、兩所大學，還有十幾個慈善組織。此外，所有的兒女、孫子女、侄兒女，每個人拿到1萬。她真的像個國家似的——滿山滿谷的親戚。

史坦恩：那我們最後拿到什麼？

楊：你沒在聽，鮑伯。我們，政府，沒拿到半毛錢！你相信嗎？她自己的政府。美國真是沒有正義公理了。我們需要富人稅。

史坦恩：呃，她聽起來像是個好人，把這麼多錢捐給教會、學校和慈善機構。

楊：鮑伯，你應該覺得羞愧。她和他們這票人是我們的敵人才對。美國需要他們的財富來讓政府運作，我們需要她的錢來償還國債，我們所有的社會計畫都需要錢資助。

史坦恩：或許她覺得她的教會、學校和慈善組織也需要資金。

楊：鮑伯，你也太天真了吧。這女人是業餘的，她哪裡有什麼分派財富的經驗？我們是她的政府，我們才是重新分配財富的專家，應該由我們決定財富分到哪裡，怎麼分。我們是專業人士。我們必須開始向富人課稅，免得這些有錢人把自己都變得沒錢。

史坦恩：那麼，那些從報紙上讀到的名人又怎麼說？那些人的收入不是相當高嗎？

楊：上帝祝福他們，鮑伯。那些人是我們最棒的客戶，我最愛這些
　　很會賺錢的人。已實現收入是我們的救星，我要你研究這種類型
　　的人。另外，我也要你去找到那些其他類人是怎麼做的，竟能夠
　　不必實現所得也能過日子。一定有某些人生活得像僧侶一樣。這
　　些人是怎麼回事？他們為什麼不賣掉價值幾百萬的股票來買間豪
　　宅呢？

史坦恩：這就是你把這些美國最高收入的名人照片，貼在你家房間
　　牆壁上的原因嗎？

楊：你說對了。我超愛這些人，他們「花錢」的習慣真的很糟糕。
　　為了消費，他們必須要有已實現收入。這麼看吧，當一個球員買
　　一艘200萬美元的船，我們就成了他的合夥人。他必須有400萬已
　　實現收入才能買200萬的船。我們是他的夥伴。

史坦恩：球員？他們會是年輕人的榜樣嗎？

楊：當然。他們是高收入的消費者，他們告訴年輕人要敢賺敢花。
　　我們的年輕人必須學會什麼是已實現收入。這些會花錢的人才是
　　真正的愛國者，這就是為什麼我把《韋氏詞典》上愛國者的定義
　　貼在牆上的緣故。鮑伯，要不要唸出來聽一下？

史坦恩：「愛國者」，一個愛自己的國家，熱切地支持她的權威和
　　利益的人。

楊：沒錯，鮑伯，就是熱切地支持她的權威和利益。你知道，鮑
　　伯，這裡真正的愛國者就是那些賺大錢的人——10萬，20萬，一

年賺100萬，甚或更多——而且全部花光。國會應該鑄造一個獎牌，頒給這類型的愛國主義者。鮑伯，它應該被命名為國會納稅消費勳章。只要這些愛國者持續教育他們的子女去贏得這些勳章，我們就安心了。鮑伯，你是否覺得我們應該開始寄假期問候卡片給那些賣豪華汽車、遊艇、百萬豪宅、名牌衣服首飾的公司？這些人是真正的愛國者，他們用自己的方法，鼓勵人們消費。他們讓我們有飯吃。呃，鮑伯，時候不早了，你有你的工作要做。我想多了解這些贏得勳章的人，不過我也希望你研究那些守財奴。

　　政府知道在美國能達到經濟獨立的公式，這表示什麼？去拜讀一下這些官員最近寫的文章。許多為政府工作、訓練扎實的經濟學家和其他學者，經常對有錢人進行研究（或，像他們說的，那些「頂級富豪」）。我們對國稅局的《收入統計》（Statistics of Income）季報特別感興趣，這是做研究學者的天堂，提供成堆的收入統計。但收入並不是政府唯一注重的，他們也研究那些頂級富豪。我們覺得眼紅，我們只能靠自己對這些有錢人做問卷調查，那是我們了解「如何致富」公式的主要來源。

　　尤金‧史德勒（C. Eugene Steuerle）是美國財政部稅務分析辦公室的助理首長，他也是位學者，和相當有才華的研究員。他問的問題跟我們一樣：「已實現收入跟財富的關係」是什麼？（《收入

統計報告》，財政部國稅局，第2卷，第4本，1985年春）。他有什麼發現？人們累積可觀的財富，靠的是把已實現／應稅收入降到最低，未實現／免稅收入提到最高。

在史德勒的研究當中，他比較了頂級富豪生前填寫的所得稅申報書，和他過世後遺囑執行人填寫的遺產申報書。他把全國的遺產申報拿來當作樣本研究；然後，把這些申報跟幾年前相關的所得稅申報互相對照。做這些對照有什麼用？史德勒先生想要研究所得稅申報中的已實現收入，和樣本中每個標的之實際資產淨值，這兩者的相關性。其中來自投資的已實現收入，和它實際的市場價值，是他最感興趣的部分。

為什麼受僱於我們財政部的學者，花這麼多時間進行像這樣的研究？我們認為，替國稅局工作的是一幫聰明人，他們研究目標市場，渴望把手伸進這些人的財富。他們想知道，這麼多有錢人的已實現收入為什麼只有幾塊錢。這些閉鎖型公司的老闆們對這種手法尤其熟練。史德勒先生挑選的研究對象是，遺產當中有65%以上屬於閉鎖型公司的資產者。

讓我們來看看史德勒先生的部分研究發現：

◆從閉鎖型公司資產來的已實現收入是資產估定價值的1.15%。

　注意，就算這百分比相當小，也有出現偏差的可能，因為遺產稅對繼承人和遺囑執行人有利，他們可能會提供保守的估

價。

◆從所有資產、薪資、工錢，和收入綜合計算的已實現總所
　得，是所有資產價值的3.66%。

這些結果可以告訴你關於富人的什麼事情？它們暗示了，一個
公司老闆，假設身價平均為200萬美元，年度已實現收入只有73,200
美元，或200萬美元的3.66%。今天你有可能靠73,200美元過日子，
每年還能投資至少15%嗎？不，這不容易。但是要達到經濟獨立，同
樣不容易。

經濟獨立

我們曾經問過一位高收入／低資產淨值的公司經理（我們稱他
為羅德尼先生）一個簡單問題：

你為什麼從來不參加公司的稅務優惠股票購買計畫？

這位經理的雇主提供他一個可搭配的股票購買計畫。這位經理
每年可以購買等值於他收入6%的公司股票，這樣可以降低他已實現
收入；而且，依照他的收入等級，讓他購買到某個上限。

羅德尼告訴我們，很可惜，他負擔不起這個計畫。看來他所有

的收入都拿來支付每個月的房貸還款4,200美元、兩輛車的租金、學費、俱樂部會員費、一間待修理的度假別墅,和繳稅。

諷刺的是,羅德尼先生希望「有一天能達成經濟獨立」,但是就像多數的超遜理財族,羅德尼先生在這方面不太實際,他已經把自己的經濟獨立給賣了。要是他一進入公司就充分利用那個稅務優惠福利,今天他會是個有錢人。相反地,如今他困在賺錢和消費的循環當中。

我們訪談過數不盡的高收入/低資產淨值的人們。有些時候讓人覺得沮喪,尤其當受訪者是銀髮族的時候。你會不會希望自己是以下這個六十七歲的心臟病學專家:

沒有退休計畫……從來就沒有退休計畫

儘管他一輩子賺過好幾百萬,但他的總資產淨值還不到30萬。難怪他開始問我們這個問題:

我有可能退休嗎?

當我們訪談那些超遜理財族的遺孀時,揭露出更多事實。多數情況下,這些遺孀常常在長期婚姻中做一輩子的家庭主婦。通常她的配偶是個高收入/低資產淨值型的人,保險買得不夠,或完全沒有投保人壽保險。

我老公老告訴我不必擔心錢的事……「我一直會在這裡。」他說。你能幫我嗎？我該怎麼辦？

這種情況一點也不好玩。一個受過良好教育的高收入者怎麼會對錢這麼天真爛漫？因為身為受過良好教育的高收入者，並不會自動轉換成經濟獨立者，必須要靠規劃和犧牲才行。

如果你的目標就是要經濟獨立，你應該計畫犧牲今天的高消費，來換取明天的經濟獨立。你賺來的每一塊錢，在消費前會先被國稅局打折扣。舉例來說，賺到10萬美元，可能想購買一艘68,000美元的遊艇，有錢人可能會這麼想。這就是為什麼只有一小部分人擁有遊艇。你打算在退休後住在遊艇上嗎？或者你寧願依靠300萬的退休計畫過日子？可能兩者兼顧嗎？

高級社區

如果你仔細讀過上一段關於國稅局對有錢人的研究，你可能會想到一個問題，我們所做的問卷調查結果，跟從所得稅和遺產稅申報書產生的結果有差異嗎？你會想到，我們最近一次問卷調查的有錢人，平均已實現收入大概占他們總淨值的6.7%；但根據國稅局的所得稅和遺產稅申報書，顯示超級富豪僅實現他們財富的3.66%。該怎麼解釋這個差異？它又有什麼涵義？

　　我們運用的採樣方法，跟國稅局在他們分析所得稅和財產稅申報書的方法不同。我們是根據居住在高級住宅區的家庭來採樣，但是國稅局的採樣是從所有所得稅和遺產稅申報書而來。就因為美國有五成左右有錢人並不住在所謂的高級住宅區，我們也對那些富有的農人、拍賣商，和其他住在非高級住宅區的富人們做問卷調查。全國富人後代中選出的超級富豪所實現的財富比率（3.66%），少於住在高級社區的有錢人的已實現財富比率（6.7%），為什麼？因為住在高級社區的有錢人，必須實現比較多收入，才負擔得起住在這些地區的花費。我們的發現給你什麼啟示？如果你沒住在高級住宅區，會比較容易累積財富。不過，就算是住在高級住宅區的有錢人，每年也只實現他們財富的6.7%。想想他們那些非富人鄰居，平均來說必須持續實現40%以上的財富，只是為了能夠享受住在高級住宅的黃金區域。

　　或許你應該更有錢，但是你沒有，因為你用現在和將來的收入去換來居住在高級住宅區的特權。所以呢，就算你年收入10萬美元，也不會變成有錢人。你可能不知道，你那住在30萬美元豪宅的隔壁鄰居，他是有錢了之後才買這棟房子。而你是在期望自己某一天變有錢的時候，就先買了你的房子。然而，那個某一天或許永遠不會到來。

　　年復一年，你不得不極大化你的已實現收入來達成收支平衡。你沒辦法負擔任何投資，根本動彈不得，你的高昂開銷需要你投入

全部收入。如果你不購買那些不會產生已實現收入的增值性投資，永遠不會有經濟獨立的一天。所以呢，你會怎麼做？你會選擇一輩子繳納高額所得稅，以享受住在高級住宅的生活，或者你會搬到另一個地方生活？容我們幫助你決定。以下是我們另一個規則。

　　如果你現在還沒有錢，但希望有一天變成有錢人，永遠不要去買一間讓你的房貸金額，比家庭年度已實現總收入高出兩倍以上的房子。

　　住在一個花費較便宜的區域，能讓你收入中的開銷少一點，投資多一點。為你的房子少付一點錢，相對的不動產稅也會比較輕。你的鄰居比較不可能開昂貴的車。你會發現，要跟上或超越瓊斯一家人容易得多，而且還能累積財富。

　　決定權操在你手中。或許你的決定，會比那位我們最近給過建議的年經股票經紀人鮑勃明智一點。關於住房價格跟收入的理想比率，我們給過他同樣的忠告。這位三十七歲的經紀人，年度已實現收入為84,000美元，他打算買一戶要價31萬美元的房子，想知道我們會怎麼建議。他計劃付6萬美元頭期款。他也計劃成為有錢人。揹著25萬美元房貸，我們覺得這會是他往目標邁進的一大障礙。

　　我們勸他買比較沒那麼貴的房子，例如房價20萬，貸款14萬。這麼做可以符合我們規則的參數。鮑勃不聽勸告，他不想住在一個

周遭充斥「卡車司機和建築工人」的社區。畢竟,他是個財務顧問,大學畢業。

但鮑勃並不知道,很多建築工人和配偶他們的收入加起來高於84,000美元。當然,房貸專員會告訴他,他夠格貸到25萬美元房貸。不過這就像拜託一隻狐狸,去估計你籠子裡有多少隻雞一樣。

第三章

花時間和精力做好財務規劃

他們著眼於財富打造，有效率地分配他們的時間、精力和金錢。

效率是財富累積最重要的元素之一。很簡單：變有錢的那些人，他們的時間、精力和金錢總是用來提高他們的資產淨值。雖然超優理財族跟超遜理財族有類似的目標，都想變身成有錢人，這兩組人在打造財富活動的時間分配上，卻是完全不同的走向。

超優理財族花在規劃他們財務投資上的時間，幾乎是超遜理財族的兩倍。

投資規劃和財富累積之間存在強烈的正相關。超遜理財族跟超優理財族比起來，比較少花時間在諮詢專業投資顧問，或尋找合格的會計師、律師，或投資顧問；也比較少參加投資規劃研討會。平均來說，超優理財族比較不會花時間擔心他們的經濟狀況。我們確定，與超優理財族相較，超遜理財族比較憂慮這幾個面向：

◆財富不足以輕鬆地退休。
◆從來就累積不到可觀的財富。

他們這些擔憂有必要嗎？的確有。然而超遜理財族花比較多時間在擔心這些問題上，而不是主動採取步驟去修正他們過度消費和

投資不足的習慣。

　　哪一類人最近告訴我們，他擔心害怕以下兩種問題？

1. 遭遇到生活水平大幅下降。
2. 收入不足以滿足家庭的消費習慣。

　　這個人是誰？他或許是個郵差，家裡有兩個就讀大學的孩子。或許他是個收入不高的單親，有三個小孩要養。試想如果一個中年公司經理得知，他的職務即將被裁撤？這些都是合理的猜測。這些類別的人們很可能表達他們的恐懼——被迫降低生活水平，或賺的錢不足以滿足家庭的消費行為。但以上這些人不是我們即將側寫的對象。

　　真正表達對這些恐懼擔憂的受訪者，是位五十多歲的外科醫生，我們暫且稱呼他為南方醫生（見表3-1）。他已婚，有四個小孩。為什麼他會擔心他的收入和生活水平？或許他只是時運不濟，也可能他因為殘疾沒辦法繼續執業？都不是。事實上，他是個健康的醫生，在我們訪談之前一年，他年收入超過70萬美元！然而儘管他收入很高，但他實際上的資產淨值正在下降中。他的擔憂和害怕是有跡可循的。

　　北方醫生和南方醫生在年齡、收入，家庭成員組成方面都十分類似，但北方醫生是個超優理財族。稍後我們會在這一章詳述他的

表3-1：北方醫生與南方醫生的顧慮、恐懼、擔心

理財類型	超優理財族 北方醫生	超遜理財族 南方醫生
I. 你的經濟狀況		
財富不足以優渥地退休	低度憂慮	中度憂慮
所得滿足不了家人的消費習慣	低度憂慮	中度憂慮
必須退休	低度憂慮	低度憂慮
工作／職業職務被裁撤	無憂慮	無憂慮
生活水平遭遇大幅削減	低度憂慮	高度憂慮
不曾累積過可觀財富	低度憂慮	中度憂慮
自己的事業失敗	中度憂慮	低度憂慮
如果早逝，財務上無法保障家人	高度憂慮	低度憂慮
II. 你的子女		
必須在財務上支持你的成年子女	低度憂慮	中度憂慮
成年子女入不敷出	低度憂慮	中度憂慮
有學習／工作上落後的子女	中度憂慮	低度憂慮
成年子女搬回家住	低度憂慮	中度憂慮
子女娶／嫁錯人	中度憂慮	中度憂慮
成年子女認為你的財富就是他們的收入	低度憂慮	中度憂慮
III. 你的身體健康		
罹患癌症和／或心臟疾病	中度憂慮	低度憂慮
有視覺／聽覺的毛病	中度憂慮	無憂慮
經歷過搶劫、強暴、掠奪、闖空門	低度憂慮	中度憂慮
染上愛滋病	無憂慮	低度憂慮
IV. 你的政府		
增加政府支出／聯邦赤字	低度憂慮	高度憂慮
對企業／產業升高的政府規範	低度憂慮	高度憂慮
支付升高的聯邦所得稅	低度憂慮	高度憂慮
通貨膨脹率高	無憂慮	中度憂慮
讓你的家庭支付高額財產稅	低度憂慮	低度憂慮
V. 家庭寧靜狀態		
子女為了你的財富長期爭鬥	低度憂慮	中度憂慮
家人為了你的遺產打架	低度憂慮	中度憂慮
被成年子女指控財務上偏心其他子女	低度憂慮	中度憂慮
VI. 你的財務顧問		
被財務顧問詐欺	低度憂慮	中度憂慮
得不到高品質的投資建議	無憂慮	中度憂慮
VII. 你的父母、子女、孫子女		
有子女吸毒	無憂慮	低度憂慮
父母／岳父母搬進你家	中度憂慮	低度憂慮
沒有時間陪你的子女／孫子女	低度憂慮	低度憂慮

背景。北方醫生就不像南方醫生這麼擔心，他不怕哪天被迫降低他的生活水平；他不像南方醫生那樣，會去擔心他的收入有一天會滿足不了家人的消費習慣。這一點特別有趣，因為北方醫生和南方醫生的收入差不多。接下來的案例討論，我們會介紹這兩位醫生和他們的家庭。你會了解他們兩位怎麼運用自己的時間、精力和金錢。在我們詳細分析這兩位醫生之前，我們先討論一般醫生的收入和累積財富的習慣。

超優理財族和超遜理財族的醫生

　　平均來說，醫生們賺的錢比一般美國家庭要高出4倍以上：14萬對上33,000。但是南方醫生和北方醫生不算是一般醫生，他們是醫術高超，受過嚴格訓練的專家。事實上，在他們專業領域中的醫生，平均年收入大概超過30萬。但再一次，就算在他們那群人當中，這兩位也算特別傑出，去年他們的年收入分別都高於70萬美元。

　　雖然有這樣的收入，南方醫生累積的財富相對來說並不算多。他開銷很大，投資很少。我們的研究發現，醫生通常都不太會累積財富。事實上，在所有主要創造高收入的職業中，醫生極少有累積龐大財富的傾向。每有一位醫生是超優理財族，就同時有兩位屬於超遜理財族。

　　為什麼醫生們在財富等級上落後這麼多？這裡有幾個原因。最重要的原因是，財富和教育的相關性，這兩者的關係可能會讓某些人難以置信。所有高收入的創造者（年收入至少10萬美元），教育和財富累積的關係呈現負數。高收入的超優理財族遠遠不像超遜理財族那樣有大學畢業，擁有法律或醫學學位。富人們通常會在我們的問卷調查上註明「公司老闆」、「上過幾年大學」、「四年大學教育」，或「沒上過大學」。

　　注意：父母不應該建議他們的子女輟學來開創事業。大多數事業會在成立幾年後就夭折，只有一小部分事業的經營者曾經賺到6位數收入。那些有可能累積比別人多財富的人，通常也在同樣的收入群組。

　　那些「上過幾年大學」、「大學畢業」，和「沒上大學」這一型且收入高的人，通常比許多受過良好教育的社會人士更早起步。醫生和其他受過良好教育的專業人士，通常比別人晚開始賺錢。在校生很難累積財富。一個人在學校的時間越長，他要創造收入和打造財富的起步也越晚。

　　多數理財方面的專家同意，一個人越早開始投資他的所得，他累積財富的機會就越高。舉個例，登其（Denzi）先生自己經營一家公司，他曾在技術學校唸過兩年資料傳輸。他在二十二歲那年就開始工作和打造財富。三十年後的今天，他因為退休計畫的快速增值而有大有斬獲。另一位多克（Dokes）醫生的情況與他正好相反。

多克醫生和登其先生同一年從高中畢業。在登其先生創業的十幾年以後，他的同學，多克先生的私人醫療診所才開張。在這十二年間，多克醫生的時間都花在念書、花自己的存款、父母的存款，和借錢來付學費及生活費。同一時期，登其先生說自己「不是讀書的料」，將他的資源專注於創立自己的事業，並且達到經濟獨立。

　　落在超遜理財族類型的是哪一位？是那位「不是讀書的料」的公司老闆登其先生，還是高中畢業時代表致辭的多克醫生？答案很明顯。登其先生是超優理財族的原型，而多克醫生是個超遜理財族。有趣的是，他們兩個人去年的收入差不多（將近16萬美元）。但登其先生的財富是他高中同學的五到六倍，而且他無債一身輕。

　　登其先生可以教導我們大家該怎麼累積財富。長大成人後，早點開始賺錢，早點開始投資。這麼做可以幫助你財富累積的速度，比高中班上那些所謂會念書的孩子更快。記住，財富是盲目的，它並不在乎它的客戶是否受過良好教育，要不然本書作者就會有藉口。兩位研究財富的專家一點也不有錢，該怎麼解釋得過去？部分原因是，他們倆花了將近二十年時間追求更高的學問！

　　這些學問很高的人在財富累積上落後，和社會認知的形象有關係。醫生跟其他比較高的學位，必須扮演符合人們期望的角色。登其先生是個小公司老闆，儘管他很有錢，社會並沒有期望他住在豪宅。他住的房子很普通，開著毫不起眼的房車，也不會讓人覺得擺錯位置。他的家用開銷比多克醫生低了許多。

　　很多人告訴我們，你確實能以貌取人，意思是，高級的醫生、律師、會計師……等等，人們預設這些人會住在豪宅裡。人們也期望他們的穿著、他開的車，和他們在職場上表現的能力相互呼應。你如何判斷那些你經常造訪的專業人士？太多人用表象來判斷他們。那些住高級社區、穿名牌衣服、開豪華轎車的人，會被加分。要是一位專業人士住在普通的房屋，開一輛三年舊的福特維多利亞皇冠，人們會假設他資質平庸，甚至辦事不力。非常，非常，非常少有人用資產淨值來判斷這些專業人士的品質。很多專業人士告訴我們，他們必須看起來很專業，才能讓客戶相信他們真的專業。

　　當然凡事都有例外。只是，花很多時間念大學、專業學校，或碩士的人，他們的家庭支出大多高於教育程度較低的人。一般來說，醫生的家用支出又特別高。許多這類家庭的問題在於消費，而不是投資。

　　醫生們通常會覺得，住在高級住宅區也有壞處。高級社區的人們常常會遭受那些投資專家用「促銷電話」轟炸，跟你要生意。多數打電話來的專員，會假設高級社區的居民有錢可以投資。事實上，很多住在豪華房屋的人，在支付他們高消費的生活所需之後，根本沒剩下多少錢可以投資。

　　有些無知的電銷專員專門收購符合兩項標準的潛在客戶名單。第一，這些人必須是醫生；第二，他們必須住在豪華社區。難怪，醫生會是美國許多積極推銷投資想法的業務員最愛的目標。那些接

到業務員電話拜託他投資的醫生們，常常會假設打電話來的那些人「像醫生一樣專業」。許多醫生透露，他們曾經因為這些電銷業務員而有非常糟糕的投資經驗。事實上，他們正因為有過慘痛經驗，以致永遠不會再投資股票市場。在股市的實際價值整體成長之際，這麼做很可惜。況且，拒絕股市之後，他們發現自己有更多錢可以花。有這種想法的人並不像一般人想的那麼少見：

有位整形外科醫生補充道，他有三艘船、五輛車，但是還沒有組合好一個退休計畫。金融投資？也沒有。提到他的同事，這位外科醫生說：「我還不知道有哪個人不曾在金融市場上跌個鼻青臉腫的。所以，他們什麼也不投資。至少我打算好好享受花錢的樂趣。」

稍後，這位醫生總結了他的財務哲學：「錢嘛，」他邊說邊擺手：「是最容易再生的資源」（湯瑪斯·史丹利，「你應該更有錢，為什麼沒有？」《醫學經濟》（Medical Economics），1992年7月）。

還有哪些因素可以解釋為什麼醫生會是超遜理財族的一員？我們的研究顯示，他們通常具有無私性格。平均說來，與其他高收入人士相比，他們所得當中有比較高的百分比用來貢獻給慈善用途。況且，醫生通常屬於最不可能繼承父母遺產的一群。他們那些教育

程度較差的兄弟姐妹繼承遺產的可能性比較大。某些情況下，醫生會被他們的年邁雙親要求，「當父母沒能力再給予其他兄弟姐妹金錢援助時，施以援手。」詳情見第六章。

　　醫生通常花大量時間治療病人，他們每天的工時很少低於十小時，他們的多數時間、精力，和智慧都花在病人身上。這樣一來，他們通常會忽略經濟方面的狀態。有些醫生認為，努力工作可以換來高額收入，所以沒有必要去規劃家庭預算。有些醫生問我們，他們賺那麼多，為什麼需要浪費時間去規劃家庭預算跟投資。許多創造高收入的超遜理財族都有同樣的想法。

　　超優理財族經常有相反的感覺。對他們來說，金錢是一種絕對不能浪費的資源。他們了解規劃、制定預算、節約度日，這些對打造財富來說都相當重要，就算是非常高收入的人也不例外。即便是創造高收入的人，如果想達成經濟獨立，也必須量入為出。要是你做不到經濟獨立，你就會花費越來越多的時間和精力擔憂你未來的社經情況。

規劃與控制

　　規劃與控制消費，是財富累積觀念的關鍵因素。因此，人們期待像北方醫生這樣的超優理財族會花時間規劃預算。他們真的會。相反地，除了收入的限制之外，南方醫生對他的家庭消費毫無節

制。我們詢問南方醫生和北方醫生個別的規劃和控制方法。

　　問題：你們的家庭是否依照一份精打細算的年度預算來過日子？

子？

　　南方醫生：沒有。

　　北方醫生：有……這是一定要的！

　　持家不設定預算，就好像經營一家公司卻不制定計畫，缺乏目標，毫無頭緒。北方醫生一家的預算規定，他們得把每年家庭稅前收入的至少1/3拿來投資。事實上，我們訪談北方醫生那一年，北方醫生夫婦把年稅前收入的40%左右拿來投資。他們是怎麼做到的？簡單來說，他們花費的水平，跟那些所得是他們1/3的家庭在同一個水準。

　　南方醫生一家呢？他們的消費和那些所得幾乎是他們兩倍的家庭一樣。事實上，他們過度擴張信用的程度，與那些每年賺幾百萬美元的家庭更接近。南方醫生一家人基本上不但是月光族、年光族，甚至還超支。收入是他們唯一的限制。

　　我們又問這兩位醫生另一組問題：

1.你知道你的家庭一年在食物、服飾，和居住方面的消費是多少？

2.你有沒有花很多時間規劃將來的財務？

3.你節儉嗎？

你大概可以預料到答案。南方醫生回答了三個「否」，北方醫生的回答正是真正的超優理財族類型，三個「是」。想想北方醫生的節儉觀念。舉個例，他很堅定地說，他只會買打折或特價的衣服。這並不是說他的品味很差，也不是指他穿廉價衣服。相反地，他會買有質感的衣服，但他從不買正價品，也不會衝動購買。這種行為從他年輕時就成為他社會化過程的一部分：

我還在學校念書的時候，我老婆靠教書為生。我們的收入很少……那時候我們總有個規矩……儲蓄——就算當時收入很少我們也存錢。沒有錢根本別想投資……最重要的就是存錢。

就算在我十一歲的時候，我也把從雜貨店打工賺得的50塊存起來。就跟今天一樣……只不過後面的0多了很多……更多個0，但還是一樣的規矩，一樣的自律。

你得好好利用投資機會……你必須有些資本，才能利用非常棒的投資機會……這是我成長背景的一部分。

南方醫生的觀念恰恰相反。在接受我們訪談前一年，他和家人在服飾上花費多少？大概3萬美元（見表3-2）。換言之，南方醫生一家人每年在服飾上的花費，相當於一般美國家庭的年度總收入，

表3-2：北方醫生與南方醫生一家的消費習慣比較

消費類別	年度消費金額	
理財類型	超優理財	超遜理財
服飾	$8,700	$30,000
汽車	$12,000	$72,200
房貸	$14,600	$107,000
俱樂部會員費／其他費用	$8,000	$47,900

也就是33,000美元。

家庭團隊

　　高收入家庭多由傳統的已婚伴侶和子女組成。南方醫生和北方醫生兩家人都是這種傳統家庭。我們很早以前就確認過，先生和太太的習慣都屬於財富累積的變數。你的另一半對勤儉、消費，和投資的觀念，會是你的家庭在財富等級定位的重要因素。

　　誰是你家的守財奴？在北方醫生家裡，他和太太都符合這個描述。他們兩個都屬於量入為出型。對於規劃他們精打細算的年度預算這點，兩個人都有貢獻。兩個人都不反對買中古車；兩個人都可以告訴你，他們家一年在各種商品或服務的花費是多少；兩個人都不反對把小孩送到公立小學和中學；兩個人都把經濟獨立的重要性擺在很前面，但是這個目標並不等同於去苛刻他們的三個小孩。這

對夫婦資助他們的孩子上大學、研究所、法學院的學雜費，他們也提供資金讓孩子們買房和支付相關費用。北方醫生一家人以他們撥出來為孩子做的投資的錢支付這些費用。相反地，南方夫婦從來不投資，幾乎所有這類支出皆必需從南方醫生的家庭收入支付。

假設你的家庭能賺取還算高的收入，而且你和配偶都很節儉，那麼你就具備了成為並維持超優理財族的基礎。另一方面，已婚夫婦如果其中一個揮霍無度，就會很難累積財富。一個家庭的成員理財觀念如果分歧，累積大筆財富的可能性便不大。

更糟的情況是，太太和先生兩個都揮霍成性。南方夫婦現在了解他們自己家的狀況就是這樣。有趣的是，南方醫生告訴我們，他是家裡的「守財奴」。是這樣嗎？跟他太太的購買和消費習慣相比，他確實是；但是，把他們年收入的大部分甚至全部消耗殆盡，絕對是團隊功勞。夫婦倆都是過度消費者。他們在財富等級的地位不如預期，兩個人都脫不了關係。

讓我們評估一下南方醫生打造財富的績效表現。他負責家裡的收入。毋庸置疑，他在這方面很傑出。他的表現讓他的收入高於美國99.5%的工作人口。此外，他同時也負責一部分家裡的某些決定，比方買車、財務顧問由他決定，投資決策者也是他。但是他或太太並不為家庭制定任何預算。

南方太太負責添購家人的服飾，她一年大概花3萬美元為自己和家人購買服飾。一年高達4萬美元支付給鄉村俱樂部的會員費和相關

支出，主要也是她的決定。兩個人一起決定一年要付107,000美元房貸。多數超遜理財族會告訴你，他們龐大的房貸可以降低他們的稅前收入。當然，如果南方醫生一家繼續這樣理財，他們永遠也不可能退休。

那些買豪宅、開豪華汽車的人，因為他們奢華的生活方式經常受人批評。但是房屋，多數時候得以保值，至少名義上是這樣。就算是汽車，購買之後頭幾年也還能保持某種程度的價值。大筆錢放在房子和汽車上，對財富建立有不利影響；但是，至少可以越換越好、變現金、換更便宜的。罪魁禍首另有其他。

南方夫婦去年買的那些價值3萬美元的服飾，到了今天還值多少？他們最近花7,000美元度假，到了明天還值什麼？而去年那4萬花在俱樂部相關的費用，今年還有多少價值？更別說造訪美食餐廳、僕人、家教、修剪草皮／造景服務、裝潢顧問、保險，和其他。

南方夫婦的消費習慣，跟他們沒有集中控制家裡開銷的事實有關。他們的消費中，有很多部分是家中成員各行其是的後果。北方醫生一家就完全不同。北方醫生和太太在預算規劃和支出方面都扮演主動角色，他們一起規劃，彼此商量所有的支出。之後，我們會詳述他們的做法，但首先讓我們檢視一下南方夫婦的景況。

南方太太負責採買家裡的各種家用品和服務。她花3萬塊購買服飾之前，並沒有徵求任何人同意。她自己作決定，她先生也一樣。

她有自己的信用卡，他也有。

南方太太特別熱中在高檔百貨公司大筆消費。包括尼曼馬可仕（Neiman Marcus）、薩克斯第五大道（Saks Fifth Avenue），和羅德泰勒，她有這幾家百貨的聯名信用卡。除此之外，她跟先生還各有萬事達金卡和威士金卡。南方醫生還持有美國運通白金卡。

問題在哪裡？通常南方醫生和太太對於彼此買些什麼、花了多少錢，沒有什麼概念。尤其像藝術品或無形商品，例如服飾、禮物、娛樂，兩個人都很容易被業務員隨便幾句話所打動，不管是店員還是財務顧問，賣車的還是銀行信用卡專員。如果你是這些業務，你會打電話給誰？只要有新產品或服務上市，你會先讓誰知道？最新一季的服裝秀或是全新車款的特別展示，你會通知誰？

南方太太為什麼這麼會花錢？就像典型的落後理財類型，她先生鼓勵她這麼做。南方醫生來自一個高收入且父母溺愛孩子的家庭。

現在輪到他，只要太太想買東西，他幾乎可說是給她一本空白支票簿。當然，南方夫婦跟其他過度消費者有往來。但有些事情，南方醫生夫婦兩個沒搞懂。他們並不尋常，他們不是典型的消費者。從來沒有人告訴他們，大多數他們收入等級的人，包括北方醫生一家，從來不會像他們這樣花錢。可惜的是，南方醫生夫婦從來不知道超優理財族是什麼。

北方夫婦則與南方夫婦的消費行為南轅北轍。北方醫生和太太

都來自勤儉持家的背景。在他們的婚姻生活當中，總會互相商量資源分配的安排。他們的預算系統是他們控制消費方式的根本。不像南方夫婦，北方夫婦倆沒有高級百貨公司的信用卡。沒錯，北方醫生一家的資產淨值比南方醫生一家高出18倍以上（750萬與40萬），身上沒有尼曼馬可仕、薩克斯第五大道，或羅德泰勒的聯名信用卡。他們只有在「特殊場合」才會到這類商家購物。幾乎所有的家庭用品都從一張「集中」的信用卡支付，一張威士金卡。夫婦倆各自買了什麼，每個月都會出現在同一張對帳單上。每個月他們都會決定各消費類別還有多少餘錢可用；到了年底，他們會依照對帳單計算每個類別的總支出。運用對帳單幫助他們規劃預算，為隔年劃分各類別的預算。最重要的是，他們的規劃、預算，和消費，是齊心協力的行為。與南方夫婦不同，北方夫婦用一個聯名支票戶頭，幫助他們落實那些不使用信用卡支付的預算。

　　要是你想制定預算，但不喜歡它的過程？我們最近訪談的一位合格會計師，專門提供家庭預算和消費規劃的服務。亞瑟・積福（Arthur Gifford）先生的高收入客戶成千上百，這些人大部分是自僱的專業人士，或公司老闆。有些是超優理財族，有些是超遜理財族。

　　我們問積福先生，會用他的預算和消費規劃系統服務的都是哪些人。看過南方和北方醫生的案例之後，他的回答在預料之中。

　　只有那些很有錢的人會想了解,他們的家庭在各種消費類別上支出多少。

　　積福先生說對了。但這些超優理財族購買服務的時候,不是應該很在乎價錢嗎?並不盡然。當他們購買的服務能幫助他們控制家庭消費行為時,他們反而沒那麼錙銖必較。

　　你了解你的家庭去年在每一種類別的商品或服務方面,分別支出多少嗎?要是沒有這方面的了解,很難去控制你的花費。要是你很難控制你的花費,就不太可能成為一個超優理財族。準確記錄家中每個月任何一項花費,會是個好的開始。你也可以請你的會計師幫你建立一套系統,將所有支出分門別類並表列下來。跟他一起訂定一個預算,目標是要你每年把稅前所得撥出15%來作為投資之用。附帶一提,這個「15%法」是積福先生變成有錢人的簡單策略。

購買汽車的幾種方法

　　南方夫婦在好幾個消費類別超過北方夫婦。在訪談的前一年,他們買車的支出是北方夫婦的6倍(72,200對比12,000)。接受訪談那年,南方醫生又花了65,000買了一輛保時捷(Porsche)。事實上,南方醫生是位真正的名車鑑賞家。他很少花時間準備他的家庭

預算,更少把時間放在規劃他未來的財務狀況;但只要說到買車,他的做法完全不同。

一個人在購買奢侈品上花的時間,像名車和華服,和他用來規劃未來財務的時間,呈現反比關係。

高收入的超遜理財族,就像南方醫生,把收入的很大一部分拿來購買名車和華服。而這些為數可觀奢侈品的購置和保養,需要的不僅只是金錢而已,這類的購買必須事先規劃。採購需要時間,保養大量奢華的高級手工藝品也需要時間。時間、精力,和金錢都是有限的資源,對這些很會賺錢的人來說並沒有不同。我們的研究指出,就算是這些高收入的人也不可能兼得魚與熊掌。反過來說,北方醫生這類超優理財族,會把空閒時間放在他們期望能提升財富的活動上(見本章後段表3-6)。這些活動包括了研究和規劃他們的投資決策,及管理當前的投資。我們將在本章後段對這一點更深入討論。

相反地,超遜理財族(像南方醫生這類)用努力工作來維持和提升他們的高檔生活。這些高收入者,包括南方醫生,花費超過他們的6位數收入。他們如何在有限的收入和維持高水準的生活中間取得平衡點?很多人卯起來消費好換取折扣。

南轅

看看南方醫生在買車之前投入的活動，你或許會以為他是個守財奴。多數像南方醫生這樣的超遜理財族，面對可能的批評，會試圖美化自己過度消費的行為，告訴別人他們買的任何東西都很接近成本、成本價，或低於成本之類。南方醫生的確很會殺價，不過他才剛付了65,000多美元買一輛進口跑車。這真的是個好價錢嗎？南方醫生的買價「接近車商成本」，但是他為這筆交易花的時間和精力成本又該怎麼計算？多數高收入者，不管他們是超優理財族或是超遜理財族，一週工時超過40小時。通常，公餘之暇，剩餘時間的分配會跟他們的目標相呼應。

通常高收入的超遜理財族把無數時間花在研究市場——但不是股票市場。他們可以說出頂級車商的名字，但說不出頂尖的投資顧問是誰。他們可以告訴你怎麼買東西，怎麼花錢，但他們沒辦法告訴你怎麼投資。他們知道幾家不同車商的風格、價錢、是否有現貨，但是他們對股權市場不同金融商品的價值一無所悉，或所知有限。

舉個例，拿南方醫生最近買車這件事跟一般典型富人相比。平均來說，美國富人買車的時候會運用四到五種簡單的殺價技巧，南方醫生則不同，他至少用了九種不同的技巧和策略來跟車商討價還價。

　　想想南方醫生最近學到的這些買車知識，永遠不會產生資本利得，或真正的股利，也不會提高他事業的生產力。他現在對住家四百哩範圍內每一個保時捷車商都瞭若指掌。南方醫生也能馬上告訴你幾乎每一輛保時捷車款的進貨成本、其他選項或配備的成本，和多數車款的性能表現。了解這些資訊得花很多時間和精力。

　　南方醫生買車的風格相當耐人尋味。他先決定想要的品牌和車款，與相關的配備；接著，他竭盡全力尋找資訊和談價格。對他來說，花上幾個月的時間尋找「讚到不行的交易」的情形並不少見。在整個過程中，他通常會找出特定車款的成本，這部分會在他真正開始跟車商殺價之前先準備好。接著，他會打電話給所有車商（一份很長的清單），讓他們彼此競爭他這筆交易。跑到一家在郊外，偏低價的保時捷車商買車對他來說完全不是個問題。那些把自己定位在低價取勝的車商就會在南方醫生的決選名單上，其他不予考慮。

　　他會再度聯絡決選名單上的車商。在這個階段，南方醫生會套問車商是否有可能以低於成本的價格賣車。在這個過程中，他會提醒對方其他車商所報的低價；他也會詢問那些過了計畫／租約期限的中古車，但其實他早已下定決心買新車。

　　到了月底，南方醫生會再次聯繫所有給他低價的車商。他這麼做是因為，他覺得車商到這時候都會有「業績和應付帳款的壓力」。這時候他會要所有車商為了這筆交易再報一次「終極低價競

標」。以他最近成交的這筆來說，月底那天他打了幾通電話以後，終於接受了一家外地車商的報價。

南方醫生買車的時候就是省小錢花大錢類型的人，但是他一直說服自己，他是個精明的買家。畢竟他花了許多時間和精力，試圖買到接近或相當於車商成本的車。但或許車商的成本價格仍然太高。如果你花那麼多時間、精力和金錢去買到一輛極端高價車，就算是所謂的成本價，也很難累積財富。

想想這個事實：我們訪談過的多數富人，一輩子從來不曾花65,000美元買輛車。事實上，我們會在第四章提到，我們訪問過的富人中，半數以上從來不會為一輛車花超過3萬美元。不過要記住，南方醫生不是富人。當然，從資產淨值的角度來看，這些富人們更有能力買一輛價值65,000美元的跑車，但他們根本不會為這種機會心動。常言說得好，「所以他們才是有錢人！」

這種超級高價跑車的開銷，肯定會把一個人累積大筆財富的可能性降低。我們訪談南方醫生那一年，他才剛買了一輛新車，連同稅金和保險，一共花了7萬多美元。但同一時期，他花了多少在退休計畫上？大概是5,700美元！換句話說，他的所得當中，每125美元裡只有1塊錢提撥給退休計畫。南方先生花了大量時間，為了買車去尋找最划算的價格，這也適得其反。我們估計，他用掉 60小時以上去研究、殺價、購買他的保時捷。一個人把錢放到退休計畫上需要多少時間和精神？只占他買車的極小部分。對南方醫生來說，他

想累積財富應該很容易，但是坐而言不如起而行。或許這解釋了他曾經因為魯莽投資而損失一大筆錢的理由。如果一個人沒有知識基礎，或僅憑有限知識即進行投資，他的投資決定通常會導致重大虧損。

北轍

北方醫生不是汽車方面的行家，不過他在作購買決策時總是錙銖必較。我們問了北方醫生最近一次買車的經驗。記得南方醫生最近一次買的車是當年新車款。要知道，美國富人會買當年度車款的不到25%，不過，南方醫生當然不在富人的行列。

北方醫生相當驕傲地告訴我們，他最近一次買車是在六年前。我們可以預料你會問：你是說他這六年都沒買新車嗎？北方醫生不但這六年間沒買任何新車，他六年前所買的也是輛車齡已三年的中古賓士300，花了35,000美元。

北方醫生很愛這輛車：價錢很棒，油錢也省——「是柴油車呢。」而且，賓士柴油車通常在進場大修之前可以開上幾十萬哩，它的車型也很經典。

北方醫生花了多少時間和精神買這輛賓士？讓我們檢視一下他的決策過程。首先，他決定要換掉他的「舊車」。畢竟，那輛車已經是二十年的老車了。他知道，許多歐洲豪華車款在購買後頭三年

折舊很快，所以他想，如果買一輛三年的中古賓士，應該可以幫他省下不少錢。

　　他先預估他想買的那部車款的原始售價，然後確認他的臆測。他只需要花一點時間到附近車商問一下，就可以得到答案。北方醫生接著決定，最佳選擇是三年車齡的車。他打電話給幾個車商放出風聲，也從報紙的分類廣告看了一些廣告。最後，他決定了一個里程數低的車型，由一家本地車商提供。他解釋道：

　　汽車？我一向願意為品質多付一點。我從來不租車，不借車貸。我開賓士車。自從我執業以來，我只開過兩輛車。第一輛是賓士，那是我開業之後新買的……開了二十年。接著我買了第二輛……三年的中古賓士。我去找車商……他想賣我新車。但那比其他停放在停車場上的中古車要貴2萬美元。

　　然後我問自己一個簡單的問題：「擁有新車的驕傲」——其實也就是這樣；驕傲——值2萬塊嗎？一模一樣的車。答案是不值。那份「擁有新車的驕傲」並不值得2萬美元。

　　北方醫生的做法只花了他幾小時，和南方醫生為了買車的奮鬥——至少花費60小時的過程，形成鮮明對比。而且，當然北方醫生一輛車通常會開很久，所以他的購車時數可以分攤到好幾年中。平均來看，他一年花不到1小時在買車上頭。但是南方醫生喜歡年年買

新車，所以，他那60小時的專案只能用一年。

恐懼和擔憂

通常什麼事讓你花時間操心？你的憂慮是否跟累積財富有關？或者你會花時間操心妨礙你變有錢的問題？這些超優理財族和超遜理財族，他們恐懼和擔憂的事情有什麼不同？簡單來說，超遜理財族比超優理財族更憂慮，超優理財族和超遜理財族擔憂的事情也不一樣。整體來說，超優理財族操煩的問題比另外一類人少很多。

如果你把很多時間用來想那些困擾你的問題，就不會有太多時間對這些問題採取行動。要是這些擔憂反而成為你增加消費的理由，那或許你是超遜理財族的一員。

擔驚受怕，可能既是人們成為超遜理財族的原因，也是結果。要是一個人不斷擔心必須賺更多錢來提升他的生活水準，他會有錢嗎？很可能不會。南方醫生不是有錢人，部分是因為他擔心自己不有錢。北方醫生今天的富有，是因為他對高生活水準的優先順序不像南方醫生那麼高。

南方醫生告訴我們，那十九項問題對他來說，都是中度或高度憂慮項目（見表3-1）。北方醫生憂慮的只有其中七項。因此我們可以下結論——在這個國家，北方醫生夫婦這一類人有比較多的時間和精力，投入在增加財富的活動上。讓我們接下來看看這些醫生們

的擔憂和恐懼——或者完全不擔心——如何影響他們的生活。

超優理財族和超遜理財族的下一代

　　南方醫生夫婦有四個小孩，兩個已經長大成人。南方醫生對於他們的未來憂心忡忡是有理由的。超遜理財族通常也會生出最終成為超遜理財族的子女。如果孩子在一個高消費的家庭環境長大，金錢方面沒什麼限制，很少做預算和規劃，不懂節制，讓他們予取予求，這樣的小孩會變成什麼樣子？就像他們的超遜理財族父母，就像大人一樣，這些孩子通常會沉溺於一種毫無節制、高消費的生活方式。另外，他們賺到的收入，通常也不足以維持他們習以為常的生活形態。

　　南方醫生自己的父母驕縱孩子的日常生活，在潛移默化下，他也變成一個超遜理財族。他有樣學樣，生活方式甚至更青出於藍，比父母親更會花錢。即便他念大學和研究所時也一樣愛花錢，從未中斷。住所和其他所有費用都是父母支付，他們每年給他大筆現金。基本上，離家之後，他從來沒必要去改變消費習慣或生活水平。幸運的是，他賺的錢一直夠滿足他的購物慾。他的子女呢？他們一直活在高消費的環境，光憑自己的力量很難有樣學樣。對第三代來說，好日子即將結束。南方醫生在我們的訪談中指出，他相信他的子女們連他目前收入的一小部分都不可能賺得到。

相較之下，北方醫生的成年子女表現得比較獨立，也自律，部分原因是他們在一種勤儉持家、細心規劃與紀律良好的生活教養之下成長。我們注意到北方夫婦的消費水平，和收入只有他們1/3的家庭相比，生活更加簡樸。這種量入為出方式的超優理財族，不論身處哪一個收入級距，都能教養出金錢上自律，自給自足的成年子女。超優理財族父母通常也會把子女培育成為超優理財族。

南方醫生，像前面提過的，累積的財富比北方醫生少很多。他不如北方醫生那麼有能力提供「經濟資助照護」給成年子女。但諷刺的是，因為成年子女在經濟上依賴他而感覺有負擔的，卻是南方醫生。

我們問過南方和北方兩位醫生，關於他們為子女操心和憂煩的事項。你應該可以預料到，南方醫生比較擔心。他特別表達對這些問題的憂心：

1. 成年子女以為父親的財富就是他們的收入。
2. 必須在經濟上資助他的成年子女。

試想對南方醫生這樣的人來說，必須資助延伸家庭，面對這樣的未來，令他十分焦慮。第五章和第六章我們會仔細探索「經濟資助照護」（economic outpatient care）的涵義。不過，提醒一個重點：如果子女是超遜理財族，他們父母變成有錢人的可能性會大幅

降低！

南方醫生不知道他的子女從哪裡來的想法，認為父母會提供經濟方面的資助與照顧。他擔心他的資源不夠充足，沒辦法像從前父母對他般資助子女。南方醫生還有另一層恐懼，他日益憂心子女們將來無法和睦相處。根源就在於他們需要父母的經濟資助。北方醫生就不必擔心這種問題。

我們問了兩位醫生關於這方面的顧慮。南方醫生憂心：

3. 他的家人／子女會為了他的財產而爭鬥。
4. 他會被指控在經濟上對某個孩子特別偏心。

南方醫生的擔憂有道理嗎？問問你自己：美國所有的南方醫生們膝下三十多歲的子女最大的恐懼是什麼？就是父母提供的經濟資助有一天會中斷。許多「三十多歲」的超遜理財族，完全沒辦法憑自己的力量，維持接近他們住在父母家時的生活方式。事實上，許多人如果沒有父母的經濟資助，連個像樣的房子也買不起。這些「有錢人」小孩，到了四、五十歲還從父母那邊拿到大筆金錢，或其他財務上贈與的情況並不少見。這些屬於超遜理財族的成年人，彼此之間為了父母的財富而鬥爭。如果你的金錢補助因為其他兄弟姐妹存在而受到威脅，你會怎麼做？

南方醫生擔心的不只是他自己的問題，他也為孩子們的問題而

操心。想一下他將留下來的遺產。身為經濟上依賴父母的成人，後果會是如何？他們未來必須面對怎麼樣的不安全感和恐懼？他們之間該怎麼維持和諧友愛的關係？這些都是南方醫生花越來越多時間思索的問題。

　　北方醫生比較不必擔心這種問題。他的成年子女早已習慣簡樸自律的環境，他們比較不可能需要父母的持續大筆金援。

對政策的憂慮

　　美國有相當多高收入人士——包括超優和超遜理財族——對聯邦政府的行動相當關切。這些行動是無法由個人所控制的外力。南方醫生指出，他對四項與政府相關的外力感到憂心。有趣的是，這些問題對北方醫生來說都沒什麼大不了。讓我們一起來看他這四個顧慮：

1. 繳納日益增高的聯邦所得稅

　　兩位醫生都認為，聯邦政府很可能會要求高收入者支付更高的稅金。不過加稅對南方醫生的影響大於北方醫生。南方醫生為什麼對這個問題有顧慮？因為他必須讓已實現收入極大化，才能維持他過度消費的生活方式。要是政府要求南方醫生把收入中更大部分拿來繳稅，他的生活方式將會受到威脅。

表3-3：收入與財富對照

家庭別	已實現年度收入	所得稅總額	稅額占已實現收入百分比	總淨值	稅額占淨值百分比
北方一家	$730,000	$277,000	38	$7,500,000	4
南方一家	$715,000	$300000	42	$400,000	75

　　那麼北方醫生又如何？他告訴我們，如果聯邦政府提高稅率，迫使他的已實現收入應納稅額部分提高，他也不會太擔心。去年，北方醫生繳了大概277,000美元的所得稅（見表3-3）。這個數字看似占他收入的一大部分。但你得從北方醫生的角度來看，所得稅在他看來比較是他整體財富的一部分，而不是已實現收入的一部分。

　　假使政府將高收入者的稅率提高到現在的2倍，這個可能性並不大，只是舉個例子，北方醫生每年繳的所得稅會相當於他財富的8%。相較之下，南方醫生必須繳他「財富」的150%！北方醫生不像南方醫生那麼憂慮聯邦所得稅提高，這有什麼好奇怪的？

2. 政府支出與聯邦赤字增加

　　南方醫生對這點相當憂慮。他相信如果支出增加，政府會轉而調高所得稅率。北方醫生對這一點則不會過度擔心。

3. 高通貨膨脹率

南方醫生也顧慮到政府這種增加支出和赤字的行為，會促使通貨膨脹率升高。南方醫生對這一點的顧慮還算好，因為就像許多超遜理財族，他不斷換房子、車子、衣服等等，越換越貴。另一方面，北方醫生覺得通貨膨脹會大幅提升他投資組合中的至少某些部分！

4. 政府對企業和產業的管制增加

多數醫生認為，政府這種動作是針對他們來的。政府的規範增多，是為社會醫療體系的產生鋪路。兩位醫生都覺得，這麼一來他們提供醫療服務所賺取的收入會減少。南方醫生指出，這個問題會對他造成重大影響，但對北方醫生來說顧慮不大。

為什麼這兩位醫生的看法差異這麼大？

政府的措施通常會威脅到那些高收入者，他們的大部分收入必須用來維持生活。當權者為了政治利益而將矛頭對準「有錢人」的時候，這一點尤其真切。事實上，人民和政客對準的是高收入者。多數政治人物並不了解收入高和財富多這兩者的差異，他們要鎖定高資產淨值的富人難上加難。

多數歸類為超優理財族的富人屬於自僱人士，自己經營事業，與受僱於他人相比，更能掌握自己經濟上的未來。相反地，幫人家打工，就算是高收入的管理階層，對他們生計的掌控也無能為力。舉例來說，縮編，對受薪階級造成很大的損害，哪怕是那些生產力

最高的雇員也一樣。通常，就算是高收入的雇員，也不太可能變成有錢人。

如果有外力威脅到他們的賺錢能力，這些幫人打工（非自僱）的超遜理財族，更是特別不堪一擊。我們發現，只有19%的超優理財族和36%高收入的非富人，對他們工作可能被裁撤會感到憂心（見表3-4）。不過，雖然這些不祥之兆已經相當明顯，最會賺錢的那些打工仔，依然過著以消費為導向的生活。

財務目標：說與做

許多很會賺錢的超優和超遜理財族對累積財富有類似的目標。舉個例，兩個群組中有3/4以上的人都指出他們有以下目標：

◆ 退休之前成為有錢人。

◆ 增加財富。

◆ 透過資本增值而變有錢。

◆ 在保存資產價值的同時，打造他們的資本。

但是說得一套好目標，並不代表他會用力去達成。多數人都想變有錢，但大部分人卻不分配必要的時間、精力，和金錢去提高目標實現的機會。

表3-4：超優理財族與超遜理財族的顧慮、恐懼，和擔心

高度或中度顧慮／恐懼／擔憂的百分比	超優理財族 總數=155[1]	超遜理財族 總數=205[2]	顯著性 差異[3]
I.你的經濟狀況			
財富不足以優渥地退休	43	60	是
收入滿足不了家人的消費習慣	31	37	否
必須退休	20	18	否
工作／職業職務被裁撤	19	36	是
生活水平遭遇大幅削減	44	44	否
不曾累積過可觀財富	32	42	是
自己的事業失敗	38	32	否
如果早逝，財務上無法保障家人	22	32	是
II.你的子女			
必須在財務上資助你的成年子女	23	17	否
成年子女入不敷出	39	25	是
有學習／工作上落後的子女	34	30	否
成年子女搬回家住	13	11	否
子女娶／嫁錯人	36	34	否
成年子女認為你的財富就是他們的收入	20	18	否
III.你的身體健康			
罹患癌症和／或心臟疾病	61	58	否
有視覺／聽覺的毛病	47	40	否
經歷過搶劫、強暴、掠奪、闖空門	38	45	否
染上愛滋病	13	11	否
IV.你的政府			
增加政府支出／聯邦赤字	88	78	是
對企業／產業升高的政府規範	82	76	否
支付升高的聯邦所得稅	80	79	否
通貨膨脹率高	64	52	否
讓你的家庭支付高額財產稅	65	41	是
V.家庭寧靜狀態			
子女為了你的財富長期爭鬥	10	11	否
家人為了你的遺產打架	17	11	否
被成年子女指控財務上偏心其他子女	7	8	否
VI.你的財務顧問			
被財務顧問詐欺	26	29	否
得不到高品質的投資建議	40	33	否
VII.你的父母、子女、孫子女			
有子女吸毒	47	59	是
父母／岳父母搬進你家	12	19	是
沒有時間陪你的子女／孫子女	44	56	是

[1]超優理財族的155個樣本平均年收入為$151,656，平均資產淨值235萬，平均年齡52歲。

[2]超遜理財族樣本平均已實現收入為$167,348，平均資產淨值$448,618，平均年齡48歲。

[3]可能性低於0.05 。

時間分配

多數超優理財族同意下列陳述，而多數超遜理財族不同意：

◆ 我花相當多時間規劃未來的財務。

◆ 我通常有足夠的時間妥善處理我的投資。

◆ 談到時間分配，我會在進行其他活動之前，優先管理我的資產。

◆ 我沒有足夠的時間投入我的投資決策。

◆ 我忙不過來，沒太多時間放在自己的財務事項上。

超優理財族和超遜理財族他們實際上分配在規劃投資方面的時間長短，也有差異。

表現出具備累積財富天性的那些人，規劃對他們來說通常是重要習慣。規劃與財富累積有顯著的正相關，即便收入中等的人們也一樣。好比回覆我們問卷調查的854位中等收入受訪者（見表3-5），我們發現他們的投資規劃與財富累積之間有密切的正相關。

針對有錢人的研究中，關於人們為什麼很少花時間規劃投資，有一個有趣的發現。許多完全不規劃或很少規劃的人，通常會跟這些回覆者感同身受：

根本就沒希望……。

我從來就沒有足夠的時間去成功規劃。

我們從來沒賺過這麼多錢……但我們賺得越多，似乎累積的越少。

我們的事業吃掉我們所有的時間。

我一週不會有20小時可以拿來攪和在投資上。

表3-5：中等收入的超優理財族與超遜理財族的投資規劃和人口統計對照

規劃投資決定（平均分配時數）	理財類型	
	超優理財族 總數=205	超遜理財族 總數=215
一個月	8.4	4.6
一年	100.8	55.2
人口特性		
年齡（平均年齡）	54.4	56.0
年度已實現家庭所得（平均數／美金千元）	51.5	48.9
淨值（平均數／美金千元）	629.4	105.7
淨值等於100萬或以上（％）	59.6	0.0
期望淨值（平均數／美金千元）[1]	280.2	273.8
已實現收入占淨值的百分比	8.2	46.3
自僱人士百分比	59.1	24.7

[1]期望淨值的計算來自財富方程式：期望淨值＝年齡的1/10 × 年度已實現家庭所得

　　然而超優理財族並不需要每星期花上20小時在這上頭。如果你研究表3-5，你會注意到平均來看，就算是很能累積財富的人，也不需要撥出這麼多時間投入在規劃他們的投資策略上。

　　我們發現，這些中等收入的超優理財族平均每個月只花8.4小時規劃投資，轉換成一年大約為100.8小時。而一年共有8,760小時，超優理財族把時間的1.2%左右分配給投資規劃。

　　超遜理財族平均每個月大概用4.6小時規劃投資，換算成一年等於55.2小時。換句話說，超優理財族每個月平均比超遜理財族多花83%的時數（100.8 和55.2）做投資計畫。超遜理財族每160可用時數中，只有1小時會用來規劃投資；超優理財族則是每87小時撥出1小時做規劃。

　　超遜理財族只需要把他們投入規劃投資的時間加倍，就會自動變身為超優理財族嗎？不太可能，規劃只是打造財富的許多重要元素之一。多數超優理財族會有規律地定期規劃，每週、每月、每年，他們皆會做投資規劃。他們開始規劃投資的年齡也早於超遜理財族。

　　另一方面，超遜理財族與某些體重過重的人們很相似，他們偶爾會讓自己挨餓，好達到理想體重。但通常所有減掉的重量不但會重新回來，還變本加厲。超遜理財族可能會在開年時做好計畫，列出多樣性的投資目標。針對這些目標，他們很可能會花上好幾天的時間積極規劃，細到連幾塊錢放在投資上都規劃好。在這個計

畫中，也許會有戒斷式的大幅削減商品和服務消費。通常，和這種「震撼式計畫」相應的，是生活方式的激進變動，然而因為難度太高而註定失敗。正因如此，典型的超遜理財族對打造財富的新模式存有之幻想將很快破滅。他很快地就會「故態復萌」，再度打破他承諾的規畫：多投資，少消費。

很多超遜理財族認為，一個準備得很專業周詳的計畫，能讓他們一夕之間變身超優理財族。但就算是最完美的財務計畫，如果不遵守，一樣沒有效果。這些超遜理財族常常認為，其他人可以代他「減重」。

這種情況下的超遜理財族，了解超優理財族的做法對他們會有幫助。超優理財族每個月只花少部分時間規劃。再說一次，一個月只需大約8小時。如果這些超遜理財族知道，財務規劃並不需要他們「辭掉白天的工作」，或許他們可能會多規劃一些。超優理財族循序漸進打造財富，他們並未過著斯巴達式（Spartan）的生存方式，但說到工作平衡、規劃、投資、消費，他們的確自律甚嚴。

時間是你自己的

想了解超優理財族和超遜理財族之間的差異，他們從事的工作具關鍵地位。注意，在我們研究中等收入者時，回覆問卷的超優理財族和超遜理財族中，自僱的比例為59.1%比24.71%（見表3-5）。

在這份研究裡，自僱與投資規劃呈現高度正相關。整體來看，自僱者比受僱者花更多時間規劃他們的投資策略。自僱者即便收入中等，他們通常會把投資規劃與本身職業加以整合。多數受僱他人的受薪族則恰恰相反，他們會把工作相關的任務和他們的投資規劃視為互相獨立事件。為什麼是這樣？

　　那些自僱人士中的佼佼者，從來不把自己經濟上的地位視為理所當然。多數自僱的中年人士經歷過經濟蓬勃，也遭遇過經濟衰退。他們通常會藉由規劃與投資，來抵消影響利潤的不可抗力。他們必須靠自己建立和管理他們的退休計劃。眼前和未來的財務狀況，只有自己能負責。通常，長期來看，只有那些恪守紀律的自僱者，能夠在經濟上存活下來。

　　或許你會問，這些人不是都很努力工作，工時很長嗎？沒錯，多數自僱的成功人士一天工作10到14小時。事實上，這就是很多受僱者想要「自己出去打拼創業」，卻躊躇不前的原因。他們不想過分勞心勞力，他們想當打工仔。但是，多數受僱者就算收入只是中等，一樣工作勤奮，工時很長。至於那些為別人工作，但每年可以賺到接近六位數的人，他們大部分的時間和精力貢獻給工作。這些人通常沒有自己決定工作內容的特權。他們的工作任務一般不包括每星期撥幾小時出來做投資規劃。反而是自僱者，尤其是高收入這群，他們在職業上有不同的目標，其中一項就是達到經濟獨立。相反地，受薪族通常完全得倚賴他們的雇主。說到規劃投資來幫助財

富累積這方面，他們通常比較沒辦法做主。

關於規劃的諸多面向，還有另一個問題要列入考慮：超遜理財族花在規劃投資的時間，少於超優理財族，部分是因為他們的投資本質。超遜理財族以為現金／準現金或等同現金，例如存款、貨幣市場基金、短期國庫券，就等於投資。超遜理財族將財富的至少20%放在現金／準現金的可能性，幾乎是超優理財族的兩倍。多數這些現金類別是受到政府保障的，其中大部分可以在消費需要產生時就能變現。況且，規劃現金相關的投資，當然不像超優理財族規劃財富般那麼曠日費時。

超優理財族比較會投資在那些通常會增值，但不會產生已實現收入的項目。他們一般會把財富中較大的百分比，投資在私有／封閉型事業、商用房地產、公開交易股權，和他們的退休計畫／年金，與其他納稅遞延項目。這類型的投資通常需要規劃，它們也是財富的基石。超遜理財族把財富中的很大一部分拿來買車，或購買其他容易折舊的資產。

活躍／不活躍的炒股人？

幾乎所有（95%）接受訪談的富人手中都持有股票；多數有錢人至少把財富的20%拿來投資上市股票。要是你以為這些富人老是在股市殺進殺出，那你就錯了。多數富人不會天天盯著大盤漲跌；

多數富人也不會每天一大早打電話給營業員，問倫敦收盤的情況；多數富人不會跟著財務媒體的每日頭條進場買賣。

　　你怎麼定義所謂的活躍炒股人，平均每幾天就進場買賣算嗎？我們訪談的這些有錢人中，這類型的炒股人不到1%。那麼幾週進場一次呢？也是1%。讓我們再往上看——平均幾個月到一年之間進出的，「按月交易」的投資人不到富人的7%。整體來看，我們訪談過的富人中，只有 9%左右持有股票投資部位不足一年。換句話說，十位富人當中只有不到一位是活躍的炒股人。五位中有一位（20%）平均持有股票一到二年；四位中有一位（25%）持有股票二到四年；四到六年者在13%左右；十位中至少有三位（32%）股票會持有六年以上。事實上，我們最近一次訪談的這些富人中，有42%在訪談進行的前一個年度裡，完全沒有買賣他們手上的持股。

　　所謂的活躍炒股人，是我們想找來訪談的富人中比較難遇到的一類。他或許會是股票營業員的理想目標客戶，他肯定在交易上付出相當多的手續費，不過他們是富人當中的極少數人口。事實上，我們碰上的活躍炒股手，非富人比富人要多。這怎麼可能？因為買賣股票，買進賣出，每天、每週、每月買進賣出手上持有的股權十分昂貴。

　　活躍炒股人通常花費在買進賣出的時間，比規劃投資的時間要多。相反地，富人花比較多時間在研究少數標的，因此他們能夠把必要資源——時間和力氣，用在研究市場上少數幾樣投資標的上。

　　我們一直很有興趣研究那些證券營業員的理財習慣。和在其他產業工作的人相比，證券營業員的收入較高。證券營業員有管道接觸大量研究分析資料，況且，他們的交易手續費也比一般人少，因為他們自己賺自己的手續費。這些收入很高的投資顧問都是有錢人嗎？完全不是這樣。

　　我們問過許多證券營業員這個問題。某位個人營業員告訴我們的時候，或許表達得最好：

　　如果我光是抱緊（我的部位），會很有錢……但我就是忍不住拿我那些股票來買賣。我每天盯著螢幕看盤。

　　要知道，這位營業員的淨年收入超過20萬美元。因為他是個非常活躍的投資人，通常不會等到他播的種子發芽長大，故而所有短期實現的利得都得立刻繳稅。有錢人一般不會把生意交給這類營業員，他們喜歡打交道的是那些經過相當研究之後，做長線交易的營業員。

　　讓我們回到案例研討：北方醫生與南方醫生，來看看他們的財務規劃怎麼做。

投入時間比較

表3-6 ：時數分配：北方醫生與南方醫生對照超優理財族與超遜理財族樣本

平均每月時數	北方醫生	超優理財族 總數=155	南方醫生	超遜理財族 總數=205
研究／規劃未來的投資決策	**10.0**	（**10.0**）	**3.0**	（**5.5**）
管理當前的投資	**20.0**	（**8.1**）	**1.0**	（**4.2**）
執行投資決策	**30.0**	（**16.3**）	**10.0**	（**16.7**）

　　北方醫生通常一個月花10小時，也就是一年120小時，來研究和規劃他未來的投資決策（見表3-6）。相較之下，南方醫生每個月花3小時，一年不到40小時。

　　誰會花比較多時間管理他手上的投資？再一次，答案在意料之中。北方醫生一個月平均分配20小時，也就是一年240小時管理投資；而他的對照組南方醫生，一個月僅分配1小時管理他目前的投資。顯然，這是造成南方醫生資產淨值低的原因之一。

　　北方醫生是位專注的投資人。他最喜歡兩種投資標的──農業用地和醫藥產業的股票：

　　首先，跟我一起念醫學院的某個同事……他救了病人一命，那個病人相信應該投資A級的農地／果園。我同事跟著投資後也告訴我，他說，這些人非常老實。我見過他們後也同意這個說法。從那時起我就開始投資，一直到今天都還定期投資。

　　我在股市中賺最多的就是醫藥產業……。製藥公司和醫療器材

公司，這個領域我熟悉。我研究醫療跟藥物領域……華倫·巴菲特也是這麼做，投資他了解熟悉的公司。但你必須有本錢（為投資而存）投入你懂的領域。我的「利潤分享計畫」已經超過200萬美元。

南方醫生負責家裡主要的投資決定，在四家不同的全方位服務證券商開戶是他的主意。出乎意料的是，南方醫生持有的股票不到20萬美元，那他要四個不同的財務顧問做什麼呢？因為，他誤以為自己不需要花時間安排自己的投資決定。他對我們承認，要不是聽從這些所謂的專家建議，他本來應該會「真的」變有錢。但就算是很爛的建議也所費不貲。我們估計，南方醫生一年花費35,000美元買他們的建議，和操作他那績效超差的20萬美元投資組合。北方醫生呢？同樣期間內，他沒花半毛錢手續費，也沒有花半毛錢買投資建議，他就是自己的投資顧問。他很少賣股票。而且，他直接投資農地和相關產品，也用不著付交易費。

南方醫生就像傳統的超遜理財族一般，被那些財務顧問害慘過。他這種地位的人，經常接到那些股票經紀人的促銷電話，試圖推銷當週熱門股。南方醫生經常太晚進場，又太早出場。相反地，我們訪談過的多數超優理財族自己作投資決策，他們會花時間下功夫研究投資機會。他們只是聽取財務顧問的意見，再自己決定投資與否。

南方醫生習慣在那些經紀人推銷的「本月熱門股」快速殺進殺

出，他為這些交易投入不少本錢。如果這些「熱門股」價格漲了，就會產生資本利得稅。相對的，如果買賣的是退休計畫中的股票，則不計入資本利得稅。可惜的是，南方醫生對退休計畫沒什麼興趣。我們估計訪談他的當時，他的退休計畫裡還不到4萬美元！

你的供應商是哪些人？

你是怎麼僱用家庭財務顧問的？在報紙分類廣告中找人嗎？你會評估應徵者的履歷表嗎？還是你會請會計師、律師，或牧師幫你推薦一個合格的顧問？許多人告訴我們，這些方法都太費事。

很可惜，倘若你花費越多腦力、時間、精神去僱用一位財務顧問，你越有可能找到一個合適的。或許，你還不相信花力氣找個好顧問這件事的必要性。那麼請用另一個角度來看。

你最近一次找工作花了多少時間和精力？你打電話到通用汽車（General Motors）、國際商業機器 （IBM）、或微軟（Microsoft）應徵到一個工作的機率有多大？你會用什麼角度切入？

嗨，我是一個炙手可熱的潛在員工。不管你把我放在哪裡，我都能大幅提升那個部門的生產力。我很聰明、做事有效率、正面、討人喜歡、體面、有人脈，又善解人意。你希望我什麼時候開始上班？

　　光靠一通電話，尤其是這種促銷電話，你被僱用的機會幾乎等於零。那為什麼這麼多人在接到促銷電話之後，就僱用來電者當財務顧問？因為他們對僱用員工並不在行。

　　你應該很有錢才對，為什麼沒有？可能是因為你持家的方法不對。一個公司，尤其是高效能的公司，會不經過正式的背景調查和深入的面談，就僱用一個員工嗎？不會！但是多數人，就算是高收入者，卻只憑少許背景資訊，甚或什麼資訊也沒有，就僱用這些「候選僱員」當財務顧問。

　　有些很會賺錢的人這麼回應我們對這一點的看法：「但我又不是在找員工——我只是同意來電的人幫我做些投資罷了。」對這種陳述，我們的回答很簡單：持家就該像管理一家高效能的公司一樣。最好的公司僱用最優秀的人才，他們也會找最棒的供應商。運用最好的人力資源和頂尖的供應商，這是多數高效能的組織能夠脫穎而出的原因。你應該把那些來找你拉生意的財務顧問，當作是來找工作的，把他們看成是潛在的員工，或家裡可能用到的供應商。自問這些簡單的問題：一位老練的人事經理會用什麼標準來評估每一位申請人？一位經驗豐富的採購或組織裡的財務長，是否會從潛在的供應商那邊購買投資產品或資訊？評估這些潛在的供應商時，什麼標準會是關鍵背景資訊？

　　一家經營良好的公司，在聘僱一位財務顧問或提供投資訊息的人之前，他會堅持許多重要的書面資訊，包括下列：

◆ 其他人的推薦函。

◆ 正式的學位證明影本。

◆ 信用調查。

◆ 一連串的個人面談。

◆ 足以顯示申請人能夠負責、勝任職務和工作的能力證明。

　　你是否有能力找到優質的財務顧問，和你是否有機會累積財富有直接關聯。這一點，也是自僱者通常能夠比其他職業領域的人，更容易致富的一個根本原因。評估潛在供應商、求職者、人事管理這些部分，多數高收入的公司經營者比其他職業群組的人，具備更豐富的經驗。自己當老闆需要不斷地評估各種資源。

馬丁法則

　　幾年前，我們有幸訪談到馬丁先生，他是位白手起家的富翁，也是精明的投資人。有一次我們邀請八位身價500萬美元的富翁進行焦點小組訪談，馬丁是其中一位。參加的人身價必須至少有500萬美元，才能加入這個小組。在一個世代之間，創造出500萬美元以上的淨值，是很了不起的成就。但就算在這個群組當中，馬丁也很特別，因為他的年收入（受僱薪資）從來不曾超過75,000美元！馬丁是怎麼變出這麼多錢的？他是我們訪談過的有錢人當中最懂投資的

人之一。馬丁的財富是從股市賺來的。我們發現，他聰明絕頂，而且對各種投資消息靈通，他也很懂得選擇投資顧問。

你或許不難想像，因為馬丁訂閱了各種投資相關的出版品，很多商人會把他們的郵寄名單賣給證券經紀人，所以成千上萬的財務顧問可以拿到馬丁先生的地址和電話。據估計，馬丁先生每週至少接到3、4通這些經紀商打來請他投資的促銷電話。馬丁先生都是怎麼應付這些行銷電話？他指示秘書，要遵循「馬丁法則」，用它來詳細盤問所有來電的人。「馬丁法則」是什麼？以下是他在訪談時分享的：

我是個商人，常跟人聊天來測試他們。經紀商常常打電話來。他們說：「我對華爾街最好的產品經驗很豐富……我會幫客人賺錢，有傲人的紀錄。」

我總會問：「你有什麼好的投資想法給我——要真正很好的？」他說：「當然，如果你願意在你的投資組合裡讓我交易。我只負責20萬美元起跳的投資。」

我會告訴他：「那你真的很行。這樣吧，寄一份你過去幾年的個人所得稅申報書影本，還有過去三年你都投資了些什麼標的。如果你賺的比我自己投資賺來的更多，我就讓你幫我投資。我的地址給你。」

他們會說：「我們不能給你看那些。」我告訴他們：「那你八

成是在胡說八道。」這就是我測試那些人的手法，它很有效。我用
這招來查核他們，而且我真的這麼相信。

　　你也許會問，馬丁先生哪來這麼多時間評估這些電話行銷來電
者的可信度。這麼多年下來，馬丁先生一直是個活躍的投資人，他
接過無數的促銷電話。這些想要應徵他「投資顧問」的人，有多少
真的寄背景資料給他？一個也沒有！沒半個電話行銷人員，把他自
己的所得與財產增值資料寄給馬丁先生。

　　據馬丁先生說：「如果這些傢伙真的這麼棒，他們就不會花
這麼多時間打電話給我。」也是啦，這麼說也對。不過呢，馬丁先
生，並不是所有美國人都有你的投資智慧、收入和資產淨值。很多
人如果運用財務顧問的服務，他們的獲利應該會比較豐厚；就算是
那些推銷電話，多數財務顧問的投資知識，還是比一般高收入的超
遜理財族好上很多。

　　一個人如何去找他的財務顧問，和他的財富增長有關聯。馬
丁先生怎麼找到他的顧問？就像多數的超優理財族，他運用人際溝
通。他早期工作時，曾經要他的會計師推薦一位好的財務顧問。
會計師給了他好幾個名字。他的會計師有些客戶投資成效看起來不
錯，馬丁也請這些人推薦。從他的會計師第一次推薦名單給他那時
起，他即用了幾位財務顧問。他也聽從其他人的投資建議，包括他
的律師和簽證會計師。

　　馬丁總覺得，他的財務顧問給他的投資建議是可信賴的，因為這些人是經由他的合格會計師，和／或他們最成功的投資人認可過。再說，馬丁先生有理由確定，這些財務顧問會給他特殊待遇。確實，他們也費盡心思，提供他很好的建議和即時預測。為什麼？要是他們不好好表現，會危及他們的人脈網絡關係。如果他的顧問給馬丁的服務很差，給很爛的建議，馬丁會怎麼做？他會跟會計師抱怨，埋怨他推薦這些人。會計師可不想失去馬丁先生這個客戶，很可能會把這些顧問踢出他的推薦名單。沒有一位財務顧問會樂見自己用這種方法被開除。等級更高的顧問通常會提供重要推薦人際網絡中的成員更好的服務。

　　我們從這個案例學到什麼？財務顧問的選擇，要由經驗豐富的會計師，或是他那些很懂投資，績效領先市場的客戶來推薦。如果你沒有會計師，快去找一個。

　　另一個與財富累積相關的，就是僱用合格會計師，他不僅僅幫你報稅，也要能提供各式各樣的投資建議。問問你那些符合超優理財族特性的朋友或同事，請他們推薦一個優質的會計師。你或許可以打電話給你所在縣市大學的會計系，跟系上的老師談一談，問問他們是否有從前教過的學生，在協助客戶做財務決定方面享有口碑 。另一個方法是，打電話給國內會計師事務所的本地辦公室，他們通常在僱人的時候很挑剔。即便是大型事務所，也會有許多較小的會計帳務／財務規劃類的客戶。我們用兩個標準來篩選合格會計

師。首先，由會計系教授推薦的會計師。第二，這位會計師必須在畢業之後，受聘於大型的事務所，並且後來自己執業開事務所。我們發現很多最優秀的會計師或財務規劃顧問，都依循這樣的職業生涯規劃。

　　有些會計師比其他人更懂得協助他們的客戶致富。挑選那些他們的客戶中，超優理財族集中率最高的那些。你或許得解釋這個觀念給他們聽。

第四章

那只是一輛車，不是你

他們相信，經濟獨立比展現高社會地位更重要。

艾倫先生是位白手起家的大富豪。他和太太在中產階級社區一間有三間房的屋子裡，住了將近四十年。艾倫先生在中西部有兩個製造事業，親自管理。他結婚以來，只開過一輛通用的標準型房車。他會告訴你，他從來不會擁有那些象徵身分地位的汽車或產品等等，來加重自己的負擔。艾倫先生的事業跟他的家庭一樣，採取高效率管理。他事業方面的生產力，搭配家庭的平實消費習慣，創造了很多餘錢。這些餘錢會轉而再度投入他的事業、商用地產，和各種美國績優公司的普通股。我們把艾倫先生叫作無敵超優理財族，他的資產淨值比跟他同樣所得／年齡等級高出十倍以上！

在他事業發展期間，艾倫先生幫助過許多創業家。他指導過成打的公司老闆，也靠著給予財務上的協助，幫助一些掙扎求生的事業起死回生。但是他從來不對那些打腫臉充胖子的人施以援手，在他心裡，那類人永遠也還不了他們欠的債務。那一型的人，艾倫先生的說法是，「花錢，花錢，花錢，錢都還沒賺到就先把它花掉了。」

艾倫先生自己和他財務上幫助過的那些人，從來不認為他們的目標是要看起來有錢。艾倫先生說道，「這就是我能夠經濟獨立的原因」：

如果你的目標是得到財務上的保障，你很可能做得到……但是如果你的動機是為了花錢享受而賺錢……你別妄想了。

很多從來達不到經濟獨立的人們，有一套很不一樣的信念。當我們問到他們的動機時，他們提到工作和職業。但是當問到他們為什麼這麼努力工作、為什麼選擇現在的職業，他們的答案和艾倫先生大相徑庭。他們是超遜理財族。這些超遜理財族，尤其是很會賺錢的那些人，其賺錢是為了花錢，而不是為了達到經濟獨立。超遜理財族把人生看成一系列越買越貴的過程，奢侈的程度更上層樓。

所以，享受工作的是哪些人？對工作感到滿意的是哪些人？超優理財族還是超遜理財族？我們檢視的多數案例中，超優理財族熱愛工作，反之，很高比率的超遜理財族工作是因為他們習慣於高消費。這類人和他們的動機，總是會觸怒艾倫先生。他說了無數次：

金錢不應該改變一個人的價值觀，……賺錢只不過是個成績單，用來判斷你表現如何的一種方法。

拜託，別給我勞斯萊斯

艾倫先生對超遜理財族的認知有一套自己的看法。簡單地說，他覺得商品會改變一個人。如果你得到一個象徵身分地位的商品，

你得購買更多其他的商品，去拼湊社會認同的形象。要不了太久，你的生活方式就會起了翻天覆地的變化。艾倫先生很清楚，這類商品和高消費的生活方式，其本質不過是錦上添花罷了。他不會有這些手工藝品，它們對他來說是一種威脅，威脅到他那種相對簡單卻高效能的生活方式：

　　打造財富這件事並不會改變你的生活方式。即便是在我這個人生階段，也不想改變我過日子的方式。

　　艾倫先生的價值觀和優先順序最近剛被驗證過。好幾位事業上接受過艾倫先生幫助，而站穩腳步的人，決定送他一份特別的生日禮物。他們想，這會是很好的表示。但是象徵身分地位的禮物，不管是朋友或是有錢父母送的，不一定會與收禮者的價值觀和生活方式一致。通常，這類禮物會讓收禮者受到極大的壓力，必須花更多的錢來「符合身分地位。」

　　某些有錢父母會為他們的成年子女在有錢人的社區買房子。這是個好主意嗎？或許他們應該了解到，「高級社區」也是高消費的社區。從房產稅到裝潢的壓力，從周圍的人都送小孩到昂貴的私立學校，到4萬美元的四輪傳動車，這種豪華的郊區住家，讓子女陷入一種賺錢是為了消費的循環。謝了，老爸、老媽！

　　艾倫先生，這位超優理財族告訴我們：

最近有件趣事發生。我發現有人（好幾位事業上的朋友）打算給我一個驚喜。一輛勞斯萊斯當禮物！為我特別訂製的……特別的顏色，特別的內裝……（他們）四個月前幫我訂的（被我發現）……還有五個月（會交車）。

該怎麼去……告訴那些（希望）給你一輛勞斯萊斯的人說，你並不想要？

為什麼艾倫先生要拒絕一個這麼棒的禮物？

勞斯萊斯在我的生命中並不重要。我也不想因為擁有一輛勞斯萊斯，而改變我的生活。我不能把釣上來的魚，丟到勞斯萊斯的後座，但我現在去釣魚的時候，都是這麼做的。我得帶你們去湖邊看看……我現在每個週末都在這裡釣魚，這裡有全國最清澈的水讓我釣魚。就在這裡……我的船也在這邊。

艾倫先生釣魚的方式，包括把血淋淋的魚丟到那輛已四年車齡，國產標準型福特普通汽車裡；但是開勞斯萊斯到湖邊可不能這麼做。整個就是不對勁。艾倫先生也不覺得開這種車是享受。所以，他斷言，他要不就改變自己的行為停止釣魚，或是乾脆拒絕這份禮物。

讓我們再考慮一下艾倫先生進退兩難的窘境。他的辦公室就在他的製造廠房裡，那是一個老舊的工業區，像那輛準備要送給他的車，在那裡根本就是放錯地方。而且，艾倫先生當然不想擁有兩輛車，那樣子一點效率也沒有。艾倫先生也覺得，一輛豪華轎車會挑撥他跟很多工人的關係。他們或許會覺得，他們的老闆一定壓榨勞工，不然他哪負擔得起這麼貴的車！再說，還有其他考量：

開著一輛勞斯萊斯，我可不能到那些我喜歡的破爛小餐館吃飯……不可能開那樣的車去。所以，謝了，還是不要。於是我打了通電話給他們說，「我真的必須告訴你一件事。我不要那輛車。」那對我來說一點都不重要……還有更多好玩的事情可做……（比擁有一輛勞斯萊斯）更有趣的。

艾倫先生很清楚，很多象徵地位的手工藝品，到頭來只是個負擔，甚或阻礙你獲得經濟獨立。生活本身的負擔已經夠重了，為什麼還要再加重它？

買車，富豪的風格

有錢人是怎麼買車？（此處的車，包括跑車、貨車、汽車等等。）買車的人占 81%左右，其餘的租車。有錢人中只有23.5%擁有

表4-1：富人的車：車款／年

最近一部車的車款／車齡[1]	富人比例
當年度	23.5
去年度／一年舊的車款	22.8
兩年舊款	16.1
三年舊款	12.4
四年舊款	6.3
五年舊款	6.6
六年或以上的舊款	12.3

[1]訪談的富人中，買車的占 81%；租車的占19%。

新車（見表4-1）。多數人在過去兩年沒買過車。事實上，25.2% 已經四年或以上的時間沒買車了。

有錢人花多少錢買車？典型的富人最近付出24,800美元（ 第50中位數）買車（見表4-2）。但請注意，其中有30% 的富人買車花不到19,500美元。

也要注意，一般美國人最近一次買新車花的錢高於21,000美元。這個數字相較於富人付出的24,800美元相距不遠！而且，也不是所有的富人都會買新車。有多少比例的富人最近一次買的車是二手車？接近37%。還有許多富翁指出，他們最近才換更便宜的車——也就是說，最近買的車比他們以往買的更便宜。

那這些富翁買過最貴的車是多少錢？ 我們訪談的有錢人中，50%的人這輩子不曾花超過 29,000美元以上買車。1/5的人，也就是

表4-2：富人的車：購車價格

最近一部車款支付金額	支付這個價格的富人比率		付過最高買車金額	支付這個價格的富人比率	
	低於	高於		低於	高於
$13,500	10	90	$17,900	10	90
$17,500	20	80	$19,950	20	80
$19,500	30	70	$23,900	30	70
$22,300	40	60	$26,800	40	60
$24,800	50	50	$29,000	50	50
$27,500	60	40	$31,900	60	40
$29,200	70	30	$35,500	70	30
$34,200	80	20	$41,300	80	20
$44,900	90	10	$54,850	90	10
$57,500	95	5	$69,600	95	5

20%，最貴的車不超過19,950美元。80%付過最高41,300美元買他們最貴的車。

　　我們的樣本中，有些富人的財富是靠繼承來的，如果我們把這些人——也就是14%的有錢人區分開來，結果有什麼不同？一般繼承財富的有錢人，買過最貴的車在36,000美元以上。相反地，一般白手起家的有錢人買車的錢則少很多——大約27,000美元。換句話說，他們在購買最貴的車上比繼承財富的人少花9,000美元。因此，一般美國人買新車支付的錢，是靠自己打拼的富人買過最貴的車金額的78%左右。

　　從另一個角度來看，我們訪談的一般有錢人（第50中位數），

買過最貴的車在29,000美元左右，這個數字還不到他資產淨值的1%。美國一般買車的人，他們的資產淨值還不到這些有錢人資產淨值的2%。但他們買車付的錢，也是富人購車費用的2%嗎？如果是，他們平均大概只能花$580美元（29,000美元的2%）。事實並不是這樣，一般買車的人大概至少會花費相當於其資產淨值30%來買車。要注意這點，平均來說，美國消費者買新車的價格，是多數典型富人曾經買過最貴的車的72%。你現在是不是有個概念，為什麼美國有錢人很少？

　　租車來開的富人占少數──少於20%。他們最近一次租車的「車價」是多少？我們估計，50%租來的車購車價格不超過31,680美元。80% 租來的車車價不高於44,500美元。人們常常問我們，「我該租車嗎？」我們的答案永遠都一樣：

　　80%以上的有錢人買車。如果有一天超過50%的富人開始租車，我們就會改變我們給你的建議。

汽車製造商

　　富人們通常開哪一國生產的車？美國的車廠也許會很高興知道，有57.7%的富人開國產車；日本車占23.5%；歐洲車廠占18.8%。富人最喜歡的是哪種品牌的車？以下根據各廠牌個別的市場

占有率順序排名：

1. 福特（Ford）（9.4%）。最熱門的車型包括F-150貨卡和探險家（Explorer）運動休旅車。（一般說來，美國的運動休旅車在富人之間越來越受歡迎）。十位富人中大概有三位開福特F-150貨卡；四位當中有一位開福特探險家。注意，F-150貨卡是美國賣得最好的車。因此，開F-150貨卡的人跟許多富人們有某些共同點。

2. 凱迪拉克（Cadillac）（8.8%）。擁有凱迪拉克的人當中，有高於60%的人開De Ville／Filletwood Brougham。

3. 林肯（Lincoln）（7.8%）。一半的富人擁有林肯黑頭車。

4. 吉普、凌志和賓士難分高下（各6.4%）。幾乎全部擁有吉普車的人，會選Grand Cherokee這種運動休旅車。事實上，這種車型是所有吉普車當中最多人買的。幾乎2/3買凌志的人會選LS 400車型。賓士最受歡迎的車款則是S系列。

5. 奧茲摩比（Oldsmobile）（5.9%）。全部車型中最受歡迎的是Olds 98。

6. 雪弗蘭（Chevrolet）（5.6%）。十種不同的代表車型。最熱門的包括Suburban和Blazer運動休旅車。

7. 豐田（Toyota）（5.1%）。凱美瑞（Camry）車款占有率超過這個品牌的五成。

8. 別克（Buick）（4.3%）。The Le Sabre 和 Park Avenue 是最受歡迎的兩款。

9. 日產（Nissan）和富豪（Volvo）平分秋色（各占2.9%）。日產各車款中，最熱門的是 Pathfinder 運動休旅車；富豪的200系列最受歡迎。

10. 不分軒輊的克萊斯勒（Chrysler）和捷豹（Jaguar）（各占2.7%）。

　　其他受歡迎的車廠包括道奇（Dodge）、寶馬（BMW）、馬自達（Mazda）、紳寶（Saab）、英飛凌迪（Infiniti）、水星（Mercury）、謳歌（Acura）、本田（Honda）、吉姆西（GMC）、福斯（Volkswagen）、路華（Land Rover）、速霸陸（Subaru）、龐蒂克（Pontiac）、奧迪（Audi）、五十鈴（Isuzu）、普利茅斯（Plymouth），和三菱（Mitsubishi）。前三名的製造商分別是通用汽車（General Motors Corporation），大約占26.7%；福特汽車 （Ford Motor Company）約占19.1%；和克萊斯勒 （Chrysler）大約11.8%。你可以看到，多數富人開的都是所謂的美國車。多數有車的美國人開的也是國產車。如果你的鄰居開著福特、凱迪拉克，或吉普車，你要怎麼分辨他們是不是有錢人？你沒辦法分辨。從一個人開的車款，並不容易判斷出他的財富性格。

　　越來越多有錢人買美國車廠生產的車，特別像是別克、凱迪拉

克、雪弗蘭、克萊斯勒、福特、林肯，和奧茲摩比。這個趨勢跟克
萊斯勒、福特、和通用汽車生產的運動休旅車日益受歡迎有關。美
國車為什麼受到富人青睞？我們可以用十五年前發生的某些事，來
解釋這個問題的答案。

　　訪談了一個由十位富翁組成的小組之後，我們走進那個研究
場地的停車場。我們非常驚訝地看到，絕大多數我們剛訪談過的富
翁，開的是標準車型的美國車，包括別克、福特和奧茲摩比。我們
彼此對望，有個人開口說道：「這些人對身分地位沒什麼興趣；他
們買車是秤斤論兩的！」

　　這是真的。許多美國富人傾向買每磅較低成本的標準車型。
所有汽車的平均價錢是每磅6.86美元。標準別克四門房車目前的要
價低於每磅6美元；雪弗蘭Caprice每磅要價約5.27美元；福特Crown
Victoria每磅要價約5.5美元；林肯黑頭車每磅要價不到10美元；凱迪
拉克Fleetwood每磅要價8.26美元。福特探險家售價約每磅5.98美元。
富人間最熱門的車款是吉普Grand Cherokee，售價每磅7.09美元。

　　這些車的每磅成本和那些進口標準車型比較起來如何？寶馬740
房車每磅要價高於15美元；賓士500SL售價每磅超過22美元；凌志
LS 400目前的售價高於每磅14美元。那麼法拉利 F40呢？它要175美
元一磅！（最新車型的每磅估計價格，詳列在本書的附錄2。）

　　很多受訪的有錢人很樂於開這種並不代表尊貴地位的車型，他
們對客觀的價值衡量比較有興趣。某些有錢人的確會花費相當多錢

購買頂級豪華車，但畢竟是少數。舉個例，美國去年大約賣出7萬輛賓士，相對於全體汽車銷售1,400萬輛，賓士車大約是它1%的一半。同一期間的富人家庭，差不多有350萬個。這告訴我們什麼？這意味著最有錢家庭的成員，並不會開豪華進口車。事實上，2/3買或租進口豪華車的都不是富人。

老一輩的有錢人一向偏愛國產車。我們相信這樣的態度，就算在年輕一輩的富翁之間也越來越普遍。為什麼會這樣？因為富人市場的成長，持續來自於自己創業的這些人。一般來說，在買車的時候，創業家比其他人更在乎價錢。成功的創業家會用效能高低來決定每一筆支出。他們通常會認為，花很多錢買車會影響他們事業的盈虧，連帶影響他們的財富。通常，他們會覺得把錢投資在廣告或新設備上，還比購買昂貴的汽車效能更大。

購買行為

有錢人在買車之前，會歷經怎麼樣的思考和行為過程？我們對不同等級的富人中各種類型的汽車買家，進行了全面研究。看起來，就算都是有錢人，他們之間也有很大的差別。研究這些不同的類型，發現關於致富的態度和行為的寶貴資訊。

這些富有人口之中，可以分為四種明顯不同類型的買家。這四種類型隱含兩個基本的元素。第一，忠誠度。有些買家傾向一直跟

同樣的車商買車。換句話說，當這類「忠於車商的客戶」想買車的時候，他們通常會去找賣給他們前一輛車（還有前前輛車）的同一位車商。大約45.7%有錢人是車商的忠誠買家（見表4-3）。

其他有錢人則是一般比價消費者。這些人占富有人口的54.3%。他們沒有意願找同樣的車商買車。他們是很積極，以價格為導向的買家。他們大多會花好幾個月時間，才會作成價格相關的購買決定。

第二個元素是新舊車的選擇。有錢人當中，63.4%喜歡新車，也會買新車。其餘的36.6%有買中古車的偏好。把這兩個元素放在一起，產生了四種類型的富翁汽車買家（見表4-3）：

◆ 第一型：偏好新車－特定車商的忠誠買家（28.6%）
◆ 第二型：偏好新車－貨比三家的比價買家（34.8%）
◆ 第三型：偏好二手車－特定車商的忠誠買家（17.1%）
◆ 第四型：偏好二手車－撿便宜買家（19.5%）

偏好新車－特定車商的忠誠買家（28.6%）

有這種取向的人只買新車，對某一家或一些車商有條件的忠誠。多數有錢人對汽車有強烈的車廠／品牌偏好，所以一旦他們決定買某個特定車款，這些忠實支持者心裡早就想好要找哪個車

表4-3：富人買車的偏好

新舊車偏好	忠誠買家	比價買家	總數
	1	2	
偏好新車	當人中偏好新車的 忠誠買家% ＝ 28.6 全體忠誠買家% ＝ 62.5 全體偏好新車% ＝ 45.1	當人中偏好新車的 比價買家% ＝ 34.8 全體比價買家% ＝ 64.1 全體偏好新車% ＝ 54.9	當人中偏好新車的百分比：63.4
	3	4	
偏好二手車	當人中偏好二手車的 忠誠買家% ＝ 17.1 全體忠誠買家% ＝ 37.5 全體偏好二手車% ＝ 46.8	當人中偏好二手車的 比價買家% ＝ 19.5 全體比價買家% ＝ 35.9 全體偏好二手車% ＝ 53.2	當人中偏好二手車的百分比：36.6
總數	當人中的忠誠買家% ＝ 45.7	當人中二手車買家% ＝ 54.3	

商了。不過，這並不代表他們會走進心目中的車商店裡，乖乖地付錢。相反地，就算是這類型人，對他們而言，價錢還是一個重要的考量。或許你會認為這些忠誠買家瘋了。他們是不是那些富二代裡的一員？不是的，這不是他們老光顧同一家車商的原因。或者你會猜想，這些買家只是喜歡特定的車商。呃，情感因素也不是答案。

很簡單，這一型偏好新車－特定車商的忠實支持者，喜歡把選擇車商和車齡（也就是，新車或中古車）的麻煩降到最低。這型人把超多的時間和精力放在賺錢上面。他們相信，從工作中可以賺到更多的錢，而不是花時間一家一家車商去比較二手車，找「最優惠價」。這型人喜歡找特定的車商，因為他們認為，這幾家車商會給他們整體看來最好的方案。「這些方案」裡頭包含的項目，有些早已超越價格或是車體本身。

這些有錢人為什麼買新車而不買中古車？為什麼他們對價格差異不像中古車買家那麼敏感？首先，會買新車的人就是喜歡新車，儘管這並不是買新車的唯一理由。在他們心裡，買新車比二手車簡單多了，不需要花那麼多時間和精力；對他們來說，新車比較可靠，車款、顏色也比較齊全，他們要求的配備也有。重點是，他們覺得一分錢一分貨。

不過，就算是這一型的買家，價錢仍然是關鍵因素 。他們到最喜歡的車商看車之前，大概一半（46%）的人已經決定了某個特定車型的車商成本價。每三位富人當中，有一位至少會聯繫兩家車

商，好在心裡對「即將成交的交易」有個底。有些人會從消費者雜誌或期刊、價格指南當中找資料，尋找車商的成本價格。很多人會去找外地的車商詢價，不過這些聯繫純粹只是為了測試本地的價格。大概只有十分之一的人會重複光顧外地車商。

還有另一個原因，可以解釋這種對車商忠誠的偏好：

五位富人當中有一個以上，經常光顧的車商也是他們的顧客。

人脈網絡在美國的富人之間一直很重要。許多有錢的公司老闆強烈相信互惠這件事。想一下，如果你是個鋪地板的承包商，你會去哪裡買車？你會到一個陌生人那邊握手成交，還是到一位剛剛請你幫他的停車場鋪地板的車商那邊買車？答案應該十分明顯。許多忠誠的買家是自僱的專業人士，例如醫生、律師、會計師、財務規劃師，和建築師等等，他們也相信這類互惠。比較經驗老道的那些人，通常會跟那些有生意往來的車商買車。一個車商老闆平日往來的供應商，也就是提供商品和服務給他的人，一百多個並不算特別。因此，他這一端也會期望這些供應商回報他給的好處。許多有錢的忠誠買家，可能受惠於往來車商幫他們介紹客戶。所以，有25.5%的忠誠買家指出，他們會推薦某些特定車商給他們的同事和朋友。車商因此會在他們買車的時候，回報可觀的優惠折扣。

許多有錢人對車商忠誠有其他原因，大約有20%會光顧由親朋

好友開的車商；多數人也喜歡直接跟他們往來的車商老闆交涉，有
37%的交易是直接跟老闆談成的。為什麼？因為他們相信，這麼做
可以保證他們拿到一個整體的最佳方案。

偏好新車一貨比三家的比價買家（34.8%）

　　有這種偏好的有錢人，相信經過貨比三家，跟多家車商交涉之
後得到折扣，他們花的時間和精力才不算白費。平均來說，他們曾
經買過最高價的車，比那些對某些車商忠誠的買家要少9%。以他們
最近買的車來看，他們花的錢比忠誠買家少了大概14%。

　　忠誠買家通常付出的買車價會稍微貴一點，大概是這兩組人平
均買價差額的一半左右 。相反地，喜歡貨比三家買新車的買家，對
車商競價的價格差異比較敏感。這些買家通常都是經驗豐富的殺價
高手，其中很多人享受買東西討價還價的過程。和忠誠買家相比，
這些貨比三家的買家極少跟親朋好友經營的車商買車，也極少推薦
其他人給車商，而享受大幅價格折讓回饋；很少會堅持跟車商的老
闆買車，或跟與他們有生意往來的車商買車。另一方面，他們非常
可能花費幾星期，甚至幾個月時間來「貨比三家」，以求拿到「車
商成本價」或「低於成本」的價格，或「購買一個享有高額折扣的
新款車型，一、兩年之後再用同樣或更高的價格賣掉。」

爭取你的生意

如果你光想親自跑到車商那邊買你的下一輛車就害怕，試想一個替代方案。馬克‧史都華先生是我們的朋友，他跟那些彼此競價的車商買過很多車，但是他一直到今年才買了一輛運動休旅車。雖然他對買這種車缺乏經驗，幸而他想到一個方法，可以避免花無數個小時造訪不同的車商。以下是史都華先生發給六家本地福特經銷商業務經理的傳真。

有三家的業務經理立刻回傳他們最優惠的價格給史都華，他接受了其中之一。看來，他以往在美國陸軍擔任採購官的經驗，到了民間也一樣適用。你有一台傳真機而且需要一輛新的休旅車嗎？

致：_____

來自：馬克‧史都華　　傳真號碼：（404）xxx-xxxx

關於：報價請求

如果你有興趣做我的生意，請回覆傳真到我的號碼（404）xxx-xxxx。

我會用現金買車（不是以舊換新），按_____州的銷售稅率計算。如果你目前沒有現貨，或是需等下單後才訂貨，沒關係，我

不趕時間，可以等貨到再交貨。我要求的規格如下：

當年度的福特探險家四輪驅動限量版

象牙珠光白，真皮座椅

天窗：可有可無

音樂光碟播放器

前置牌照架

你的報價單中應該逐條詳列，包括稅、標籤、名稱，及所有其他費用。期望收到你的傳真回覆。請不要用電話聯繫我。如果有任何疑問，請你列在回覆的傳真上。如果有問題，我會打電話跟你聯繫。謝謝。

偏好二手車—特定車商的忠誠買家（17.1%）

為什麼有錢人這一型的買家，年收入高於30萬美元，資產淨值幾乎達400萬，卻非買二手車不可？話不是這麼說。

整體說來，這些有錢人買到二手車得到的滿足感勝於買新車。買那些兩、三年車齡的二手車，他們覺得原始車主負擔了車子的折舊。他們通常計劃買了以後，放兩、三年再轉賣，這麼一來可以回收他們當初付出的成本。有些人覺得，買新車過程中努力討價還價很浪費時間跟精力。他們相信，新車的出廠價或批發價都太過昂貴；他們的想法是，買車的人別妄想用低於車商的成本價去買新

車。很多人覺得，只有在二手車市場才可能撿到便宜。

　　偏好二手車商的忠誠買家中，所有職業類別裡比例最大的是創業家。創業家買車時對價格極度敏感，他們通常喜歡把收入拿來大量投資到會增值的資產上。然而，很多成功的創業家有必要開優質好車，他們也必須考量這一點，從中取得平衡。對這一型人來說，買一輛品質好的新古車就是解決方法。他們最喜愛的廠牌／車型，包括二手的吉普Cherokees、凱迪拉克De Villes、福特F-150貨卡和探險家、林肯黑頭車、雪弗蘭Caprices與Suburbans，和英飛凌迪Q45s。

　　這一組人跟喜歡買新車那兩組人比較起來，他們買車花的錢比較少。他們的收入當中分配給買車的部分，也是所有組別當中最低的。平均來說，最近一次買車，他們只付出收入的7.6%；買過最貴的車僅占收入的9.9%。若以淨值的百分比來看，這些買車的支出僅分別占資產淨值的0.68%和0.89%。

　　這一組人如何作購買決定，又是如何選擇車商呢？首先，多數人會先判定他們想要那種車款新車的車商成本價；接著，他們會判斷這輛車的預估折舊。這類資訊是用來增強決心，購買他們喜歡車款的二手車。關於二手車最新批發和零售行情，可以從很多管道找到。

　　偏好二手車的忠誠買家，會比較幾家車商的報價。這麼做是為了確定本地車商有意願從他們身上「爭取這筆生意」。有些人會去

找報紙分類廣告中，砍原車主自己刊登的車價。他們通常會打電話給登廣告想賣車的人，問問看這些自己賣車的車主是否可能降低他們的要價。多數情況下，去電者只是為了進行價格敏感度研究。偏好二手車的忠誠買家，會用他手上的資訊當作殺價籌碼，跟他挑的車商討價還價。多數情況下，被挑中的車商會提出與所謂的競爭對手相等，或更低的報價。

　　這一型有錢人總會光顧相同的車商。買家覺得身為回頭客，他們可以談到比較好的價錢甚至服務，但這並不是他們忠誠的唯一理由。跟許多喜歡新車的忠誠買家一樣，36%的二手車忠誠買家告訴我們，他們會跟與他們有生意往來的車商買車；也有很多車商盡心盡力幫他們介紹生意。還記得這一組人中，創業家的比例很高，除此之外還有自僱的專業人士，和非常成功的業務行銷類型。很顯然，他們相信互惠這回事。四位富人當中，大約有一位會從任職於賣車這一行的親朋好友那邊購車。三位喜歡二手車的忠誠買家當中，有一位會指定跟車商老闆直接下單。五位當中，有一位喜歡跟他們選定的車商裡最優秀的業務員交易，這些人覺得，頂尖業務員有很多籌碼，可以拿來說服業務經理同意以低價出售。

偏好二手車─撿便宜買家（19.5%）

　　這一組人是我們分析的各組當中，最在乎價錢，也是最用力討

價還價，尋找最低價格的買貨人。他們買車的支出，比其他任何一組都要低。他們最近一次買車，平均支出22,500美元，最貴的車也不到3萬美元。他們最近購車的支出占他們財富的0.7%；就算是最貴的車，也不到財富的0.9%。這組人當中，有客戶、朋友，或親戚在賣車這一行的比例極低，當然也是四組當中最少的。既然他們在賣車這一行沒什麼舊識，他們怎麼去找好價錢？首先，也是最重要的，他們不買新車。再來，你會注意到這群人的名稱——偏好二手車買家——其中並不包括車商這個詞。這群人從所有類型的賣家那邊買二手車。他們最常跟個人買車，但他們通常會到車商、租車公司、金融機構、貨運公司、拍賣公司，或代理商那邊去找車。

　　偏好二手車的買家一般都極度有耐性。他們是所有想買車的有錢人當中，最有可能花幾個月時間，來尋找最划算交易的那種人。他們從來不急著買車。從某些方面來看，他們總是在尋找最划算的買賣。他們無時無刻不處在一種半搜尋／購買的狀態。

　　有一次，一個屬於這組的有錢人，隨興地找一輛近年款的雪弗蘭，花了七個月時間。跟第三章中的南方醫生不同，這位討價還價的買家，從來不會花太多時間買車。看起來，在漫長的通勤過程裡，他會例行經過三家車商。如果有哪輛車吸引他的注意，他會打電話給那家車商。同時，他會照著分類廣告打電話給刊登同樣車款廣告的賣家。最後，他終於從一個私人賣家那裡買到這輛車，它的價格比其他所有曾詢問過的商家都要便宜許多。他告訴賣家：

　　我一點也不急,一個月左右之後再打個電話給我,我會出價。不過現在你的要價,跟我過去幾星期聯絡過的其他車商相比,沒什麼太大差別。

　　他跟所有人都說相同的一段話。

　　一年之中也有他最喜歡的殺價時間。他聲稱,他殺價最成功的時期,就是每年十二月下旬到二月這段時間。因為在冬天,他說,賣家看不到很多來看車的買家。聖誕節相關的消費和活動、寒冷的天氣,會讓想買車的人在這段期間注意力被分散,也興趣缺缺。不過這些因素不會讓許多想撿便宜的買家打消念頭。在這幾個月當中,這群人同時去找四家或更多車商來同時競價的情況並不少見。

　　這個群組裡的人通常會買二到四年車齡,里程數低的車。他們最中意的車廠包括福特、賓士、凱迪拉克、凌志、雪弗蘭、日產和謳歌。

購買習慣告訴我們什麼?

　　分析有錢人的買車習慣,讓我們增長了不少見識。舉個例,多數有錢人傾向貨比三家,忠實於某車商的比較少。你可以合理反駁我,說兩者的差異不是太大(54.3% 和45.7%)。但這個差異數字有點誤導,因為有些買家已和特定車商之間維持緊密的互惠關係,進

而成為忠誠買家，須剔除這個百分比；接著再剔除車商是親朋好友的忠誠買家百分比。讓我們再看一次忠誠買家和貨比三家買主的百分比。這麼做後你會發現，美國的富翁等級買家之中，每一位忠誠買家就會有至少二位貨比三家的買車人。

那麼一般人的買車習慣呢？多數買車人都不是有錢人，因此人們會很自然地認為，這些買家會花比較多時間和精力去尋找最划算的交易。我們的研究顯示卻相反，比較不富有的買家不像富人們會去貨比三家，討價還價，殺價。買車的行為的確幫助解釋，為什麼有些人會有錢，而有些人現在不有錢，以後也不會是有錢人。

買車時比較會積極殺價的那些買家，通常對其他消費產品也一樣會討價還價，且這群人也比較會計劃開銷。基於這些發現，一般說來，你覺得這四類買家當中，哪一類型的買家是最節儉的？

你猜想的是不是偏好二手車的撿便宜買家？這種撿便宜買家是最用力殺價，也是買車的時候最計較價錢的一組。他們會用各式各樣的來源去比價，而且，平均來看，他們買車花的錢比其他幾型人都要少很多。

對那些有興趣研究致富之路的人來說，在我們分析的所有類型當中，偏好二手車的撿便宜買家是最有啟發性的一組。為什麼呢？因為我們研究的所有類型當中，這一型人每一塊錢收入的淨值比例最高：他們收入中已實現的每1美元收入，可以變為淨值17.2美元。在所有組別當中，他們的平均收入最低，然而，平均來說，他們能

夠累積300萬美元以上的財富。他們是怎麼辦到的？他們的財富發展策略很值得深入探討。

偏好二手車，愛殺價的富人買家

哪些因素可以解釋財富累積的差異？收入是一個因素。高收入的人本來應該有較高的財富水平。但是，再強調一次，這一組二手車買家的成員，他們的收入比其他組有錢人的平均收入低一大截。大約2/3的人，收入在數萬到數十萬這個水平。

職業是另一個因素。我們注意了很多次，美國的富人當中有很大比例是創業家。相反地，多數從事其他高收入職業類別的人中，高資產淨值的比例極少。這些職業好比醫生、企業中階經理、管理階層、牙醫、會計師、律師、工程師、建築師、高收入的公務員，和大學教授。不過也有例外。舉個例，這些從事非創業家職業的人，每一種也都曾出現在我們的分析，二手車比價買家的群組當中。

這一群人就算在他們的富翁族群當中也相當獨特。你知道，平均來說，他們在七項節儉指標當中得到最高的分數（見表4-4）。

在他們這種節儉行為的背後，有一套強大的信念支撐著。首先，他們相信達到經濟獨立的好處。第二，他們相信節儉是通往經濟獨立的關鍵。他們時時提醒自己，有很多花大錢、擁有象徵身

表4-4：各種購車類型生活上用錢的方式

經濟和財務與生活方式的關聯	新車—偏好特定車商的忠誠買家（28.6%）	新車—偏好貨比三家的比價買家（34.8%）	二手車—偏好特定車商的忠誠買家（17.1%）	二手車—偏好撿便宜的買家（19.5%）
抑制消費心理建設「住豪宅的人沒什麼真正的財富」	59[1] 低（4）	106 高（2）	111 低（3）	136[2] 高（1）
自我營造的簡樸導向「我一直都很節儉」	82 低（4）	108 高（2）	89 低（3）	121 高（1）
家族傳統沿襲「我父母親（以往）相當節儉」	91 低（4）	99 中（3）	105 中（4）	111 高（1）
家庭預算導向「我們家的年度預算是經過精打細算的」	95 中（3）	101 中（2）	85 低（4）	118 高（1）
偏好嚴格記帳「我知道我家每年分別花在食物、衣物、居住方面費用是多少」	101 中（2）	94 中（4）	96 中（3）	112 高（1）
只買打折的衣服「我從來不買沒折扣的衣服。」	69 低（4）	89 低（3）	123 高（2）	145 高（1）
偏好折扣商店「我經常在過季折扣店買衣服」	62 低（4）	106 中（3）	111 高（2）	136 高（1）

1 例如，新車—偏好特定車商的忠誠買家，在抑制消費這方面的心理建設分數（59），低於全體富人的分數（100）。他們在排名當中名列最後／第四名。

2 例如，跟全體富人的分數（100）相比，二手車—比價買家在抑制消費等級分數很高（136）。他們在抑制消費等級當中名列前茅。

分地位的手工製品，例如名牌衣飾、珠寶、汽車，和游泳池等等的人，其實並不有錢。他們用這個方法心理建設，抑制大筆消費。通常也告訴子女同樣一番話。我們研究過的一個案例中，一位年輕人曾經問過父親，為什麼他們家沒有游泳池。跟許多節儉生活的人講的故事一樣，他父親回答，某些人是「打腫臉充胖子」。他告訴兒子，他們家可以裝個游泳池，但這個新游泳池代表他們不會有錢送他去康乃爾大學念書。

今天，這個兒子，卡爾，成了康乃爾的畢業生。不，他父母從來沒在家裡裝過游泳池。當卡爾的子女質疑他的簡樸個性，會有什麼結果？他是不是有辦法捍衛自己的購物取向，和凡事節儉的癖好？我們在表4-4揭露這個問題的答案。傾向撿便宜買二手車的人，極有可能像以下這樣回答：

◆ 我父母非常（現在跟以前）節儉。

有一次，一位屬於撿便宜買二手車這組的富人，告訴我們他的節儉習慣。他解釋，他的父母是農民：

我在內布拉斯加（Nebraska）的家人懂得金錢的價值。家父總說，種子就像錢，你可以現在把種子吃掉，或種植它們。但如果你能看到種子會變什麼樣子……10呎高的玉米……你不會浪費它們。

吃掉它，要不就耕耘它。看它們長大總讓我很滿足。

他那輛毫不起眼的四門、三年車齡的中古國產房車，讓他很愉快。他相信，這輛車絕不會出賣他非常有錢的事實。況且據他說，這輛車也不會引起歹徒注意，跟他回家搶奪他的財物。他經常說他的車是「機場停車場裡最不可能被偷走的車！」

化節儉為財富

生性節儉，是喜歡買舊車這組人坐擁財富的主要原因。節儉的習慣讓他們握有投資的本金。事實上，與其他組別的人相比，他們年收入中提撥來投資的部分，也大幅超前其他組。這一點也適用於他們貢獻到退休／年金計畫的部分。你八成已經猜到了，這一群喜好二手車的撿便宜買家中，有比例最高的超優理財族。這一組人很可能會同意以下說法：

◆ 我們採取相當精細規劃的年度預算來理家。

適度規劃預算，必須把支出記錄下來。再一次，這一類買二手車的撿便宜買家，在記帳方面比其他任何組別都要嚴謹。他們多數同意：

◆ 我很清楚我家每年花在食物、服飾、住所方面費用是多少。

撿便宜二手車買家在購買服飾時也喜歡殺價，他們的分數（145）是全部買家類型中最高的（見表4-4）。極高比例的人同意底下這句話：

◆ 我從來不買非特價或不打折的服飾。

這一類買二手車的撿便宜買家，比其他類型汽車買家更可能成為折扣商店的客戶。從底下的陳述可見一斑：

◆ 我通常在過季折扣店購買服飾。

此外，與其他富人購車類型相比，這群人更常在席爾斯（Sears）購物。平均來說，這群人在各種不同的產品項目花的錢，都比其他人少很多。如同我們在第二章討論過的，我們邀請所有的富人受訪者告訴我們，他們購買（1）一隻腕錶、（2）一套衣服，和（3）一雙鞋等曾經花過最高的金額。再一次，這群撿便宜的買家展現了他們的節儉性格。這一組的成員在接受我們問卷調查的富人之中，買一隻腕錶付出的錢是其他人的59%，一套衣服是83%，買一雙鞋是其他人的88%。

　　大多數人並沒有能力大幅提高他們的收入，然而收入與財富呈現正相關。那麼，我們想告訴你什麼？要是你沒辦法大幅提升你的薪資，那就得靠其他方法致富。從節流著手，這是多數撿便宜二手車買家能致富的原因。他們成功地自我節制，不像他們的很多鄰居那樣，養成高消費的生活習慣。他們七成以上鄰居賺的錢比他們多，但是只有不到50%的鄰居，其資產淨值等於或高於100萬美元。

　　這群富人周邊那些高收入、低資產淨值的鄰居都作了錯誤的假設。他們以為，只要投入精力賺取高薪，就會自然而然變成有錢人。這一方面他們的進攻很不錯。多數人的收入等級，在美國整體家庭的前3%或4%。很多人看到的只是有錢人的這一部分。但是，他們並不有錢，他們的防守太弱。我們已經重複了很多次，有太多富人告訴過我們，他們的信念是：

　　在美國，賺大錢比累積財富要容易多了。

　　為什麼會這樣？因為我們是個消費導向的社會。而這群撿便宜二手車買家的高收入非富人鄰居，在美國是最注重消費的一群。

個案討論

會計師傑斯先生：偏好新車的車商忠誠買家

　　傑斯先生是一家小型但很賺錢的會計師事務所裡三位資深合夥人之一，他也是個百萬富翁。傑斯喜歡新車，對買二手車這件事興趣缺缺。對他來說，開輛二手車就跟穿別人的舊衣服一樣。傑斯是個忠誠買家的部分原因是，「（他的）時間比到處比價找折扣要更有價值。」況且，賣車給傑斯的車商也是他的客戶。

　　再強調一次，許多偏好新車的車商忠誠買家，在購車習慣背後，人脈與互惠是主要因素。傑斯是怎麼讓這個車商變成他的客戶的？在對車商推銷他的記帳服務之前，他介紹了一打以上的客戶給這家車行老闆。這位車行老闆先前與另外一家事務所往來多年，然而對方卻從來不曾介紹過他們的客戶來買車。

　　今天，車行老闆和傑斯先生之間有強大的互惠連結。自己開公司的最大好處，就是得以運用組織的採購習慣。以傑斯先生這個個案來看，他也對他的客戶施展了影響力。許多客戶在找車商的時候會聽取他的意見。傑斯會先開門見山，告訴客戶他推薦的車商也是他的客戶之一。而這位車行老闆，也會對這些被介紹來的客戶，提供更優質的服務和在價錢上讓步。過去十年之間，傑斯先生實際上為他的車商客戶賣出數十輛以上的車。同時，這位車行老闆也多給了傑斯先生好幾千美元的記帳生意。

股票經紀人提夫先生：偏好二手車的車商忠誠買家

　　提夫先生是個股票經紀人，也是位百萬富翁。他喜歡買近年的車款，新古豪華車。自從跟同一個車商買過好幾輛車後，提夫先生有個念頭：他想自己打通電話給車行老闆。提夫先生一開始先提醒這位業主，說他在過去五年間跟他買了三輛車，也介紹好些客戶給他們。提夫先生接著問車行老闆，是否能給他一些投資業務，以作為回饋。車行老闆的回答非常老實。他告訴提夫，他賣車給很多股票經紀人，不可能跟每個經紀人都做生意。

　　提夫了解車商的立場，所以反過來給了一個提議。他問車行老闆，是否能提供他車商前五名供應商名冊：

　　假設有人要求你提名本州最佳供應商，誰會在你的名單上列前幾名？誰幫你安裝這個地方的屋頂？我能不能提到是你建議我打電話找他們？

　　車商真的介紹他的幾個主要供應商給提夫先生，提夫也仍然跟這位車商買車，有機會也幫他介紹生意。車商則介紹生意給提夫當作回報。

作家湯姆・史丹利賣車的故事

　　聖誕節前夕，我在一家地方報紙刊登了一則分類廣告，想把家

裡那輛謳歌（Acura）Legend賣掉。在這麼做之前，我先打電話給車
商，他透露這輛車可能的最高賣價，我在廣告上就是登那個價錢。
我一直很小心地保養我們家的車，這輛Legend在選配方面幾乎應有
盡有，還包括所謂的黃金方案。車一向停在車庫裡，且我們的謳歌
車商做了所有該做的保養，引擎調整到最佳狀態，我們甚至用了
美孚一號合成機油（Mobil One synthetic oil）！這輛車配備米其林
MXV4輪胎，里程數只有幾千哩。再說可能是最重要的一點，我們
買的時候是全新的車。我的廣告內容大概包括了這些特性。

　　有些人花時間過來看車，讓我分析一下他們的部分特徵：

買家一：資深行銷經理，女性

　　她開一輛日產英飛凌迪（Infiniti）Q45來看車。我看到她的車，
問他怎麼會對一輛Legend有興趣，因為她的Q45看起來幾乎是全新
的。她告訴我，Q45是她先生的車，是大約一年前買的二手車。事實
上，她已經到幾家車商那邊看過幾輛二手的Legend和英飛凌迪。她
說的很清楚，他們家通常偏好買二手車。雖然他們並非對某些車廠
情有獨鍾，不過他們夫婦的確偏好某些車款，包括像謳歌（Acura）
Legend、英飛凌迪（Infiniti）Q45，和凌志（Lexus）400系列。

　　來我這邊看車那天，她跟公司請了半天假。她手上有一張亞特
蘭大區域地圖，把幾家選定的車商位置，幾個私人賣家的地址標註
在地圖上。她用這種方法表達地很清楚，她對其他「令人心動」的

機會也一清二楚。

在我看來，這位女子對評估二手車經驗豐富。她立刻指出駕駛座門上的一個小瑕疵。她檢查內裝、引擎室，還有鈑金。接著問我賣掉這輛Legend的原因。我回答她：「我那些青春期的孩子們對四門房車很反感。對他們來說，Legend 是給那些中年的無聊人士開的，就像他們的父母！他們寧願要一輛中古的四輪驅動運動休旅車，或是雙門跑車。」

她停了一下，想了想我說的話。現在我回想起來，我懷疑她可能想聽到別的答案。她可能希望聽到我賣車是因為財務上有困難，如此一來她才有比較好的殺價切入點。不管怎麼說，她試圖跟我要更低的價錢。她問我：「你能接受的最低價錢是多少？」我告訴她：「要是這車三十天內還賣不掉，我會考慮降低價格。」接著，我指向前座的置物箱，裡頭包含了所有的保養紀錄、原廠車窗紙等等。她轉身坐進那輛Q45離開了，後來我再也沒聽到她的消息。我確信她後來找到心目中理想的車——也就是，二手新古車，而且是賣家急著脫手的一樁好買賣。

買家二：區域型金融機構副總，男性

或許你會對這位老兄特定的工作職稱特別感興趣。他是汽車租賃部門的副總。我想你會說，他對汽車真正的價格了解很透徹，他也很清楚買車跟租車比起來有什麼相對好處。看起來，這位租賃新

車的專家,把時間花在尋找求售的二手車了。

這個買家也在找一樁好買賣。他對某些車廠的優質日本車很感興趣,不過,就像買家一,他並不是非某些車廠不可。他花了相當長的時間,檢視這輛謳歌的保養和其他紀錄。接著他也問了跟買家一相同的問題:「能不能告訴我,你這輛謳歌最低什麼價錢可以接受?」我也給了跟給買家一相同的答案。他一樣離開了。我還在等他電話。

買家三:有錢的前公司老闆,男性

這個買家是我所遇到這些人當中最有趣的一個。他打電話給我,提到打算載老婆到本地一家購物中心。他問了我們的位置,發現跟購物中心相對位置很理想。我們談過之後不久,他開著一輛寶馬5系列,帶著老婆一起來看車。那輛車看起來就好像才剛從展示中心開出來似的,所以我問他為什麼需要買我的謳歌。他告訴我,寶馬是他老婆的車。接下來他從頭到腳仔細端詳這輛謳歌。

在他看車的時候,我跟他老婆進行了一場很有趣的對話。她說,她老公最近把一家很成功的軟體公司裡的股份賣掉,他們發了大財。她老公仍然擔任那家公司的顧問,但是現在他有更多閒暇做其他事。她也告訴我,在他們結婚的這三十年當中,她老公從來沒有買過一輛新車。顯然,他一直處在半持續搜尋二手車買賣的狀態之中。他特別鍾情於購買二手日本車和德國車,但是從來不急著交

易。跟很多偏愛二手車的撿便宜買家沒兩樣，從那些車太多，現金太少的私人賣家手上做成一筆好買賣，帶給他強大的喜悅。

我懷疑這就是他花時間詳細盤問我的原因。他問我靠什麼維生。他也想知道，我的事業經營得如何。他大概以為我是個丟了工作的公司主管，要不然怎麼會下午時段，穿著卡其褲、法蘭絨襯衫在家裡？我說我是個作家，正在寫我的第四本書。接著他問我其他三本書賣得好不好。「很好。」我說。他皺著眉頭，問了我那個問題：「降1,500美元賣給我，有沒有興趣？」再一次，我答道：「要是我三十天後還賣不出去的話，或許吧。」我也還在等他的回音！他對我保養車子的方式倒是印象深刻，所以他離開以前問了我是不是還有其他車要賣。他指著我那輛很會跑的大黃蜂Z28。我也一樣拒絕了他的出價。

買家四：學校老師，女性

二手車買家中，老師或教授這群人數特別多，這是不是很有趣？這個買家在某個週五傍晚打電話給我（週末電話費率什麼時間起算來著？），問了我一連串問題。經過密集的盤問之後，她說她住在亞特蘭大幾百哩外的「棉花」州。她說她正在聯繫亞特蘭大所有登廣告想賣謳歌Legend的人。

她答應我，接下來那個星期三會跟我聯繫。她遵守諾言，問我是否能傳真任何顯示這輛車沒有未清償債務的證明，她也問是否可

以提供一個關於車輛配備更詳細的清單。我把所有權狀和原廠車窗紙副本傳真給她，上面包括價錢和配備。然後她告訴我，她打算在星期五那天到亞特蘭大，看看好幾輛待售的車。

星期五，她和老公（一位成功的棉花農民）開了一輛新古的日產（Nissan）Maxima到我家。車子的狀態看起來很好。買家載著她老公和我一起試開謳歌，在社區裡繞了大概二十分鐘。我趁這段時間深入了解他們，為什麼從棉花州開這麼大老遠過來？他們為什麼想要買二手車？農民通常不是很節儉嗎？

看來，這對夫婦每兩、三年就會去找一輛舊款的、品質好的二手車。他們發現，這種車的價錢在大城市比較好，也比較容易找得到（距離他們最近的謳歌經銷商在150哩之外）。他們買類似我這種車，兩、三年後再用接近他們買車時付出的價格，在鄉下地方轉賣出去。

買家和她老公讓我相信他們節儉成性。他們帶了一張銀行保證票過來，面額比我的要價還少1,000美元。試開回來以後，這位農民問老婆：「你要不要試試看跟這個人殺價？」她回答道：「這位老兄並不需要賣這輛車。而且車況很好。」她老公也同意。於是，她把那張支票和10張百元鈔遞給我。最後，合約簽了，交易完成。她告訴我，我這輛車的賣價比他們農場附近的車商貴了至少3,000美元。我回她，星期一當她把這輛車開到學校的時候，同事們很可能會羨慕到不行。她老公說，其他老師要是知道她這輛車買的多便

宜，他們才真的會超級佩服她。

　　他講的其中一句話特別引起我的興趣：「我老婆的一個女同事開一部新的，配備齊全的賓士。她每個月付租金600美元，租60個月。你知不知道要種多少棉花才能付得起這些租金？」

節儉的教授，鄰居都是超遜理財族

　　比爾博士是位工程學教授，家庭年收入從來沒超過8萬美元，卻能成為有錢人？他沒繼承任何遺產，也沒中過樂透，更沒有僱用一個投資顧問讓他把幾千塊變成大財富。他在理財這方面能夠成功，是憑著量入為出而來的。這位教授是偏好二手車撿便宜買家的經典範例。就像這一組買家的多數人，他從來不會忽略家人。子女的大學學費他不但全額資助，甚至給的更多。他和家人住在中上階級住宅區裡一棟很不錯的房子。事實上，他們這類型買家中，有80%的人住屋價值在30到50萬美元之間。

　　比爾博士一直想達成經濟獨立的目標，但他從來沒想過創業。創業家要有錢，且通常得承擔重大風險，結合運用幾十，甚至幾百人的勞力和智力。比爾博士沒試過其他行業，他一直擔任教職。他並不是唯一的一個，這個國家的多數人都不屬於創業家類型，但這不表示他們不會變成有錢人。

　　對於我們提及的，做個創業家和成為有錢人兩者之間的關係，

人們經常覺得很困惑。我們並不是想規勸人們放棄他們在從事的醫藥、法律、會計，或其他職業，在這個國家加入創業家的行列。除非你真的想這麼做，也有能力實現目標，否則千萬別考慮這樣子的改變。要是你能創造很不錯的收入——好比一般美國家庭常態收入的兩倍，也就是65,000到70,000美元之間——如果你能遵循這些偏好二手車撿便宜買家發展出來的防守策略，有一天，你可能會變成有錢人。

比爾博士的多數非富人鄰居沒有家庭預算，他們不規劃支出。結果，他們在家用支出方面毫無節制——唯一的限制就是收入上限。不過， 最愛私下批評比爾博士這類節儉鄰居的，也正是那些人。

諾曼先生是位高級主管，他的房子價值40萬美元，跟比爾博士住在同個社區。他去年的家庭所得超過15萬美元。除了他的房產、汽車，和公司退休計畫，他幾乎沒什麼投資。諾曼先生的家庭資產淨值低於20萬美元。諾曼先生和太太都是50歲。他們的鄰居，二手車撿便宜買家比爾博士和太太也是這個年紀。比爾的收入大概是諾曼的一半，但是比爾的家庭資產淨值是諾曼家的九倍。可能嗎？

十二萬分可能；不但可能，也是意料中事。強大進攻加上拙劣防禦，轉換出來的就是超遜理財族。但諾曼一家並不孤單，他們的鄰居當中，超遜理財族的比率遠超過比爾一家這樣的超優理財族 。

像諾曼家這種超遜理財族，光是想到買二手車都讓他們覺得有

失身分地位。對他們來說，買二手車門兒都沒有。他們的鄰居比爾博士，從來不覺得買一輛優質的中古車哪裡丟臉。事實上，買二手車讓他得到很大的滿足感。多年來，他了解到光是捨新車而就二手車所省下的錢，足以全額資助他某個小孩的大學和研究所學費。

比爾博士最近買的一輛車，三年車齡的寶馬5系列，是從哪裡找來的？從蓋瑞，一個任職於高科技產業的高收入、過度消費的業務員那裡買到的。蓋瑞只買新款的進口車。如果蓋瑞像多數的超遜理財族一樣，他肯定相信買他那輛舊寶馬5系列的人，不像他這麼有錢。這也是一般超遜理財族會有的搬弄是非症狀之一。超遜理財族總以為自己比鄰居有錢。許多超遜理財族也相信，人們會開他們能負擔得最好的車。

用另一個方法來思考這個情況。蓋瑞這位超遜理財族贊助比爾博士買車，蓋瑞先替比爾擋了三年折舊這顆子彈，再把一輛好車的所有權，轉給一位節儉的富翁比爾博士。況且，既然蓋瑞受僱於他人，他不能在應納所得稅的部分註銷折舊。另外，蓋瑞並沒有親朋好友或客戶從事賣車這一行，他沒有稅額抵減，拿不到叔叔阿姨開的車商提供的超級折扣，也沒有存在互惠關係的客戶在汽車這個行業。他買車純粹是因為他高興。

蓋瑞、諾曼先生，和其他各種超遜理財族應該知道什麼？他們在買車方面花的錢，比典型美國富人還多。蓋瑞的薪水和許多富人相等，但他不是有錢人。或許他透過大量消費象徵身分的商品來

補償這一點。他是不是想模仿他公司董事長開車和購物習慣？但是這位董事長是個富翁，擁有公司股份。跟蓋瑞不同，他一直到有錢了之後才買高價車。其實，他把收入中很大部分又放回來買公司股票。相較之下，蓋瑞買很多高價品，還期望自己變有錢，那一天大概永遠不會來。

第五章

富二代的金錢觀念

他們的父母並不提供「經濟資助照護」。

敬愛的史丹利博士、丹柯博士：

　　我剛剛拜讀完關於你們研究有錢人的一篇文章。我太太有個已過期的信託，她父母不肯放手。我岳母一直要我們準備一堆文件，好讓我們打消念頭。她似乎決定永遠不交付這筆信託給我太太。

　　是否可能請你因為研究的緣故，和我太太的家人聯繫？她的名字是_____。或者，可以請你建議其他的方法，能讓我們知道這筆信託有多少錢。

　　謝謝

　　　　　　　　　　　　　　　　　　　　　　　　L.S. 先生

　　寫這封信的人和他太太急需金錢。寫信人（我們稱他為拉瑪）是某位來自富裕家庭女子（我們稱她為瑪麗）的老公。瑪麗每年都從父母那裡收到15,000美元以上的現金贈與。從差不多三十年前跟拉瑪結婚後，就經常收到這類禮物，和其他形式的協助。

　　今天，夫婦倆都是五十出頭的年紀，住在一個豪華社區裡的精緻住宅裡。他們是鄉村俱樂部會員，兩個人都喜歡打網球和高爾夫，也都開豪華進口車。他們身穿名牌衣物，投入某些慈善機構的

社交活動。他們曾經積極為小孩唸的私立學校募款。夫婦倆享受陳釀佳餚、娛樂、高級珠寶，和出國旅遊。

　　鄰居們都認為拉瑪和瑪麗很有錢，有些人深信他們是大富豪。但眼見不一定為憑，事實上他們並不富有。至少他們很會賺錢吧？也不是，不管是先生還是太太，收入都不高。瑪麗是個家庭主婦，拉瑪在一所本地大學擔任行政工作。夫婦倆自結婚以來，兩個的年收入從來沒超過6萬美元。不過他們的生活方式，和那些收入比他們多兩倍以上的人不相上下。

　　有些人可能會說，這對夫妻一定很懂得預算和規劃，要不然，以他們那一丁點薪水，怎麼能過這麼高檔的生活？但拉瑪和瑪麗自結婚以來，從來不曾一起做預算規畫，他們每年總是入不敷出。他們還把瑪麗父母贈與的現金花光光。簡單來說，瑪麗和拉瑪之所以能過這麼奢華的生活，就是因為他們是所謂「經濟資助照護」（Economic Outpatient Care）的受惠者。「經濟資助照護」就是指這種父母「出於善意」，給予他們成年子女或孫子女大筆金錢贈與的行為。這一章，我們會探討「經濟資助照護」的涵義，還有它如何影響施予者和收受者的生活。

「經濟資助照護」

　　很多今天身為「經濟資助照護」施予者，在他們早年就表現

出累積財富的厲害技巧。他們通常在自身的消費和生活方式上很節儉，但是說到「好心」資助他們的子女或孫兒輩，可是一點也不手軟。這類父母覺得自己不得不，甚至有義務提供經濟支援給他們的成年子女，和他們的家庭。慷慨的下場是什麼？這些提供某種形式「經濟資助照護」的父母，和另一群年齡、所得、職業群組相同，但子女們自立自強的父母相比，前者的財富遠不如後者。而且，一般說來，成年子女收到的越多，自己累積的越少；而拿到越少的，累積的越多。

「經濟資助照護」的給予方，通常認定他們的成年子女，沒辦法憑自己的力量去維持一個中上階級，高檔消費的生活方式。結果是，越來越多這些有錢父母的子女們自己的家庭，扮演著中上階級高收入者的模樣，然而他們的生活方式只是虛有其表。

這些有錢人家的子女，大筆揮霍購買象徵身分地位的商品和服務，從他們位處高級郊區殖民地風格的房屋，到他們的進口豪華汽車。從他們鄉村俱樂部的會籍，到他們為下一代挑選的私立學校，他們是「經濟資助照護」簡單規則的活生生範例：花別人的百元大鈔，比花自己的零錢要自在得多。

「經濟資助照護」現象在美國隨處可見。美國有高於46%的有錢人，會給他們的成年子女／孫子女一年至少價值15,000美元的經濟資助。這些富人的35歲以下子女，幾乎有一半以上每年都會收到父母的金錢贈與；而成年子女婉謝金錢贈禮的年齡越來越晚。四十

多歲到五十多歲的成年子女中，每五個有一個會接受這種贈與。請注意，這些估計是基於對富人子女做的問卷調查，他們很可能會少報收受的次數，和贈與的金額大小。有趣的是，我們的調查中，贈與者回答的金額，遠超過他們成年子女收受者回答的金額。

很多「經濟資助照護」是一次一大筆，或採不規則的模式。舉例來說，有錢的父母和祖父母很可能一次把整套錢幣收藏、郵票收藏，或類似的禮物一次送給孩子們。四位富人父母當中大約有一位，已經把這類的收藏給了他的成年子女或孫子女。類似情形有，當孫子女需要牙齒矯正或整型時，祖父母經常會支付醫療或牙醫費用。大約45%的富人曾經提供成年子女／孫子女的醫療／牙醫費用。

未來十年，一般來說，美國的富人人口（以資產淨值大於或等於100萬美元來定義）將比一般家庭人口的增加快上5到7倍。與這種成長同時發生的是，富人人口的後代子孫會遠超過從前，而「經濟資助照護」會在這段時間內急速成長。財產大於或等於100萬美元的富人，會在未來十年間增加246%；這些財產價值（以1990年的美元價值來算）整體來看將會超過2兆美元！但是，這群富人父母在有生之年就會把所有財產幾乎全部分配光。有錢的父母和祖父母，將會在過世之前把多數財產分出去給子女／孫子女。

未來，提供「經濟資助照護」的成本也會大幅提高。私立學校學費、進口豪華車、位處市郊潮區的住家、醫美和牙齒療程、法學

院學費,還有許多其他經濟資助項目,比一般生活成本指數更高。

此外,我們的人口逐漸老化,越來越多的有錢父母和祖父母接近遺產稅發生的年紀。鰥夫和寡婦更加留意政府可能會依據遺產稅制,從遺產當中抽取55%或更高的稅率。因此,這些富人在年紀漸長之後,會增加對子孫贈與的金額和次數,好降低他們的財產將來被課徵的遺產稅。

瑪麗和拉瑪

瑪麗和拉瑪怎麼可能負擔得起送兩個小孩念私立學校的學費?他們付不起,是由瑪麗的父母幫忙付的。這種情況少見嗎?剛好相反。我們的調查研究顯示,這個國家裡43%家有孫子女的富人,幫忙支付一部分或全部的私立學校費用(見表5-1)。我們把這種補貼稱之為第三代教育提升。

我們最近才討論過這種類型的「經濟資助照護」,一群富人祖母在旁邊當聽眾。我們把問卷調查結果給他們看,但並沒有贊成或批評這種行為。在我們做完簡報之後,回答她們的提問。第三位提問的人利用這個機會,發表了一份聲明:

我真是氣到不行。我應該怎麼處理我的錢才好?我女兒的家用都快不夠了。你知道這附近的公立學校有多少問題吧?我得把我孫

表5-1：富人父母提供給成年子女／孫子女[1]的「經濟資助照護」

「經濟資助照護」	富人百分比
1. 第三代教育提升	
・資助孫子女的私立小學／私立中學學費	43%
2. 第二代教育提升	
・資助成年子女研究所學費	32%
3. 跨世代住房補貼	
・支付成年子女的房貸	17%
・買屋的財務協助	59%
4. 收入給付補助	
・「慈悲貸款」（不必償還）給成年子女	61%
5. 贈與能產生收入的不動產	
・不動產過戶給成年子女	8%
6. 證券過戶	
・上市公司股票過戶給成年子女	17%
7. 私人資產轉移	
・家族事業所有權（全部或部分）贈與成年子女	15%

[1]這份分析中的222位富人父母，都至少有一個25歲或以上的成年子女。

子女送去念私立學校。

　　顯然，這位祖母對於提供「經濟資助照護」給她女兒的家庭這件事，並不完全感覺自在。真正的問題不在公立學校，而是她女兒的家庭處在一種經濟依賴的狀態下。媽媽對女兒嫁給一個不太會賺

錢的先生這件事有意見。女兒和孫子女過的生活，沒辦法跟娘家那種中上階級背景相提並論。所以媽媽下定決心提升女兒家的經濟環境。她資助很多錢，讓女兒、女婿買了一棟光靠他們自己買不起的房子。房子位在高級住宅區，大多數居民都把小孩送到私立學校。她的女兒若想住在這類高消費的住宅區域，唯一的方法就是靠媽媽牌的高劑量「經濟資助照護」。但是媽媽並不了解，這樣的環境比讓女兒自立自強更不利，即便它代表著需要女兒去接受較不富裕的生活方式。

　　瑪麗跟這位祖母聽眾的女兒很像，兩個人都接受經濟照護。兩個案例的贈與者都作了一樣的假設：「經濟資助照護」可以「幫助他們站穩腳步」，然後他們才能自立。瑪麗的母親想錯了，她持續提供女兒這種特殊種類的資助照護，已經超過二十五年了。她女兒的家庭在經濟上依舊依賴著她。

　　拉瑪也是這種經濟照護的受益者。他和老婆婚後不久，拉瑪辭掉工作去念碩士，他自己的父母支付了所有的學費和相關費用。這麼做一點也不奇怪。事實上，美國富人中有32%為他們的成年子女支付研究所教育的費用。

　　拉瑪開始念研究所後不久，這對夫婦的第一個小孩出生。瑪麗的母親對他們在拉瑪學校附近租的公寓不太滿意。她自告奮勇，派了一位打掃清潔的人，定期過去「把這個地方弄整齊」。但是在她心目中，這個地方根本不適合女兒居住。所以這位母親主動幫忙小

夫妻買個房子。

　　拉瑪的確幫忙達到收支平衡這部分。他在學校裡當兼職助理職員，每個月有幾百美元入帳。當時瑪麗沒有工作；事實上，她在整個婚姻生活中，一直扮演全職家庭主婦的角色。

　　瑪麗的母親幫他們的新家付了很大一筆頭期款。這些膝下有成年子女的富人父母中，每十位有六位（59%）告訴我們，他們曾經在孩子們「買房子的時候，提供經濟上的協助」。瑪麗的母親也幫他們付房屋貸款。記住，我們訪談過的富人中，17%提及他們支付過這種款項（見表5-1）。一開始，瑪麗的母親只是想用免息貸款的型式資助他們，但是這些貸款終究會轉換成比較傳統的類型。慈悲型貸款在「經濟資助照護」的受益者之間，被視為相當普遍的情形。61%的美國富人曾經提供這類「貸款」給他們的成年子女。這對夫妻想要換更好的房子時怎麼辦？瑪麗的母親再一次資助他們。最後，這對夫妻搬到他們現在住的房子。又一次，「經濟資助照護」資助了部分購屋資金。

　　拉瑪在研究所唸了將近四年，他拿到兩個學位。今天，拉瑪在學校擔任行政工作。以他年收入不到6萬美元來看，瑪麗跟他很難達到收支平衡。即便把岳母每年給的15,000美元加上去，他們的收入仍然不足以維持他們中上階級的生活方式。我們對拉瑪和瑪麗的6萬美元年收入這麼有興趣，是因為這種情況不算特例。房屋價值30萬美元的美國家庭中，有30%的家庭年收入不超過6萬美元。他們對預

算有特殊的創意做法嗎？或者，是美國普遍的「經濟資助照護」下的產物？最大的原因是，超遜理財族依賴「經濟資助照護」。

據瑪麗的說法，拉瑪的收入加上母親每年的現金贈與，滿足家庭基本需求沒有太大問題。難題在於買車，而且瑪麗和拉瑪鍾愛「豪華進口車」。他們要怎麼把這種支出擠進預算中？他們會買二手車來降低這種「經濟痛楚」嗎？不，他們每三年就換新車。為什麼如此頻繁？因為母親的週期。每三年左右，瑪麗的母親會從自己的投資組合中，轉讓部分股票給女兒——美國富人中大概17%都是如此。某些受讓人會繼續持有這些股票，但瑪麗和拉瑪不是這樣，他們會立刻把股票脫手，拿錢來買新車！

一旦母親過世，瑪麗和拉瑪怎麼辦？很明顯地，這是這對夫婦最大的隱憂。可惜，我們不是算命師沒辦法告訴他們母親為女兒設立的信託有多少錢。祝這對夫婦好運。就算他們即將繼承一大筆遺產，要不了多久，瑪麗和拉瑪也會把它消耗殆盡。他們已經開始算計這筆意外之財。一個更大的房子、一個度假別墅、環遊世界，都已經在他們的計畫之中。

什麼地方不對勁？

坐在那邊等金主下次施捨的成年人，想達到經濟獨立成效通常不大。獲得的現金贈與通常是作為特定消費，或維持不切實際的高

檔生活。瑪麗和拉瑪的情況就是這樣。他們的家庭年收入6萬美元，同個州裡的某對藍領夫妻賺到的收入加上加班費後也差不多。那對藍領夫妻開巴士為生，他們對自己是誰，能達成什麼目標，有比較實際的想法。相反地，瑪麗和拉瑪住在想像中的世界，他們人生目標就是在社經方面表現出中上階級的形象。

　　這是否表示，所有富人的成年子女註定成為另一群瑪麗和拉瑪？當然不是。事實上，以統計學的機率來看，父母累積的財富越多，他們的成年子女越能在經濟上自立。要知道，美國富人的子女從醫學院畢業的機率，比一般家庭出身的子女要高5倍以上；下一代從法學院畢業的機率，是一般家庭的4倍以上。

　　支付教育費，就等於教孩子們釣魚。但瑪麗的母親卻教她的女兒、女婿其他的。她教他們怎麼花錢，教他們把她當成一台供應魚的機器。「經濟資助照護」的種類很多，有一些對收受方的生產力有強烈的正面影響，就好比補貼孩子們的教育費；更重要的是，指定資助的特定用途，讓他們能夠創造或提升自己的事業。許多白手起家的百萬富翁／創業家有這種直覺。跟瑪麗的母親不同，他們寧願給後代股票，無法隨時拿它去換一輛新的豪華進口車。

　　相反的，如果明知道金錢贈與會被拿來維持某種生活方式的開銷？我們發現，這類贈與可用來解釋富人的成年子女缺乏生產力的最大單一原因。通常，這種「暫時」的禮物會影響受贈方的心態。金錢資助被拿來消費，會鈍化一個人的優勢和生產力。他們會養成

習慣，這麼一來，這些受贈方必須大半輩子都能收到這些資助才行。

　　這種被金主贊助的生活方式有其他後果。鄰居們都看到瑪麗和拉瑪是怎麼過日子的，他們有什麼評論？很多時候，人們會覺得重度消費是一種可接受的生活。舉個例，斷斷續續幾年間，瑪麗和拉瑪是社區迎新委員會成員。記得這對夫婦也曾為他們小孩念的私立學校積極募款嗎？瑪麗和拉瑪會傳達什麼訊息給他們的新鄰居？最近，一位雄心勃勃的業務主管和家人搬進這個社區。這位業務主管才三十五歲，他的收入幾乎是拉瑪的3倍，他和太太有三個正值學齡的子女。

　　拉瑪先對鄰居獻上歡迎之意，十分鐘後，開始他的推銷辭令。他告訴他們，這一區的公立學校水準不夠，不過他有因應的方法。拉瑪開始對新鄰居洗腦，關於私立學校的優勢。新鄰居很認真聽他講，接著他們問到關於學費的問題。拉瑪告訴他們，費用遠不如優勢那麼事關重大。高中的學費，拉瑪回答，一年只要9,000美元。拉瑪就是這樣告訴他的新鄰居的——也就是，9,000美元對優秀的教育來說不算什麼。怎麼說，拉瑪當然愛這所學校。對他來說，送小孩去那裡念書很便宜，因為瑪麗的母親幫忙付了全部學費。

　　後來，這位業務主管和太太對本地公立學校系統做了些研究，他們發現這所學校比拉瑪告訴他們的好很多。他們決定把所有小孩都送到公立學校，他們對這所學校提供的教育品質相當滿意。

　　你怎麼看私立學校教育、豪華汽車、國外旅遊、華麗住家的重要性？你對這些商品和服務的價格有多敏感？拉瑪對高價格沒什麼感覺；這位業務主管倒是恰恰相反。拉瑪發現花其他人的錢真的很輕鬆自在；另一方面，這位業務主管除了部分大學學費之外，從來沒有收過其他的金錢資助。他現在完全可以自立自強。為什麼？因為他和家人不會收到用來作消費的經濟資助。他花了很多時間提升自己的生產力，努力工作，聰明投資。相反的，拉瑪和瑪麗花了很多時間，在等待更強大的「經濟資助照護」劑量到來。

大哉問

　　你可能會問我，「給孩子們金錢贈與會不會寵壞他們？」有錢人把現金當禮物送給成年子女的所有後果，不可能在一個章節裡說得完整。有一點很重要，收到金錢贈與的孩子們並不是像媒體報導的那些所謂「雙失青年」（譯注：失業失學）。他們其實很可能是那些受過良好教育，有令人敬重的職業位階者。富人們的成年子女從事的職業前十名有：

1. 企業管理高層
2. 創業家
3. 中階主管
4. 醫生

5. 廣告／行銷／業務專業　　　6. 律師

7. 工程師／建築師／科學家　　8. 會計師

9. 學院／大學教授　　　　　　10. 中小學教師

　　儘管如此，不可否認，那些收到金錢資助的，和沒收到資助的成人子女有所不同。讓我們來比較有或沒有收到金錢資助的成人子女，在財富和收入方面的特性。因為年齡和財富與家庭年收入兩者都呈現高度相關，我們在比較這兩組人的時候，必須讓年齡這個

表5-2：接受與未接受金錢資助者：誰有較多財富／較高收入？

職業別	家庭淨值%	排名	家庭年收入%	排名
·會計師	57[1]	10th	78[2]	7th
·律師	62	9th	77	8th
·廣告／行銷／業務專業	63	8th	104	1st
·創業家	64	7th	94	2nd
·資深經理／高階管理	65	6th	79	6th
·工程師／建築師／科學家	76	5th	74	10th
·醫生	88	4th	75	9th
·中階主管	91	3rd	80	5th
·學院／大學教授	128	2nd	88	4th
·中小學教師	185	1st	92	3rd
·所有職業	81.1	—	91.1	—

[1]例如，家庭戶長是會計師，收到父母金錢資助的家庭資產淨值，是相同職業類別但沒有受金錢資助者的57%。
[2]例如，家庭戶長是會計師，收到父母金錢資助的家庭年收入，是相同職業類別但沒有受金錢資助者的79%。

元素保持不變。檢視這兩組人分別在十個職業類別的情形也很有幫助，因為不同的職業別，通常會產生不同水平的收入和資產淨值。

我們來看看各種經濟背景下，四十出頭到五十幾歲這群人，對接受／未接受金錢資助的問卷調查。檢視表5-2的數字。

你可以看到，收受金錢資助的一組，在十種職業類別當中，有八個家庭資產淨值小於未收到金錢資助的一組。舉個例，平均來說，一樣是五十歲左右的會計師，接受金錢資助那組的家庭資產淨值，是未接受金錢資助那組的57%。進一步說，接受金錢資助的，家庭年收入是未接受那組的78%。

要知道，計算會計師的家庭年收入時，金錢資助並沒有被包括入計算之中。如果這些免稅的金錢贈與被加進受資助這組的收入當中，那麼，平均來說，受資助這組的平均家庭年收入，會等於未受資助那一組的98%左右。雖然如此，受資助這一組的會計師家庭資產淨值，仍然只有未受資助組的57%。

接受金錢資助的會計師，並不是所有職業類別中，年收入和資產淨值較小的唯一一種職業別。從表5-2中你會看到，還有另外七組職業別當中，接受資助者的資產淨值比未接受者少，包括律師，62%；廣告／行銷／業務專業，63%；創業家，64%；資深經理／高階管理者，65%；工程師／建築師／科學家，76%；醫生，88%；中階主管，91%。

受贈金錢者只有在兩組職業別中財富高於未受贈者。雖然他們

的收入比未受贈者來得少，但受贈者當中的中小學教師這組人，其家庭資產淨值卻高於未受贈者。受贈金錢的老師們，其資產淨值是未受贈者的185%，但收入卻只有未受贈者的92%。受贈金錢的學院／大學教授，其資產淨值是未受贈者的128%，收入卻只有88%。富人父母可以從這些受贈金錢的老師和教授身上學到很多。受贈金錢的職業類別當中，老師和教授與其他八種職業別相比，更具備累積財富的傾向。該怎麼解釋這種古怪的現象？在我們解釋之前，必須先說明為什麼金錢受贈者與未受贈者相比，通常比較沒有累積財富的習慣。

1. 被鼓勵消費而不是儲蓄和投資

　　舉個例子，富人父母通常會資助他們的子女買房子，他們的意圖可能只是想幫忙子女「有個好的開始」。父母假設這類禮物是一輩子只有一次的現象。有些人告訴我們，他們以為「這會是孩子們需要的最後一筆錢」。他們假設，因為自己的好心幫忙，要不了多久，受贈者就能夠「靠自己的力量站起來」；然而大半時候他們都想錯了。

　　受贈金錢的人賺錢能力並不好。通常，這類人的收入增加速度比不上他們消費的速度。記得，那些高價的房屋通常坐落於我們稱之為高消費的社區。住在那類社區需要的不只是支付房貸的能力，

為了融入社區，其他像衣著、花園造景、住房維護、汽車、家具陳設等等，都必須「看起來符合」這個身分。別忘了，所有其他項目都得被課予較高的財產稅。

因此，一筆作為頭期款的贈禮，不論是全額或是部分，可能會讓受贈者陷入一種消費和持續依賴贈與者的循環。但是這些受贈者的多數鄰居，一般不會從他們的父母那邊收到金錢贈與。他們比多數受贈金錢的人更有信心，也更安於自己的生活方式。在這種情況下，許多金錢受贈者對能持續接受金錢資助的需求變得敏感，他們的目標甚至會產生戲劇性的變化，從專注於自己創造財富上的成就，變成冀望與算計更多金錢贈與降臨。這種情況下，這些收入不高的人，幾乎不可能累積財富。

幫忙支付頭期款，並不是促成更多消費的唯一一種贈與。舉個例，一對有錢父母給他們的兒子比爾和兒媳海倫一張9,000美元的地毯，據說裡頭有上百萬個手工繩結。比爾是位吃公家飯的土木工程師，他的年收入不到55,000美元。他的父母覺得有義務幫助他維持某種生活形態和尊嚴，以符合他那從某所知名研究所畢業的身分。當然，這張昂貴的地毯在他們那擺滿了二手家具，和廉價燈具的房間裡，看起來就像擺錯位置。所以比爾和海倫不得不買一套胡桃木餐廳家具、一座水晶吊燈、純銀餐具和高價燈飾來與之搭配。這張9,000美元的地毯，迫使他們消費了幾乎金額與之相等的其他「有錢人用的手工藝品。」

過了一陣子，比爾對母親提及本地公立學校不比當年他在那裡念小學的時候那麼好了。他母親遂說道，她會贊助孫子、孫女的部分私立學校學費。於是，比爾和海倫必須決定他們是否要讓孩子們脫離公立學校系統。他母親付了2/3的學費，剩餘的由比爾和海倫負責。這麼一來，一份價值12,000美元的禮物，到頭來反而讓比爾和海倫一年多花6,000美元。

不只這樣，比爾和海倫並沒有盤算送小孩上私立學校產生的額外費用。好比說在學費之外，他們經常被要求捐錢給學校。他們也感覺有必要買一輛七人座的休旅車，才能加入學校的共乘安排。書本和相關費用都相當昂貴。而且，孩子們所處的環境和公立學校環境不同，家長很可能都是高消費的族群。事實上，孩子們正在期盼今年夏天到歐洲旅行，這是他們的教育和社會化過程的一部分。受贈金錢者送小孩讀私立學校的可能性，遠超過未受贈金錢者（雖然整體看來，私立學校裡未受贈金錢者的孩子人數較多，這是因為未受贈金錢者的人口比受贈者大得多）。

2. 受贈金錢者通常無法完全區分，哪些財富屬於他們自己，哪些屬於施與他們金錢的父母。

專業資產經理東尼・蒙太奇（Tony Montage）的說法可能最貼切：

受贈金錢的人……富人的成年子女，覺得他們父母的財富／資產是他們的收入……可以拿來花的收入。

受贈金錢者之所以會認為自己的財務很寬裕，主要原因之一是他們有父母在背後撐腰。認為自己手頭寬裕的人很可能愛花錢。事實上，據統計，他們經常認為自己跟那些未受資助的有錢人般坐擁財富。儘管他們的收入只有未受贈者的91%，財富只有81%，然而他們真的是這麼想。

看看等式這一端的受贈者是什麼情況。威廉自成年後，每一年都會收到父母的免稅贈與1萬美元。威廉今年48歲。什麼樣金額的資產能夠衍生出免稅的1萬美元？假設報酬率8%，我們會得出資產125,000美元的答案。把這個金額加到他實際資產淨值，結果是什麼？威廉以為他自己的資產，有這額外的125,000美元。

想想這個類比。你是否曾被一個站在父母家前院的八歲孩童質問？如果你這麼一個陌生人企圖走進他家的地盤，比利或珍妮很可能說：「你不能到我的花園裡，這是我的財產。」比利和珍妮認為這是他們的財產，以八歲這年齡來看，他們可能是對的。畢竟，他們是住在家裡的小孩。在這個年紀，孩子覺得花園、住家、汽車，都是他們家的財產。但是當大多數的比利和珍妮長大以後，他們會被父母適度地社會化，他們會長大成為獨立的成年人，能夠輕易區分什麼是他們的，什麼不是他們的。他們的父母會教他們獨立自

主。

很不幸，越來越高比例的成年子女，並沒有被教導在感情和經濟上必須脫離父母，自立自強。有一對父母最近測試他們的兒子是否獨立？他們用「蒙太奇」效應（Montage Effect）為基礎來測試。

在父母家的感恩節大餐之後，詹姆斯和父母談了一下。爸媽告訴詹姆斯，他們已經決定要把幾處「他們的」商用不動產捐給本地私立學校。父親告訴兒子：「我知道你會了解，這個學校真的能從這份禮物中獲益不少。」詹姆斯的反應如果把它寫成新聞頭條，會是這樣：

一對富裕夫妻的兒子憤怒尖叫，「那也是我的財產，我不准學校的人進來（到我的花園）。」

詹姆斯的反應在意料之中。他的成年生活依舊收受父母給的大筆金錢贈與。他每年都必須把相當於他收入20%的金錢贈與，拿來負擔他的生活開銷。父母想把他們的資產捐給學校這個念頭，在他看來，威脅到他未來的收入。

就像許多其他的金錢受贈者，詹姆斯自以為他能「自立自強」。事實上，每三個定期受父母贈與大筆金錢的成人子女中，大約有兩個覺得自己屬於「靠自己打拼」的一群。當這些人在訪談中告訴我們，「每一塊錢都是靠自己賺來的」，我們感到十分詫異。

3. 受贈金錢者遠比未受贈者依賴借貸

那些收到週期性金錢贈與或類似禮物的人，對他們經濟上的幸福安康十分興奮期待。這類興奮牽涉到他們的消費需要。但是這種錢大多還沒到他們手上，那是未來的「經濟資助照護」。所以，這些金錢受贈者如何應付這種難題？他們使用信用工具來解決他們現金流量的難題。何必癡癡地在彩虹的盡頭等待意外之財？受贈金錢的成年子女，比其他一般成年子女更容易活在將來能繼承一筆可觀遺產的期待之中。

儘管他們的年收入和資產淨值只有未受贈金錢成年子女的91%和81%，這些受贈金錢者更可能偏好使用信用額度。這種信用額度的需求是為了消費，而不是以投資為目的。相較之下，未受贈者借貸比較係為投資之用。除此之外，幾乎所有想像得到的信用產品／服務類別的使用，金錢受贈者都勝過未受贈者。無論是信用額度的使用，和支付貸款餘額利息的實際金額，兩者都適用。它同樣適用於個人信貸和未清償的信用卡帳款餘額。在使用房貸服務和分配預算給房貸這部分，金錢受贈者和未受贈者沒有太大差異。然而，很大一部分的金錢受贈者，在買屋的時候受贈大筆金額的頭期款。

4. 受贈金錢者的投資金額少於未受贈者

在我們的問卷調查中，關於每年的投資，金錢受贈者的金額還不到未受贈者的65%。而這已經是個非常保守的估計，因為像多數重度信用額度使用者，受贈金錢者會高估他們的投資金額。舉例來說，他們在計算實際消費和投資習慣之時，通常會忘記把貸款購買的消費算進去。

這個通則也有例外。老師和教授就算是金錢受贈者，仍然維持簡樸生活的狀態，甚至比那些沒收到任何金錢資助的人更節儉。他們比其他職業的金錢受贈者，更可能把收到的金錢贈與拿來儲蓄和投資。我們該把老師和教授在這個議題當作典範的，將在本章後段詳細討論。

我們已經講得很清楚，受贈金錢者會過度消費，偏好使用信用額度。與類似收入的其他人比較，他們過著比常態更優渥的生活。人們通常會誤以為，金錢受贈者只關心自己的欲望、需求和興趣。事實並非如此。平均說來，金錢受贈者的慈善捐獻，在同級收入類別當中高出其他人許多。舉個例子，家庭年收入10萬美元的金錢受贈者，通常會捐獻他們收入的將近6%作慈善用途。一般在這個收入等級的人口，捐獻額度只有3%左右。金錢受贈者捐款占收入的比例，比較類似那些家庭年收入在20到40萬美元之間的等級。這些人的收入中，大概有6%為高尚目的的捐贈。

無論高尚與否，金錢受贈者的消費比較多，所以他們能夠用來投資的錢相當少。若一個人沒什麼錢去投資，熟悉那些投資機會又

有什麼用？一個年輕商學教授最近發現，自己正處於這種情況。他
是個金錢受贈者，被要求為持續進修課程教授一門投資課。他的學
生包括許多教育程度良好、高收入的人。這位教授討論各種不同主
題，包括投資資訊的來源、如何評估不同上市公司的股票好壞。這
位教授在學生之間口碑不錯，他在他的領域是個受過訓練的專家。
他是位企業管理博士，主攻財務。而在課程快結束的時候，其中一
個學生問這位教授一個簡單的問題：

E博士，我可以問你個人的投資組合嗎？你投資些什麼？

他的回答震驚了班上多數人：

我目前沒什麼投資。我的錢拿來付兩筆房貸、車貸、學費……

稍後，其中一位學員告訴我們：

這好像一個作家寫了一本關於一百句跟辣妹搭訕的話術，但是
他沒認識半個長得不錯的女人。

為什麼那些超遜理財族的財務顧問，不跟他們強調節儉的重要
性？通常，財務顧問注重的比較侷限，他們銷售投資商品和投資建

議，卻不會教導客戶節儉和做預算。有些顧問會覺得，提醒客戶他們生活支出太高，有點不好意思，甚至丟臉。

　　說句公道話，許多高收入的個人和他們的顧問一樣，對屬於某個特定收入和年齡群組的人，資產淨值該是多少沒什麼概念。此外，財務顧問一般並不知道，他們的客戶每年都會收到大筆金錢贈與。光是憑客戶的收入表，他們很可能會說：

　　好的，比爾，以一個44歲年薪7萬美元的人來說，你的表現很不錯。很不錯是指你美麗的房子、小遊艇、進口車、捐款，甚至你的投資組合。

　　要是比爾告訴這位顧問，爸媽每年給他2萬免稅現金贈與，他還會覺得比爾很棒嗎？

　　重要的是，我們必須強調貫穿本書的一點，並非所有富人的成年子女都會變成超遜理財族。會變成那樣的子女，通常背後有對會大力資助孩子們日常生活的父母。現實中，也有很多其他富人的子女成為超優理財族。證據顯示，這種情況比較會發生在節儉自律的父母，他們灌輸同樣的價值觀和獨立的觀念給下一代。

　　大眾媒體通常描繪出不同的景象。他們很愛渲染「亞伯拉罕・林肯」（Abe Lincoln）（譯註：此處是指Abraham Lincoln Lewis，美國成功商人與富豪的故事），他們把一個藍領家庭出身的小孩後

來非常成功的故事，變得十分戲劇化。他們用趣聞軼事來佐證一條鐵律——在美國，貧窮是成為後天富豪的必要條件。如果是真的，人們可以期望今天的美國，至少有3,500萬個富人家庭；但我們都知道，事實只有這個數字的十分之一。

多數有錢人來自於並不富有的父母，這一點是真的，因為非富人人口至少是富人人口的30倍。不過才一個世代之前，這個比例為至少70倍。龐大的非富人人口，可以用來解釋大多數有錢人係來自非富人家庭。從機率方面來說，有錢人比較可能生出有錢人。因此，一個人來自非富人家庭，要成為富翁的機率比較低。

老師和律師：案例研討

亨利和賈許是兄弟，不過相同的父母出品並不代表這兩個人很像。亨利四十八歲，在高中教數學。賈許四十六歲，是個律師，也是一個中型律師事務所的合夥人。

這對兄弟是百萬富翁博爾和蘇珊六個孩子中的兩個，他們靠著經營包商公司而致富。這對夫婦對孩子一向慷慨，每年都給亨利、賈許，和其他子女每人大約1萬美元現金。即便在他們長大成人後，這種贈與也沒有間斷。博爾和蘇珊覺得，這種贈與能降低他們的財產規模，因此未來孩子們必須付的遺產稅也會降低。

博爾和蘇珊也想幫助他們的成年子女在生活上有個好的開始。

他們覺得，金錢資助能夠幫助孩子們在經濟上自立自強。博爾和蘇珊在分配財富給小孩這一點上總是很公平，每一個成年子女每年收到的金額都相同。此外，每個孩子在首次購屋時，他們也會資助差不多相同的金額。

人們或許會認為，這種家庭出身的小孩做得到經濟獨立。當然，博爾和蘇珊是這麼想的。他們一直認為，如果自己年輕時能夠念大學，且從父母那邊收到金錢資助，他們應該會比現在更成功；無奈兩個人的父母都很貧窮。博爾和蘇珊能成功，歸功於他們的父母給了他們金錢以外的東西。兩個人都來自有紀律的家庭。博爾和蘇珊不僅懂得自律，也努力自我成長，勇於面對逆境，這些逆境造就了今天的他們——成功的百萬富翁。包商這一行生存很艱難，迫使體質不好、效能差的公司必須退出。博爾和蘇珊從不軟弱，總是維持著高效能、低成本的營運。從他們的事業和家庭來看都是如此。

就算到了今天，這對夫婦仍從來沒開過豪華汽車，也從來沒滑過雪，更從不曾出國旅遊。他們也沒參加過任何鄉村俱樂部。但是，他們總設想，如果自己的成年子女能夠接受大學教給他們的知識、出國開眼界，和身分地位高的人結交等等，在經濟上，他們的表現應該會超越父母才對。

博爾和蘇珊的假設錯了。有錢父母的子女在累積財富方面，不會自動表現得像父母一樣好。不消說，美國所有的亨利和賈許都

不可能超越他們的父母。縱使有些人會，也只不過是所有有錢人小孩中的少數。重要的是，有錢人父母的下一代（以今天的幣值來看），有大約1/5的機會，在一生中能累積到7位數字的財富；而這個國家裡，沒有富人父母的一般小孩，財富累積到7位數字的機會只有1/30。

博爾和蘇珊有任何一個小孩成為今天的有錢人嗎？一個也沒有！但有一個比較可能在短期內晉升為7位數字（資產淨值）成員。會是亨利、賈許，還是其他小孩中的某一個？博爾和蘇珊的其他孩子年紀比亨利、賈許小得多。年齡當然與財富相關，年輕人比較不可能靠自己累積到大筆財富。再說，其他四個小孩從父母那邊收到金錢資助的期間，不像兩個哥哥這麼長。

許多觀察者可能預測，賈許大概會比哥哥先累積到7位數字資產淨值。他們會這麼想的原因很容易理解，律師的收入通常遠超過高中老師的薪水。再一次，收入多寡與財富累積呈現高度相關。亨利去年度家庭總收入（不包括博爾和蘇珊贈與的部分）是71,000美元，賈許則是123,000美元。光從這些數字來看，人們會假定賈許更有可能致富，畢竟，他的所得幾乎是哥哥的兩倍。不過會做這種預測的觀察者，忽略了打造財富的基本規則。

不管你賺多少，永遠要量入為出。

　　亨利的薪水雖然不高，但他量入為出過日子；反觀賈許，他的生活水平則遠超過他的收入所能負荷。事實上，賈許必須「依賴父母資助的1萬美元才能平衡收支。」這1萬美元加上他的收入123,000美元，讓賈許躋身於全美所有創造收入家庭的前4%。還記得美國資產淨值不少於100萬美元的家庭，大約有3.5%嗎；但是賈許的資產淨值，就算樂觀估計，仍遠低於這個數字。賈許的整體資產淨值，包括他的房產、事務所股份、退休金和其他資產，是553,000美元。

　　那亨利呢？雖然他賺的錢比賈許少很多，但累積的財富卻遠勝於賈許。保守估計，他的資產淨值大約是834,000美元。一個老師的財富，怎麼可能會遠高於一個收入兩倍於他的律師？

　　簡單地說，亨利和他的老婆簡樸度日；賈許夫婦倆則很會花錢。這種差異主要和他們各自的處境相關。我們發現，職業是老師這組人很節儉。反觀律師這組，若是受父母贈與金錢的人，比那些同年紀但未受贈與的人更愛花錢，更少把錢拿來儲蓄和投資。就像先前提過的，同樣年紀的律師，接受父母贈與金錢的律師和未受贈者相比，前者的收入和資產淨值分別是後者的77%和62%（見表5-2）。

　　受贈金錢的老師們，在財富累積和收入層面的排名如何？家裡的戶長是老師，並且受父母贈與金錢者，平均來看，資產淨值是同職業年齡級距，但未受金錢贈與者的185%，年家庭收入則是未受贈與者的92%。

　　受父母贈與金錢的老師，比未受贈者更可能在私立學校任教。而一般來說，私立學校的教員薪資比不上公立學校。或許，美國許多的博爾和蘇珊們，由於私底下贈與金錢給他們的成年子女，無意間間接補貼了私立學校。而這麼做的結果，可能鼓勵像亨利這樣的人，願意拿比較少的薪水在私立學校教書。亨利可能想，既然他能從父母那邊收到補貼，他便不需要為了多賺幾千塊錢跑到公立學校教書。況且，雖然他在私立學校任教，開著一輛四年車齡的本田雅歌，或他老婆的小客車，但他覺得很自在。

　　相較之下，賈許的環境截然不同。事實上，他的辦公大樓停滿了進口豪華房車和跑車。賈許負責事務所開發新業務的部分。所以，就算他願意開著一輛四年車齡的本田到處跑，他的客戶和潛在顧客也可能不會願意坐他的車；他們可能會對事務所印象不佳。

　　賈許和太太有三輛新款汽車，包括寶馬（BMW）7系列、7人座的富豪 （Volvo），這兩輛都是租來的；另外還有一輛豐田Supra。關於車子，賈許的購買習慣和那些收入比他高很多的人相似。賈許平均買車的錢是亨利的3倍以上。

　　在房貸支出方面，賈許的房貸幾乎是亨利的2倍。賈許住在所謂有名的住宅區裡一個比較大、較奢華的房子。亨利則住在中產階級社區裡頭一棟很普通的房子。亨利的鄰居都是些老師、中階經理人、公務員、商店經理等等。即便亨利家累積的財富是一般鄰居的4~5倍之多，他們顯現的消費習慣郤是非常典型的中產階級 。

　　那麼賈許的鄰居又是什麼樣子？他的主要住宅（他還有一棟分時共享的小屋在滑雪勝地）坐落在一個高級社區。他的鄰居有創造高收入的醫生、資深企業領導階層、年薪頂尖的業務和行銷專業人員、律師，和有錢的創業家。賈許在這樣的環境裡如魚得水，招待客戶或同事來說也很理想。不過有件事賈許還不了解，雖然他的所得在鄰居之間屬於前3/4，他的家庭資產淨值幾乎敬陪末座。

　　賈許和他的家人表現出來的，跟那些家庭資產淨值比他高2倍、3倍，甚至更多的家庭相似。賈許，你並不是唯一一個。你的社區鄰居每五個家庭之中，至少有一個家庭跟你一樣，他們也屬於受經濟照護的一員。他們和同領域的其他人相比，花更多錢消費，更少錢拿來投資。

　　賈許的預算系統是怎麼運作的？它怎麼滿足賈許愛花錢的壞習慣？賈許就像很多其他的超遜理財族，總是先消費再說。如果消費之後還有剩餘，才會從事儲蓄和投資。這意思其實是說，投入退休金和利潤共享計畫之後，他已經沒有錢可以儲蓄或投資了。他的財產裡頭有2/3以上是他的房產、合夥事業和他的退休金。本質上，賈許和他的家人之個人收入中，沒有半毛錢可做投資用。不過，或許他們還是覺得自己是有錢人。賈許確實每年收到10,000美元。他期望將來某一天會繼承更多。

　　賈許的子女又是如何？他們有可能收到父親的大筆金錢贈與嗎？機會非常小。然而，他的子女們在這樣一個高消費的環境之下

長大，他們很可能試圖模仿父親的消費行為。無奈，這種行為很難仿效，尤其在沒有大筆經濟照護給予一臂之力的情況下。

相反地，亨利的子女要是知道他們的父親累積了一小筆財富，可能會覺得很驚訝。亨利和太太從來不曾入不敷出。亨利看起來就像個老師，開老師會開的車，穿著也像老師，到老師光顧的商店買東西。他弟弟那些設計師名牌貨，他一樣也沒有。亨利沒有游泳池、三溫暖、浴缸，沒有小遊艇、鄉村俱樂部會員資格。他只有兩套西裝和三件運動外套。

亨利的活動也簡單很多，成本亦低很多，同時也不是以身分地位為導向。亨利每隔一天慢跑。他和家人對登山和露營十分熱中，他們擁有兩頂帳篷、幾個睡袋、兩艘獨木舟（一艘二手的）。亨利看很多書，在他的教會和年輕團體裡很活躍。

亨利單純的生活方式讓他有餘錢用於儲蓄和投資。亨利當老師的頭一年，一位資深教師告誡他，該投入403b遞延年金計畫來強化自己的投資。亨利從開始當老師起，每一年都會投入資金至這個計畫。每年父母給的金錢贈與，他也大部分用來投資。

誰比較可能在未來某一天輕鬆退休——亨利還是賈許？他們的父母不僅把金錢分配給子女，孫子女也有份。所以，未來亨利和賈許能繼承的部分很少。照賈許消費的速度來看，他可能永遠沒辦法輕鬆地退休；亨利比較可能辦得到，預估他的退休金、遞延年金計畫，和投資組合加起來，到他六十五歲的時候應該會相當可觀。

教孩子釣魚

　　在我們諄諄教誨金錢贈與和經濟成就之間的因果時，聽眾裡通常會有人問：「如果給錢不是個好主意，怎麼樣的禮物對孩子更有益處？」他們很急切地想了解，怎麼幫助孩子們提升他們經濟上的效能。我們再一次提醒，教導孩子節儉相當重要。如果在孩童時接受與節儉相反的訓練，屆時他們就會變成過度消費的成人，需要現金資助。

　　什麼樣的世代間移轉，能幫助你的子女在經濟上更有效益？你應該給他們什麼？有錢人很能理解接受良好教育的價值。我們問這些富翁是否同意以下說法：

　　◆ 學校／大學教的東西，在現實世界裡對謀生沒什麼幫助。

　　只有14%同意，6%不置可否，剩下的80%不同意。這就是有錢人願意為孩子們的教育一擲千金的原因。這些富翁最常提及的父母給的禮物是什麼？是學費！

　　其他經濟上的禮物只被極少比例的有錢人提及。大約三個有一個於首次購屋時，收到一些財務上的資助；大約五個有一個，一輩子收到過一次無息貸款；而三十五個中只有一個，父母曾經幫忙支付房貸。

　　你能給孩子什麼樣的幫助，讓他們更有機會成為經濟上有生產力的成年人？除了教育之外，創造一個尊重獨立思考和行為的環境，珍惜個別成就，獎賞責任感和領導力。沒錯，人生中最美好的事情通常不必花錢買。告訴自己，要放手讓他們自立。這麼做在財務上成本較少，況且，長期來看，對孩子和父母雙方來說都是最有好處的。

　　數不盡的例子可以說明，經濟效益和存在大筆經濟資助之間呈反比關係。就我們過去二十年來收集到的數據，不斷證實這個結論。大學學費除外，2/3以上的美國富人不曾收過父母經濟上的資助；父母是富人的情況也包括在內。

讓弱者更弱

　　所以，富人父母該怎麼處理他們的財富？他們該用什麼方法，在什麼時間點把財富分配給子女？下一章，我們會探討財富分配的細節。而在目前，有些值得深思的地方：多數有錢人至少有兩個小孩，通常經濟效能最高的孩子收到父母最小部分的財富，而生產力最弱的孩子，在「經濟資助照護」和繼承方面會分到較大部分。

　　試想一下你是個富有的父母，你注意到你的長子或長女從小便表現出非常獨立、有企圖心、遵守紀律，你直覺認為該培養這些特性，不要試圖控制他或她的決定。反之，你花比較多時間幫助資源

比較不足的孩子作決定，事實上是你幫他作決定。結果如何？你讓強的孩子更強，弱的孩子更弱。

假設你十歲的孩子去做健康檢查，負責檢查的醫師告訴你，你兒子或女兒體重過輕，而且發展不足，你對這樣的評估會有什麼反應？你會想辦法改善孩子的身體健康，你很可能會鼓勵孩子多運動、吃維他命、練舉重，或做某些體育活動。多數父母會對這類問題主動出擊。要是父母採取相反的手段，你不會覺得奇怪嗎？如果父母鼓勵他的小孩吃更少、運動更少，你會有什麼想法？

通常，把弱者更加弱化會用在個性相關的弱點上。我們知道的一個案例，父母被告知兒子在寫作和相關的口語能力上有缺陷，這對父母會怎麼處理這個問題？首先，他們讓孩子轉學，然而口語方面的缺陷問題並沒有改善；接著這位父親開始幫孩子寫作業。到今天他仍然幫孩子做作業，而孩子已經大三了。

另一個案例，一對有錢夫婦有個十二歲女兒，十分害羞，很少主動跟別人說話。因為關心女兒，這位媽媽寫了張紙條給老師，請求她把女兒的座位從教室前排移到後面，因為女兒覺得在那邊比較自在。母親說，「坐在前排的孩子時常被老師問問題。」老師收到這個請求那天，她並沒有把座位做任何調整。當天下午，母親致電老師表達抗議。老師當時無法接聽，但隔天下午她確實回了電話。這位母親覺得被怠慢，她立刻把女兒轉到另一所學校。

再來一個案例，一位傑出的教授最近接到鄰居的電話。來電者

非常憤怒：

> 來電者：_____博士，你在這一行，我需要你的意見。我該
> 　　　怎麼讓一個教授被解聘？你可能不認識這傢伙，他在州立大
> 　　　學任教。
>
> 教授：你為什麼想讓他被解聘？
>
> 來電者：我女兒考試沒通過。他說，她沒有足夠的經歷在他的
> 　　　班上表現優異。但這個教授留長頭髮，從來不穿西裝……他
> 　　　是個混蛋！我已經跟學校主席談過，但是他只想打發我。我
> 　　　要這傢伙走人。
>
> 教授：呃，為什麼你女兒不乾脆退選他的課就好？
>
> 來電者：那她就只能去念暑期學校。
>
> 教授：暑期學校沒那麼差啊。
>
> 來電者：要是她去念暑期學校，她就不能跟我們一起去歐洲旅
> 　　　行了。我們計劃這趟旅行已經兩年了。如果她不能去，她母
> 　　　親也不會去。我能怎麼辦？

　　這些案例當中的父母都做了什麼好事？讓弱者更弱，這一點
他們功不可沒。如果你兒子在口語能力方面已經有缺陷，你應下定
決心幫助他克服這個障礙。在某個案例中，一位父親知道兒子是個
數學天才，但是口語能力方面不太行。這位父親對這個問題迎頭痛

擊。每天晚餐時間，父親會要求兒子，從美國學力測驗（SAT）學習指南中挑出三個字來定義。父親在幾百次的晚餐練習中教導兒子，他也為兒子找了一個專業指導，而這種組合奏效了。今天，他兒子從最頂尖的長春藤名校畢業——最難被錄取的那一所！

「經濟資助照護」的產品

當這些「被弱化的孩子」長大成人後會發生什麼事？他們通常缺乏動力。一般來說，他們在經濟上表現不佳，且有亂花錢的壞習慣。換言之，他們會需要經濟資助，才能維持像在父母家的時候享受的生活水平。讓我們再說一次：

孩子收到越多金錢贈與，他們存的錢越少；收到越少金錢資助的孩子，越懂得儲蓄。

這是個統計上面可以驗證的關聯。可惜的是，許多父母仍然以為，他們的財富能把下一代自動轉換成高經濟效能的成年人。他們大錯特錯，紀律和動力可不比買車，也不能直接從架上拿衣服花錢買。

最近一個案例討論有助於說明我們的觀點。一對富有的夫妻下定決心，要給他們的女兒BPF小姐所有的好處。所以，當BPF表示她

有創業的念頭，他們就像傳統父母一樣地回應，創造一個自以為理想的環境。首先，他們希望她不要有任何負債，所以把女兒創業需要的資金都給了她。BPF小姐一點錢也沒出，她從來沒申請過商業貸款。

第二，這對父母覺得有必要提供她經濟支援。他們認為，這麼做能提高女兒在美國所有創業家之中成功的機會。BPF小姐的父母相信，他們已經長大的女兒住在家裡對她比較好。這樣一來，BPF小姐才能投入所有的精力和資源到她的事業。BPF小姐可以免費住在父母家裡，她不需要花時間購買日用品，打掃清潔，甚至整理自己的床鋪。最終的補貼遠超過經濟上的資助照護——根本就是經濟上的長期護理。

免租金的環境對年輕創業家來說理想嗎？我們不這麼認為。現金資助也不好。最成功的公司老闆，常常是那些把他們大部分資源投入事業者。他們成功是因為他們只能成功不許失敗。那是他們的錢，他們的產品，他們的商譽。他們沒有安全網在背後支撐。不管是成功還是失敗，他們沒有別人可以倚靠。

第三，BPF小姐的父母在方程式裡還加上另一個元素。要是他們的女兒根本一開始就不必為她的新創事業不賺錢而操心？他們深信，把這個負擔降低，就能提升女兒成功的機率。她父母每年給她6萬美元現金或等值的贈與。

創造這個「理想的」環境後，結果如何？今天，BPF小姐坐三

望四的年紀還住在家裡。她沒有商業相關的負債；父母一直資助她的事業，且將持續資助下去。去年，她的事業賺了將近5萬美元，但父母仍舊每年持續給她6萬。他們仍然覺得，BPF小姐在將來某一天會變得真正獨立。這方面我們可不像她父母那麼樂觀。

多數成功的創業家和BPF小姐不同。有多少還在起步階段的創業家會像BPF小姐一樣，在最近一年裡：

◆ 添購一輛價值45,000美元的汽車，完全沒有比較價格或要求價格或配備。

◆ 花5,000美元買一隻腕錶、2,000美元買一套衣服、600美元買一雙鞋。

◆ 花了2萬美元以上買衣服。

◆ 信用卡循環信用的利息支出7,000美元。

◆ 區域鄉村俱樂部年費／其他費用1萬美元。

答案是極少。BPF小姐的事業不算成功，她倚靠其他人金錢上的大量直接或間接補貼。事實上，父母從來不曾公平對待BPF小姐，她永遠也沒辦法知道，自己能不能憑一己之力成功。他們提供給女兒的所謂「理想」條件，對她來說等於是激勵她花更多錢在消費品上面。一直以來，她給自己的事業繼子女般的待遇。

你認為誰該擔心憂慮——BPF小姐，還是一般沒接受資助的有

錢事業主？依邏輯判斷，BPF小姐應該完全不用操心，因為她密集地收到來自父母的經濟照護。但實際上，跟那些沒收到過資助的富翁和富婆相比，她的憂慮比他們多多了。

一般有錢的公司老闆只有三個主要顧慮（見第三章，表3-4），都跟聯邦政府有關。他們害怕政策和規範會不利於事業主，和一般的富人人口。

那BPF小姐在怕什麼？她告訴我們，她有12項主要的恐懼。這怎麼可能！一個幾乎完全隔離於財務風險之外的人，她的恐懼竟比一般有錢的公司老闆高4倍！因為，這些富有的公司老闆已經克服他們多數的恐懼。他們變得能夠完全自給自足，故而能免於多種恐懼。就是因為自己奮鬥打拼達到經濟上自給自足，讓他們有辦法克服恐懼。

BPF小姐最害怕和顧慮的是哪些事？記住，這些恐懼的重要性，和自立自強的有錢人並不相同。BPF對以下事項感到相當恐懼：

◆ 她父母的財產被課以重稅。

◆ 她的生活水準被迫大幅降低。

◆ 她的事業失敗。

◆ 財富不夠她輕鬆退休。

◆ 被兄弟姐妹控訴從父母那邊分到比較多錢，繼承較多財產。

　　誰會比較有信心、比較滿足，也比較有能力應付逆境來臨？不會是美國的這位BPF小姐，而是那群從小就被父母鼓勵獨立思考和行為的人們。是那些不會把別人的錢當作跟自己息息相關的人，與其去想別人的財產有多少，他們更在意自己能否成功。況且，如果一個人的生活量入為出，他就不必去顧慮被迫降低生活水平的可能性。BPF小姐的父母沒把目標搞對。他們的目標是要女兒「永遠不必操心」；但是，他們採用的方法卻得出相反的結果。人們經常試圖保護孩子，讓他們不受經濟面、現實生活的侵擾，但這種保護往往創造出永遠為明天憂慮的成年人。

沒拿父母半毛錢的下一代

　　你的簽名值多少？看你怎麼用。就是一個簽名，幫助了保羅・歐法利亞（Paul Orfalea）開創了以他的暱稱金可（Kinko's）為名的事業。

　　一筆5,000美元的貸款……1969年由父親共同簽署……（他）租了一個小車庫……他和幾個朋友在那邊賣出2,000美元（的服務）……每一天（蘿莉・弗林（Laurie Flynn），《紐約時報》，1996年3月19日，C5版）。

　　據估計，金可一年的營業額超過6億美元。要是歐法利亞先生

的父母也創造一個環境來幫助兒子社會化，就像BPF小姐的父母那樣，他會不會像今天一樣成功？機會非常小。歐法利亞先生具備所有成功企業家的特質——無比的勇氣。承擔財務上的風險可以證明他很有勇氣。反觀BPF小姐，她承擔了什麼風險？少之又少。

韋氏辭典對勇氣的定義是「精神上或道德上強大，抵抗對立、危險，或艱困」。它的涵義是，面對危險或極度艱困時，堅定的心智和精神。勇氣可以被訓練。但是在一個零風險、零困難、零危險的環境當中，要去培養勇氣是不可能的。這恰好是BPF小姐缺乏勇氣離開家拓展事業，切斷父母的強力經濟長期照護的原因。

在一個報酬全憑表現的環境下工作，需要相當的勇氣。多數有錢人具有勇氣。有什麼證據支持這個說法？美國的多數有錢人要不是公司老闆，就是依表現拿報酬的高薪人士。記得，不管他們的父母是否有錢，美國多數有錢人靠自己打拼獲取財富。他們具備了勇氣承擔富有相當風險的創業，和其他商業機會。

最偉大的創業家之一，也是傑出的業務專才，雷・克洛克（Ray Kroc），在選擇潛在的麥當勞連鎖經營店主和管理人才時，他會尋找勇氣這項特質。實際上，克洛克很歡迎電話行銷的業務專才。他告訴秘書「讓他們都進來」。為什麼？要找到有勇氣願意完全憑業績來考核表現的人並不容易。他把他的第一個加州以外連鎖店，以950美元賣給山佛和貝蒂・阿奎特（Sandford and betty Agate）（見約翰・洛夫《麥當勞：探索金拱門的奇蹟》）。克洛克首次與貝蒂・

阿奎特交手，是她給芝加哥金融區的人打促銷電話。克洛克的秘書問她，「猶太人跑出來賣天主教聖經是怎麼回事？」「我需要錢過日子。」她是這麼回答。克洛克認為，任何人像貝蒂‧阿奎特般有這樣的勇氣，會是買下他連鎖事業的上好人選。

BPF小姐這輩子打過幾通促銷電話？零。跟她做生意的人，多數是她父母的朋友或事業上夥伴，要不就是親戚。打電話給這些人，都不算是那些容易被拒絕的促銷電話。

為人父母者經常問我們，該如何灌輸勇氣給孩子。我們建議，讓孩子去經歷業務這種職業。鼓勵你的子女在小學或中學時期競選學生代表，他們必須對其他學生推銷自己，就算是販售女童軍餅乾也會有正面影響。零售業的業務工作提供另一種方法，讓子女被非常客觀的第三者來考核評估。

一位勇氣十足的女性

收件者：威廉‧丹柯博士，奧爾巴尼，紐約州

寄件者：湯瑪斯‧史丹利博士，亞特蘭大，喬治亞州

主旨：一位勇氣十足的女性

日期：勞動節早上

猜猜看你同事今天早上5:30在做什麼？我當時正在一班早鳥航

班登機，雖然那班飛機可以承載100多位乘客，當時機上只有20個人左右。我坐下後不久即被告知，由於目的地濃霧瀰漫，所以常見的「短暫延遲起飛」通告即將發布。我站起來的同時，前排的女性（我稱她蘿拉）也站起來。我對她說，我很火大，為了趕上這班飛機必須特別早起床。她回說，她整個晚上都在飛機上，而且還有一段要飛。

我問蘿拉，為什麼晚上旅行。這麼做便宜很多，她說。後來我很快發現，這位女子並不需要買這種折扣很低的機票。實際上，她很有錢但也十分節儉。蘿拉旅行的目的是什麼？她受邀參加一個房地產經理人會議，這次她將獲頒房地產經理人年度大獎。我接著問她，怎麼會踏入房地產這一行，蘿拉回答「沒辦法」。

蘿拉告訴我，有天早上她發現老公留了一張紙條在桌上，讓我引用他的話：

親愛的蘿拉，

我愛上我的秘書了。我的律師會把細節向你報告。祝妳和孩子們好運。

蘿拉，一個有三個年幼孩子要養的家庭主婦，該怎麼回應這個消息？她決定不再回她的本行當高中老師，她也不想回頭要求有錢的娘家資助。她在一個重視獨立和紀律的環境長大。她思索著，大

學和研究所主修英國文學的自己該做什麼。她發現，像她這種教育背景的人滿街都是，考慮到教書、編輯和寫作的工作，不太可能足以維持她家人目前的生活型態。因此，蘿拉和社區裡幾位經驗豐富的公司老闆，討論了幾種可能的工作機會。幾番討論之後，她決定試試房地產業務這個領域。她賣房子的頭四個月，賺的就比教英文最好的時候還多。

　　我知道你想問蘿拉，她成功的因素是什麼。她對我說：

　　當你下定決心的時候，結果是很驚人的。你會很驚訝，在你只許成功不許失敗的時候，你能打多少通促銷電話。

　　身為一個年輕女性，蘿拉為她的業務工作奠定一個良好基礎。求學時期，她曾說服幾十家公司僱用她暑期工讀。高中和大學時，她有過各種打工經驗。蘿拉對找工作很在行，她也幫忙許多朋友找到工作。要是她創業做獵人頭公司，一定會相當成功，不用懷疑。高中和大學時，她當過幾位朋友競選學生會幹部的競選經理。

　　諷刺的是，蘿拉嫁給一個不忠男人的不幸，反倒帶給她和孩子們更好的人生。因為他的出軌，蘿拉得以全力發揮她所有的才能。很諷刺的是，在商業世界裡，她一直比她的老公有優異表現的潛力。今天，這是個不爭的事實，她比前夫「有更多財富」。她的成功也是源於她的高度誠實，這是她前夫所欠缺的特質。

　　過了幾年掛廣告布條賣房子的日子之後，蘿拉創立了一家很成功的房地產公司。雖然她在財務上獲得戲劇性的成功，她仍然搭乘紅眼或早鳥航班。看到她，你絕對想像不到這位女性如此有勇氣和毅力。我估計她身高還不到5呎，體重還不足95磅。然而，就像我們通常會贊同的，一個人能否在經濟上成功，外表遠不及勇氣和紀律那麼重要。

第六章

注意！不要養出啃老族

他們的成年子女經濟上自給自足。

多數子女已成年的富人父母，會想在他們過世之前先削減自己的財產規模。這個決定很合理，要不然，子女必須負擔一大筆遺產稅。把財富分給子女，這個決定很容易；困難的是這些錢該怎麼分配。

如果孩子還小，富人父母通常不覺得財產分配會是問題。他們假定將來將把資產平均分配。舉個例子，有四個小孩的父母，通常會說「（他們的）財富將被平分四等份，分給孩子們——每個人拿25%。」

小孩長大成人後，這個簡易的分配公式會變得比較複雜。子女已成年的父母，很可能會發現某些子女比其他人更需要大筆的金錢贈與。誰應該分多一點？誰又該拿少一點？這是每個人必須回答的問題。無論如何，富人父母應該可以從幾項研究發現中獲益：

◆ 家中有未就業的成年女兒，或「暫時性」失業的成年兒子之父母，有比較高的傾向提供這些孩子高劑量的「經濟資助照護」（EOC）。這些子女也比較可能得到父母財產中比例懸殊的較大部分。

◆ 經濟上越成功的後代，收到的「經濟資助照護」和繼承的財產越少。

◆ 多數會賺錢的子女得不到任何財產轉移。不過我們已經在第
　　五章討論過，這是他們之所以有錢的原因！

家庭主婦：A型或B型

　　對不同子女的贈與有差異，多半可以由子女的職業（或社經地
位）和性別加以解釋。我們發現，家庭主婦在所有主要職業別中，
繼承的財產最多，來自父母的週期性金錢贈與也一樣（見表6-1和
6-2）。事實上，家庭主婦繼承父母大筆財產的可能性，是一般富人
父母成年子女的三倍。重點是，無論是繼承的財產規模大小，或財
產繼承的發生率，家庭主婦排名都是第一。她們每年都收到大筆金
錢贈與的機會也最大。

　　我們已經找出兩種不同類型的家庭主婦——富人父母之女——
我們稱他們為A型和B型。這兩種類型，都因為父母相信，沒工作的
婦女應該有「自己的私房錢」而受益，而且經濟層面對婦女較為不
利，還有，永遠不能完全指望女婿來養家活口。

　　A型和B型家庭主婦有天壤之別。A型主婦通常嫁給很會賺錢的
成功人士。照顧家裡的長輩或有殘疾的父母主要是由她們負責。她
們受到的贈與和繼承，經常是為了補償她們的辛苦——那些工作忙
碌的兄弟姐妹很可能對辛苦照顧敬而遠之。A型主婦通常受過良好教
育，是父母財產的執行人或共同執行人。她們很可能在本地各種教

表6-1：收到大筆遺產繼承的可能性，富人的成年子女職業比較

收到遺產繼承的可能性

可能性最大	可能性最小	可能性中等
・家庭主婦	・醫生	・工程師／建築師／科學家
・失業	・資深經理／管理階層	・廣告／行銷／業務專業
・中小學老師	・創業家	・律師
・專科／大學教授		・會計師
・工匠／藍領工人		・中階經理

表6-2：收到大筆金錢贈與的可能性，富人的成年子女職業比較

收到遺產繼承的可能性

可能性最大	可能性最小	可能性中等
・家庭主婦	・工匠／藍領工人	・工程師／建築師／科學家
・失業	・創業家	・廣告／行銷／業務專業
・律師	・中階經理	・醫生
・中小學老師	・資深經理／管理階層	・會計師
・專科／大學教授		

育和慈善機構擔任義工，或領導人。

　　A型家庭主婦常常被他們的父母視為同輩和密友，而不是後補人員。他們被認為是聰明的，是有力的領導人和顧問，通常是諮詢重要家庭事務的對象，例如財產和退休規劃、家族事業出售，或專業服務提供者的選擇。A型主婦對財產稅法也很熟悉。他們時常鼓勵父母降低他們的財產規模，藉著贈與財產給子女，來把遺產稅降到最低。A型家庭主婦在她們人生早期，通常從嫁人開始一直到中

年，父母都有大筆現金贈與。接著，贈與和購屋也有相關，某些情況下，跟購置投資用的房產相關。

A型家庭主婦的存在，是富人父母和他們其他成年子女的福音，因為A型主婦經常承擔年邁父母感情上和醫療需求的龐大負擔。

相反的，B型家庭主婦被視為是需要金主資助照顧，甚至情感支持的成年子女。他們通常相當依賴別人，任何情況下都不太會是領導人。B型主婦通常嫁的先生不太可能賺太多錢。她們本身不像A型主婦般受過良好教育。B型主婦的父母經常得補貼他們的女兒家庭收入，好幫助女兒一家能維持一個中產階級的最低限度生活。B型主婦通常住得很靠近父母，時常會陪母親一起購物。中年的B型主婦從富人父母那邊拿到衣物津貼的情況並不少見。父母也會透過遺囑／財產計畫的準備，來照顧他們的B型女兒。她們之所以收到金錢贈與和遺產繼承，是因為父母認定她們「真的需要錢」。重點是，B型主婦仍然被父母照顧，而不是照顧父母。

B型主婦的父母大多不會分配一大筆金錢贈與給他們的女兒，因為擔心女兒和女婿可能沒辦法好好處理這筆錢。因此，給B型主婦的金錢贈與，通常是有求時才必應，好比說，女婿正在「換工作」的青黃不接時，或有新生兒出生的時候。通常緣於重大事件促成的贈與，可能直接是給現金，或是生活和學費的補貼。無論如何，B型主婦會收到的大筆財富，會是以遺產繼承的形式。通常，父母的遺囑會詳述特定指示，依時間表分配遺產，和作為他們孫子女的教育

基金。B型主婦的家庭通常無法達到經濟上獨立的狀態。B型家庭主婦到了五十多歲仍然拿父母的現金資助之情況並不少見。

B型主婦的老公，在岳父母的公司裡上班也不稀奇。某些情況下，他們拿的薪水遠超過就業市場的客觀指標薪水。換句話說，這些情況下的女婿，在岳父母公司上班拿的薪資，比受僱於其他公司的薪資要高。即便女婿不在家族事業裡謀職，在家族事業裡兼職，或為岳父母做打雜工作，也會拿到超高薪資。

至於那些不是家庭主婦，有全職工作的女兒，和她們沒在上班的姐妹不同，比較不可能收到現金贈與和遺產繼承。不過，就算是有高薪職業的女兒，也比經濟上成功的兄弟們更可能收到金錢贈與和遺產繼承。什麼原因？前面提過，富人父母強烈感受到，就算是職業婦女也該有「私房錢」。他們也聲稱，女婿「永遠不能完全信賴……忠實一輩子……（來）支持（和）保護他們的女兒。」事實上，這些富人父母的觀察相當敏銳。我們的數據指出，這些富人父母的女兒裡，每十個已婚者當中有四個離婚不只一次。

女人的平權措施

富人父母很清楚，在這個國家，創造收入的機會對男性和女性來說有相當大的差異。這些父母通常用他們自己的方法，採取經濟上的平權措施。想想以下事實：

◆ 這個國家的勞動人口有46%是女性，但年收入大於或等於10萬美元的個人當中，女性不到20%。1980年，年收入不少於10萬的女性還不足4萬人。1995年，大約有40萬名女性的收入在這個等級內，相當於先前的10倍之多。2000年之前，年收入至少6位數的女性會達到60萬名以上 。然而，再一次，就像1995年一樣，在這個收入等級中，男女的比例仍然是五比一。

◆ 獲得專業學位的人口當中，女性比例有長足進步。舉例，1970年，醫學院畢業生中只有8.4%是女性；到了1995年，女性幾乎占40%。1970年時，法學院畢業的女性占6%左右；到了1995年，攀升到45%。然而，一個地位崇高的職業頭銜，無法自動轉換成高收入。一個最近的人口普查標題寫著：「即便在專業學歷領域，收入差距（在1995年）仍然顯著。」在這方面，1995年時，女性從事專業領域職業的收入，只有從事專業領域職業男性的49.2%。

◆ 在創造高收入的職業當中，男性和女性的薪資比較會是如何？看看我們在表6-3的分析結果。在20種最高收入的職業當中，所有職業的女性之平均收入比同業男性低很多。舉例，女醫生的收入是男醫生的52%；女牙醫賺的只有男牙醫的57.4%；足科女醫生賺的是足科男醫生的55%；女律師的收入是男律師的57.5%。

表6-3：年薪平均值：前20名高收入產出職業的男女性比較

工作說明	全體全年全職	男性全年全職	女性全年全職	性別差異	女性收入占男性收入百分比
內科醫生	$120,867	$132,166	$68,749	$63,417	52.0
足科醫生	$90,083	$94,180	$51,777	$42,403	55.0
律師	$86,459	$94,920	$54,536	$40,384	57.5
牙醫	$85,084	$88,639	$50,919	$37,720	57.4
醫科教授	$82,766	$91,236	$48,801	$42,435	53.5
法學教授	$76,732	$85,376	$51,727	$33,649	60.6
證券和金融服務業務業人員	$67,313	$78,097	$37,695	$40,402	48.3
醫療從業人員	$66,546	$76,139	$33,718	$42,421	44.3
驗光師	$62,556	$64,988	$42,659	$22,329	65.6
保險精算師	$61,409	$71,028	$40,219	$30,809	56.6
法官	$60,728	$65,277	$43,452	$21,825	66.6
飛機駕駛和導航員	$57,383	$58,123	$32,958	$25,165	56.7
獸醫	$56,451	$62,018	$35,959	$26,059	58.0
石油工程師	$55,788	$56,653	$43,663	$12,990	77.1
管理分析師	$54,436	$62,388	$36,574	$26,014	58.4
經濟學教授	$52,862	$57,220	$38,884	$18,336	68.0
經理和行政人員	$52,187	$61,152	$30,378	$30,774	49.7
物理學家和天文學家	$52,159	$53,970	$38,316	$15,654	71.0
經理人、行銷、廣告、公關	$51,879	$58,668	$35,227	$23,441	60.0
核子工程師	$50,492	$51,313	$36,513	$14,800	71.2

來源：當市場機構資料庫於1996年和1990年的美國職業人口普查。

◆ 1980年，六位數以上收入的女性中，有大約45%不工作。反
　過來說，年收入不低於10萬美元的女性當中，55%係透過工
　作來賺取收入。這些比例從1980年起即沒有明顯的改變，一
　直到2005年，約莫也不會有什麼改變。相反的，在這個國家
　收入不低於10萬美元的男人中，80%的人工作，其他20%裡
　有多數已經超過六十歲，且已退休。

◆ 這些不工作，但年收入等於或高於10萬美元的女性，大多數
　是靠繼承遺產，或來自父母、祖父母，和／或配偶的金錢贈
　與。她們的收入通常來自於利息、股利、資本利得、淨租賃
　收入等等。

◆ 美國幾乎1/3小型公司的老闆是女性。不過，這些公司中有
　2/3年收益不到5萬美元。

◆ 職業婦女離開職場的機會比男性上班族高出4倍以上。

　　這些數據表達出相當明確的意涵。在美國，女性要賺到高薪的
機率很低。某些收入差異，可以理所當然地以經濟市場機制的偏見
來解釋。但單憑偏見本身，並不能完全解釋為什麼薪資收入最高的
1%分配當中，每1位女性就同時有5位男性。會不會因為富人父母傾
向於補貼他們的女兒，助長了這種不公平的情況不得翻身？

　　富人夫婦的女兒通常不會有自己的事業。為什麼？過去的二十
年裡，富人人口一般是由某種類型的家庭組成——高於80%的家庭

包括已婚夫婦、小孩，太太沒有全職工作。這些夫婦給女兒什麼樣的訊息？簡單地說：「母親沒有上班（婚姻還存續之下），所以我或許也不該上班。」很難跟這種邏輯爭論。事實上，傳統的富人家庭型態的確運作得相當好，富人夫婦的離婚率少於常態的一半。

這種「父親工作，母親照顧大家，打理家裡大小事情」的型態，經常讓家裡的女兒有樣學樣。許多富人父母實際上鼓勵他們的女兒不工作，不要有自己的事業，也不要追求經濟上和心理上的獨立。富人父母日復一日，用微妙的暗示灌輸這種「依賴」的特性給他們的女兒。因此，許多富人父母會跟女兒溝通以下這些訊息：

別擔心……如果妳不想有自己的事業……妳不需要為錢操心。我們會在經濟上支援妳……要是妳有自己的事業……要是妳事業很成功……變得獨立，將來妳就拿不到我們給你的大筆錢當禮物，也不會有遺產讓妳繼承。

弱者跟強者

安和貝絲：家庭主婦和女兒

安，三十五歲，是我們稱呼為羅伯（Robert）和露絲·瓊斯（Ruth Jones）這對夫婦的小女兒。她父母是有錢人，瓊斯先生在

流通業開了幾家公司，自己經營。瓊斯太太是位傳統的家庭主婦，她沒讀完大學，沒在外頭上過班；不過，她在社區裡的幾項慈善活動倒是很活躍。孩子年幼時，瓊斯太太在家長教師會（PTA）上幫忙。

她女兒，安（Ann），講到和父母的關係時非常坦白：

> 那麼做很輕鬆……從我爸媽那邊拿錢……為了房子……為了私立學校學費……但這麼做等於永遠有雙手在背後操控……我姐姐（貝絲（Beth），三十七歲）……知道……她不能主宰自己的生活……她已經學到了接受經濟資助是要付出代價的……一切都要照我媽的方式做。

安很早就了解到被父母控制的方程式之組成元素。她剛結婚的時候，就跟老公一起往外地找工作。藉著相隔一千多哩的距離，把自己隔離在父母的影響之外。

第二個小孩出生後，安放棄了她的事業。和姊姊貝絲不同，她從未接受父母的「經濟資助照護」。安看到姊姊的經驗，開始對靠失業救濟金生活必須付出的代價，變得很敏感。

根據安的說法，貝絲和她家人住在受「金主補貼的房子」。瓊斯夫婦為貝絲的家付了一大筆頭期款。為了貝絲的房子和其他費用，他們每年分配好幾千美元給她。每年聖誕節，父母會再給2萬

美元現金。貝絲住的地方在父母家兩哩外（住的很近，是霸道父母控制他們成年子女的已知有效方法之一）。安告訴我們，貝絲和父母對於那個家該屬於誰已有點搞不清楚。她母親似乎總在貝絲家——不管她有沒有被邀請。母親對買屋的選擇也比貝絲更加投入。

貝絲大學還沒畢業就嫁人，當了媽媽。她和先生結婚後，跟父母一起住了三年，這讓她先生有機會把大學念完。這段時間之內，他們兩個完全沒有工作，連兼職都不曾有過。

貝絲的先生完成大學學業，接受了一個區域型企業的行政人員職位；但是不到兩年時間，他的職位已被裁撤。接著，他到了岳父旗下一家公司擔任行政部門的副總。根據安的說法，這個行政部門副總是個新創造出來的位子，從前的職稱是辦公室經理。但是，安解釋道，這個工作的薪資非常好，而且「能夠拿到的附帶配套利益，應該多到不行。」

在這種情況下，貝絲和先生很難培養出太多自信。安的父母，尤其是父親，對貝絲的先生一點也不尊重。據安說，父母總覺得他在社經地位上、聰明才智方面都比不上貝絲。他們對安的先生比較尊重，他從一所名校榮譽畢業，成績優異，二十四歲就拿到碩士學位。羅伯和露絲常常對親朋好友提及「我們家安的老公」了不起的成就。

當安未來的老公首度拜訪他們時，羅伯和露絲表達隆重歡迎。他們非常欽佩他在學業上的成就。安告訴我們，在短暫的停留拜訪

中，當時借住岳父母家的貝絲老公，表現得很像是個服務生。好比說，岳父羅伯會讓女婿去準備並端出飲料和點心。有天傍晚，幾杯雞尾酒下肚後，羅伯提到女婿時會用「笨蛋」來稱呼他。安和她男友被嚇一跳，這種待遇在這對情侶心裡留下難以抹滅的印象。安發誓，她和男友絕對不要變成父母眼裡的傻瓜。到目前為止，她一直信守誓言。就算安的父母持續不斷施壓，要他們接受「經濟資助照護」，她仍然堅持己見。相反地，羅伯和露絲經常要求貝絲的老公幫他們跑腿。他們把他當成水電工和司機，而不是他們長女的丈夫。

貝絲的先生為什麼要忍受這種狀況？因為他已經習慣了。他和貝絲的高消費生活方式，和岳父母如出一轍。他們受父母擺佈的代價，讓他們能維持這樣的生活形態。羅伯和露絲已經用行動而非語言，傳達給貝絲他們的主要訊息：

貝絲，妳和妳老公能力不夠，沒辦法靠自己創造足夠的收入，去維持你們的生活。你們在經濟上不夠健全。你們兩個需要我們特殊的「經濟資助照護」。

關於貝絲和她先生若沒有人資助，就沒有能力成功這一點，羅伯和露絲說對了嗎？一個客觀的第三者可能會同意他們。但是，如果同樣一個客觀第三者，從源頭開始檢視整個情況，他又會怎麼

說？他或許會判定，羅伯和露絲特別努力來證明他們的假設。雖然父母的施捨和霸道的「經濟資助照護」只有幾年時間，但貝絲和老公已經喪失了他們大部分的野心、經濟上的自信和獨立。沒有人知道這對夫婦是否能靠自己的力量成功，貝絲和先生從來沒有這個機會證明。

　　明智的父母扮演的角色，應該是把弱者變強。羅伯和露絲的做法卻背道而馳，他們讓弱者更弱，而且到今天還繼續這麼做。可想而知，他們從來不覺得自己是讓貝絲和先生變成今天這樣的推手。現在安對她的父母感到不滿，甚至憤怒。她認為姊姊和姐夫陷入這種經濟上和情感上的依賴，父母必須為創造這種環境而負責。貝絲和先生的經歷，足以成為安的借鏡。

　　對於父母還想插手控制姊姊的小孩這件事，安更是特別敏感。過去的錯誤，很可能會重蹈覆轍發生在小孩身上。安只希望父母曾經遵守某些簡單的規則，比方教小孩獨立，但已經太遲。安還有機會，對她來說不算太遲。安永遠不會允許父母控制她生活的任何部分，或讓他們插手丈夫和孩子們的生活。

灰姑娘莎拉

　　莎拉（Sarah）是個年近六十的高階主管，父母很有錢。在她小時候，父親開始創業。我們進行訪談時，莎拉對她跟「老爹」和姊

姊的關係直言不諱。

　　莎拉的父親是個堅持己見的人。他對女人在社會上扮演的角色，和莎拉意見不一致。他覺得女人應該多懂一點藝術，找個人嫁了，生小孩，永遠不要去外面上班。根據老爹的說法，女人不應該有自己的事業，他們應該是先生的支持者，甚至應該對老公低聲下氣。

　　從青少年時期開始，莎拉就很喜歡跟老爹辯論好幾件事情，包括我們的文化當中新女性應該扮演的角色等。這些辯論最後大多都會轉變成以莎拉該如何過她的人生為中心。通常，老爹會用不資助她讀大學，或是不給她嫁妝等等來威脅他這個叛逆的女兒。

　　儘管有這些威脅，莎拉很年輕就離開了家。她老爹言出必行，拒絕給她所有財務上的支援。但是莎拉從來不曾放棄她想在經濟上和感情上脫離父母獨立的決心。離開家以後，她在一家大型出版公司擔任校對工作，在任職出版業的職業生涯中，爬到非常高的位子。她最後還是結了婚，不過是在她工作上站穩腳步以後。

　　莎拉和姊姊愛麗絲（Alice）截然不同。和莎拉不一樣，愛麗絲是個B型家庭主婦，完全符合爸爸預設的角色。她很明顯是「爸爸的乖女兒」。乖女兒和本地一位紳士結了婚，他出身的階層比較低，有亂花錢的癖好，卻沒什麼賺錢的能力。因為這個事實，老爹把愛麗絲和她那不太會賺錢的老公，以及他們的三個小孩，都納入他這個特殊方式的「經濟資助照護」傘下。老爹永遠不會讓他最喜歡的

女兒，住在一個趕不上他自己中上階級形象的房子或社區。他大力資助愛麗絲和她家人買房子和其他家具。此外，每年贈與大筆現金和股票給「老爹的乖女兒」。

有了金主的慷慨補貼，人們可能會猜想，爸爸的乖女兒應該累積了頗為可觀的財富。事實上，她和先生依靠「經濟資助照護」這些年來，並沒有存下什麼錢。他們的預算系統很簡單：花的比賺的多，也比收到的金錢贈與要多。反正不夠的部分老爹會負責。

一直以來，莎拉就像許多高階經理人一樣（見表6-4），沒有老爸在後面撐腰；相反的，她因為違反老爸的嚴格信條而被懲罰。

老爸過世之後，愛麗絲再也拿不到任何年度經濟資助，不過他最鍾愛的女兒還是拿到他剩餘財富的大部分。莎拉拿到的部分少很多。她對於還能拿到老爸遺留的財產感到很意外，尤其他在過世前不久曾告訴她，「拿到的部分會比姊姊少很多」。在他心裡，他那開放的、獨立自主的女兒，和那個B型家庭主婦的姊姊不同，她應該不會需要太多遺產。

愛麗絲，老爸最疼愛的女兒和她老公，過不了幾年就把老爸的遺產敗光。再過不久，當愛麗絲去世後，她的孩子們要怎麼活下去？他們的父親沒有足夠收入來維持他們中上階層的日常生活。誰能資助他們？誰可幫他們支付大學學費？正是他們的阿姨，那個沒接受過「經濟資助照護」的，那個被剝奪大半繼承權的灰姑娘莎拉。長久以來，她父親一直資助姊姊，然而莎拉從來不曾對姊姊很

表6-4：企業高階主管——禮物與繼承，富人的成年子女比較表

受贈/財產繼承傾向	贈與/提供繼承的理由	兒/女在父母心中的「地位」	兒/女可能受贈與/繼承的階段	贈與/繼承的形式/類別
富人父母的子女中，身分為企業高層主管的、和其他一般子女受贈現金或繼承父母財產的可能性明顯較低。 他們接受父母每年現金贈與的傾向，明顯低於所有富人父母的子女之平均。	年輕的主管型子女，通常會比其他人早熟表現。因此，他們的父母覺得，提供其大筆金錢贈與也沒關係。 富人父母通常覺得，他們的中年或以上擔任管理高層的子女，不太需要「經濟資助護」/現金贈與或繼承。	公司主管型子女，是否更「接近」，或少他們的富人父母？「接近」並沒有定論。然而，有限的資料顯示，他們通常會在互動或選擇居住環境時，稍微保持較近距離。	主管型子女要是有收到金錢贈與，通常會是在成年時期的早期。但是在中年/晚年時期，他們明顯比較不可能收到這類禮物。	這些主管型子女如果收到父母的遺產，通常是以現金/金融資產的形式。 首度購屋的現金贈與，通常來自於他們父母超額準備的「大學教育基金」。

嚴厲，或對她表現出仇視的態度。每年姊姊生日，莎拉從來沒忘記送她小禮物。她也沒忘記過送聖誕禮物和生日禮物給姊姊的孩子們。事實上，莎拉是個非常成功、獨立、富有愛心的女性。

今天，莎拉是個白手起家的百萬富婆。家裡的財務由她做主，她正在為姊姊的孩子和未來的孫子女籌設信託基金。莎拉覺得這麼做很重要。說到愛麗絲的女兒們，她告訴我們：「她們對錢一點概念也沒有。」她們怎麼會對錢有概念？她們的行為榜樣就是父母親，典型的超遜理財族。

莎拉是個超優理財族。就算到了今天，她仍然過得很簡樸，也是個相當節制的消費者。她的資產淨值是她身為高階管理者年薪的好幾倍。莎拉告訴我們：

> 人們要是知道我存了多少錢，下巴一定會掉下來……我知道怎麼守財。

就像很多有錢人，莎拉一直處在補貼其他人的過程——也就是那些不懂累積財富，又過度消費父母的後代。

人們通常會問，同樣父母生出來的小孩，在累積財富這件事上，怎麼會有這麼大的差異。莎拉和姊姊怎麼會這樣南轅北轍？我們確信，人在出生的時候就有某些差異存在。然而，有許多差異可以用父母回應孩子們的個別差異來解釋。

　　老爸鼓勵莎拉成為超優理財族的同時，在姊姊身上培養出相反的特質。重點是，他讓強者更強，弱者更弱。莎拉離開家的時候，把退路封死了。她沒有拿到任何資助照護。她找不到其他方法，只好自己學習怎麼「釣魚」。她也把自己教得很好。同一時間，她姊姊越來越依賴父親的財富。

　　莎拉很同情她父母，尤其是老爸，他犧牲了很多，工作極度辛勞才變成一個富有的公司老闆。老爸決心不讓他的孩子跟他一樣那麼辛苦工作，也不要他們面對「靠自己打拼」的風險。但是，辛勞工作的意願和能力，承擔風險，自我犧牲，是他之所以能那麼成功，變成有錢公司老闆的特質。不知道什麼緣故，就像他的很多同輩，他忘了自己是怎麼變成有錢人的。

　　許多父母會說，提供「經濟資助照護」沒什麼不對。這或許是真的，只要受照顧的人已經具備良好紀律，證明自己足以創造不錯的生活，不需要他人助一臂之力。舉例，如果像莎拉這樣，已經懂得如何成功，在自己希望的領域發光發熱，接受某些資助照護對他會有什麼影響？答案是，或許非常有限。她夠成熟也夠堅強來處理金錢，無論是她自己的還是別人的錢。

　　真正的悲劇會發生在那些必須依賴資助照護的，無助的人身上。要不是莎拉阿姨的慈悲，她的外甥女們很可能會對未來感到恐懼。算她們幸運，有阿姨伸出援手。莎拉比老爹睿智，她提供了信託給這些年輕女性。這種財務上的支援以長期來看，將比大筆現金

贈與對他們更有幫助。莎拉設置的信託中,部分基金已經指定教育用途;其餘的,要等到這些年輕女性展現相當的成熟度,才會分配給她們。莎拉所認定的成熟度,是要證明自己有賺取良好生活費用的能力。她沒打算創造另一個世代的「軟弱姐妹」。對於姊姊的孩子,莎拉非常實際,她明白要求青少年改變自己很困難。她的青春期外甥女有一天能不能像她們的莎拉阿姨一樣,變成堅強獨立的女性,還沒有定數。有可能已經太遲,她們或許已經過慣了家裡消費和依賴的生活方式。幸運的是,莎拉是個很強大的行為模範。她很有信心能對外甥女的行為和個性發揮正面的影響力。而且,莎拉給予她們的關懷和愛,也無法用金錢來衡量。

莎拉真正想從老爸身上得到的是什麼?比金錢更多,她要他的愛,認同她的卓越成就。現在,莎拉的遺憾不多,她不會老是沉浸在過去和老爸聊天時的過往經驗。雖然莎拉依然感覺父親從來沒有肯定過她,她會告訴你,她因為這種感覺而獲益良多。莎拉的多數野心和驅動力,都是源於她的成就被他人所認可的需要。很多灰姑娘都是這樣,在她們年輕時扭轉頹勢,轉變成一輩子的成就。

無業的成年子女

就像B型家庭主婦,無業的成年子女比有工作的兄弟姐妹,更可能收到父母每年的金錢贈與。事實上,據我們的研究結果,這些

贈與的次數和實際金額，很可能被少報。因為大約每四個兒子當中，有一個（二十五到三十五歲之間）還跟有錢父母住在一起。有些受訪者並不認為住在父母家裡是一種禮物贈與／收受。順帶一提，成年兒子比成年女兒跟父母住在一起的可能性，高出2倍以上。

通常，這些無業子女過往的工作總是有一搭沒一搭，其他的是所謂的職業學生。一般來說，他們的父母會認為這些孩子無論是現在或未來，都會比他們的兄弟姐妹更需要錢。因此，無業子女比有工作的兄弟姐妹得到財產繼承的可能性，也多出2倍。

這種類型的成年子女與父母之間，在情感上、經濟上存在緊密的關係。他非常可能跟父母住得很近——同一條街，可能，或甚至就住在家裡，這種情況並不少見。尤其是無業的成年兒子，常在家裡負責修修水電、打雜，或跑腿。

無業的成年子女通常在他表現出無法持續，或沒興趣維持他的全職工作時，會收到第一筆金錢贈與。某些收到大筆現金贈與的年輕成人，大學或研究所一畢業就搬回家住。有些是因為房子、食物、衣服、學費和交通，而收到大筆現金贈與。父母通常也會幫忙付醫療費用或健康保險，這類金錢贈與多數是來自超額預備的學費儲蓄計畫。當成年子女決定不再繼續深造，通常會多出一大筆合法屬於他們的金錢。這筆錢大多被用來幫助他們維持一種舒適的生活方式。

成年時期的早期無業與晚期無業通常有相關性。許多無業的中

年子女會獲得直接金錢補貼，通常一年一次。另外，一旦失業，將牽涉到更高金額和頻率的補貼。這些成年子女比他們就業中的兄弟姐妹，更容易收到個人房地產這類的繼承。

在你去世前後

有一次，我們要求一位招募人員幫我們找八到十位富豪，來參加3小時的焦點小組訪談。這些人應該都是超優理財族，資產淨值至少300萬美元。我們也跟招募人員要求，這些富豪的年齡必須至少六十五歲。每一位都可以得到200美元車馬費。

到了訪談前兩天，找到九位富豪；但在訪談當天早上，招募人員打電話過來說，其中一位沒辦法出席。招募人員表示，他們很有機會找到替補人選。就在訪談開始前一個小時，招募人再次來電，說她已經找到了一位六十二歲的參加者，他是位賺很多錢的公司老闆，但並不符合嚴格定義的超優理財族。無論如何，我們同意讓他加入，這個決定最後被認定是個意外的驚喜。

這位替補的受訪者「安德魯先生」，我們沒有先讓他知道其他受訪者是有錢人，或許這就是為什麼他帶頭吹噓自己「有錢得要命」。實際上，安德魯先生的收入雖高，但相較之下資產淨值較低。他是典型的超遜理財族，卻表現得像個有錢人似的。他雙手戴著金鐲子，還有貌似名貴的鑽錶、幾個戒指。當安德魯先生開始對

著群組講他的故事時，他顯得自信滿滿。但是跟另外八位智者對談了3小時後，他的神情變了，他的自信似乎隨著訪談進行而逐漸消逝。我們相信，在財務規劃與世代間的財富傳承方面，安德魯先生那天得到了重要的教訓。

安德魯先生告訴我們，他已經夠有錢了，也已經達成了他的財務目標。但當我們提問時，他沒辦法闡述他的目標。他的計畫中主要部分在於賺很多錢。他一向以為自己財務計畫的「其他大部分」會「水到渠成」。我們跟許多類似安德魯先生的超遜理財族談過，無論我們怎麼詢問他們的財務計畫，他們的回答總是像這樣：

你知道我住的社區有多少名人嗎？

我賺了很多錢。

住我家隔壁的隔壁是一個搖滾巨星。

我女兒嫁給一個超級會賺錢的人。

像安德魯先生這樣的超遜理財族，通常會怎麼對我們強調他自己？他們的收入、消費習慣，和象徵身分地位的手工藝品。超優理財族則會談到自己的成就，例如他們拿的獎學金、他們如何創造自己的事業。你會發現安德魯先生這位超遜理財族，和其他八位參加我們焦點小組訪談的超優理財族，在財務取向方面大相徑庭。

幾位比較年長的受訪者講述他們的經驗時，難得地講得很仔

細。若不是因為安德魯先生一開始拋磚引玉，我們不認為這些資訊會這麼容易被揭露。安德魯先生的看法——與其他人南轅北轍——激起其他超優理財族想要交換提供很寶貴的忠告，好比金錢贈與、執行人的角色與選擇、後代之間的衝突、信託，和「從墳墓裡控制後代子孫」的優缺點。

我們問了以下問題，開始訪談過程：

能不能說說你自己？

全部九位受訪者簡單自我介紹。典型的回答像這樣：

我是馬丁，已婚，跟老婆結婚了四十一年。我有三個小孩，一個是醫生，一個律師，一個是高階經理人。我們有七個孫子女。最近我把公司賣了，現在在幾個宗教團體，和兩個幫助年輕人創業的組織裡幫忙。

所有的受訪者目前都擁有並自己經營公司，或最近把事業出售而剛退休。除了六十二歲的安德魯先生，其他人都在六十五到將近八十歲之間。這些受訪者簡單介紹自己之後，他們就財務目標加以討論。第一個回應的是安德魯先生：

我有自己的公司……每天睜開眼睛，就是有挑戰性的一天……我計劃工作，也用工作來完成計畫。這就是我的事業成功之原因。

安德魯先生談論他目前的金錢贈與，和他未來打算怎麼分配財產：

我有個女婿是醫生……另一個是律師。他們都很富有（高收入創造者）。他們兩個繳的稅都是最高等級……他們不需要我的錢。

倒是他們的老婆，我兩個女兒……會需要。她們很會花錢……當然，我一向把她們寵到不行，現在我得付出代價……她們打電話來要我幫她們買鋼琴給孩子們，我照辦……腳踏車、生日派對……我都幫她們買單。我很樂於給她們錢。

我兩個女兒是我所有人壽保險的受益人，保險金足夠用來支付我全部的遺產稅和相關費用，其餘剩下的部分就留給她們。

我走了以後，她們要怎麼花那筆錢，對我來說沒什麼差別……（她們）可以留著，拿去賭掉也行……只要她們開心就好。

安德魯先生所認為的「開心」，就是有錢可花。他對女兒能嫁給高收入的人感到驕傲。他一再重複提及這些部分。

坐在安德魯先生隔壁的是羅素先生，一位已退休，財力雄厚的紳士，最近把他的製造業公司賣了。一聽到安德魯先生承認他很寵

女兒，羅素先生坐在椅子上，人向前傾，說了下面這段話：

> 我有三個女兒……每個都在工作。她們都有自己的事業……很開心。每個人住的都離我很遠。她們有自己的日子要過……我不必操心，為她們的將來而花錢……她們也是。我們不討論這些事。但是我會留一大筆錢給她們……我相信還算滿大一筆的，等我走了以後就會給留給她們。

另一位受訪者，喬瑟夫先生，一邊點頭說道：

> 我們有兩個女兒，一個是某家大公司的副總，另一個是科學家……她們讓我覺得很驕傲……將來她們都會被照顧到。我們一家人不會花時間思考我的財產。

羅素先生和喬瑟夫先生的方法正確。如果你很有錢，而且希望你的孩子能成為開心又獨立的成年人，那些以別人的財富為中心打轉的討論和行為，最好降到最低。

在這些陳述之後，其他的受訪者中有人問安德魯先生，將來打算怎麼處置他的公司。他的說法引發了那些年紀更長的受訪者間一連串有趣的討論。安德魯先生說：

我在生意上賺到的錢，全部都會給女兒和她們的小孩……我不需要那些錢。讓小孩用，我會在法律允許之下給到極限。

安德魯先生打算怎麼處理他自己的公司？他將來最終會把它出售、會把它交給小孩去經營，或者他心裡有其他的打算？

我跟大兒子談好了，他必須每年付我X美元來買……這家公司最後會完完全全屬於比利所有。

幾位比較年長的受訪者對這個計畫提出疑問，因為它很明顯地有可能會造成孩子們間的衝突。安德魯先生的公司屬於服務／流通業，除非安德魯家持續營運，它不算太值錢。換句話說，除非比利·安德魯讓公司繼續營業下去，不然根本不會有生意。一位受訪者問道：

要是你今天賣掉這個生意，它會值一大筆錢嗎？

安德魯先生承認不會有。那他為什麼要求大兒子和主要員工把公司買下來？為什麼不給他就算了？記住，安德魯先生把公司所有的利潤都給了女兒們，他也打算把出售生意的盈利給她們——也就是他兒子比利買生意給的錢。此外，安德魯先生的女兒們早就已經

收到父親大筆的現金贈與。但是比利沒有。比利，據他父親估計，並不需要幫助。他很知道怎麼賺錢，他總能夠在「肩膀上承擔很大的責任」。另一方面，安德魯先生覺得，他的女兒們沒能力靠自己去維持一種中上階級的生活方式。那麼他那很會賺錢的女婿們呢？

在安德魯先生心裡，他女婿賺的錢永遠不夠支持「女兒們」高消費的習慣。他也告訴我們：

永遠不要完全信賴你的女婿……離婚的可能性一直都在。

未來，該怎麼處理女兒的資助照護？比利，安德魯先生的代理人，會對這個問題提供解決方案。依據安德魯先生的計畫，要求比利在他過世之後，年復一年持續資助妹妹，這些金錢來自於「他的生意」賺取的利潤。這麼做不會很怪嗎？並不會。公司所有人、創業家，和醫生通常會遇到類似的情況（見表6-5和6-6）。

重點是，比利將被要求大量補貼他妹妹們的生活方式，一種奠基於高檔消費的生活方式。安德魯先生「相當肯定」比利將會遵從他的願望。他也許會；但如果你是比利的太太，你會怎麼看？想一想，你的先生幫她的妹妹們支付昂貴的華服、豪華轎車、度假……等等。多數配偶會覺得慈善從家裡做起。要知道，關於財產分配不公平，配偶通常會是家庭衝突的點火者。

另外一個與會者並沒有直接批評安德魯先生的計畫。有人發言

表6-5：創業家成年子女，贈與和繼承比較

贈與／繼承的形式／類別	兒／女可能受贈與／繼承的階段	兒／女在父母心中的「地位」	贈與／提供繼承的理由	受贈／財產繼承傾向
所有富人父母的子女中，創業家的求學期間通常短於於常態。當人父母多給創業型子女的大學教育基金，大多會顯著超額。贈與現金／股票經常因為這種情形而來。現金贈與也會以全額／部分慈善貸款的形式，作為種子資金。	創業家通常在成年後的早期收到金錢贈與。	創業家通常是堅強獨立型，他們在情感上和財務上比較不會跟父母「綁」在一起。 通常，年齡較的父母比較會「黏」他們創業型的子女，而不是相反情況。	父母通常會提供種子資金給有創業取向，想要開創自己事業的兒女。 創業家一旦被視為成功創業，收到金錢贈與／繼承的可能性很低。父母通常會認定創業型子女不需要「經濟資助照護」。 當人父母的創業型子女，在所有職業類別中，擁有最高的收入／淨值的特性。 有些接收父母／家族事業的兒女，被要求「長期付款」給他們生產力較低的兄弟姐妹。	富人父母的子女中，身分為創業家的，繼承父母財產和受贈現金的可能性，比其他一般子女低。 只有極少部分的創業家繼承家族事業。一般來說，他們會建立自己的事業。

表6-6：醫生成年子女，贈與和繼承比較

受贈／財產繼承傾向	贈與／提供繼承的理由	兒／女在父母心中的「地位」	兒／女可能受贈與／繼承的階段	贈與／繼承的形式／類別
當人父母的子女中，醫生繼承父母財產的可能性是最低的。	父母通常會覺得，當醫生的兒女需要繼承父母財產要很少或不需要財產繼承。換句話說，他們覺得醫生不需要額外的財富，因為「他們已經夠有錢了。」	醫生是最不可能在經濟上或感情上依賴父母的，他們通常堅守獨立自主。這種「地位」使得父母更加證明「醫生」不需要我們的錢。	醫生通常在成年的早期收到金錢贈與。當他們趨近中年，收到金錢贈與的可能性會大幅降低。	現金形式的禮物是作為學費和「自己開業用」。
他們收到父母每年現金贈與的可能性，和所有當人父母的成年子女相比為中上。				收到遺產的那些，通常會收到現金／其他金融資產，而不會是房地產或有形的收藏品。
通常，父母會希望身為醫生的子女能提供某些職業上的服務、某些情況可能是財務資助其他比較弱勢的兄弟姐妹。	他們的兄弟姐妹（非醫生）偶爾會遊說父母把醫生排除在外，鼓吹父母「把醫生剔除在遺囑之外」。有些父母會假設他們的醫生子女，將會提供經濟資助給需要幫助的兄弟姐妹。			

的時候，他會看著群組全體，而不看安德魯先生。不過隨著討論進行，這位受訪者越來越明確地將安德魯的計畫，歸類為一個不好的計畫。

　　一位年長的受訪者講述了一個相關的情況：

　　有個兒子對父親越來越不耐煩。他想早點接管父親的生意，不願意等到父親過世後才接管。所以這個兒子自己創業，事實上，他跟父親生意上互為競爭對手。

　　安德魯先生很快地反駁：

　　我兒子簽署了一份非競業合約給我……自己家人，任何事都以信任為基礎，不是嗎？

　　參加者似乎對這段話思考了一下，或許安德魯先生對他的計畫有其他的想法。

　　安德魯先生講了那句話之後不久，他透露出孩子是他的遺產執行人。哈維先生舉手問我們，他是否可以回應。我們很高興他這麼問。哈維先生是這群人裡年紀最長，也是財富最雄厚的受訪者。作為引言，他先點出促進後代之間和諧的重要性。而且，據他說，遺產執行人的選擇相當重要。他十分清楚身為遺產執行人是個多艱難

的工作，他也明白遺產執行人和繼承人之間通常會產生敵意：

　　我有兩個小孩，他們彼此很親近，他們可以自己處理我的財產……但他們會跟我的律師一起……孩子們和我的律師是我的遺產執行人。我把律師包括進來，作為平衡……你知道，牽涉到錢的時候，什麼事都可能發生。我希望他們能維持良好的關係，……但良好關係要是沒有一個經驗老道的專家在旁協助，到頭來可能會搞壞。

　　安德魯先生接著問，帶一點挑釁的味道：

　　你真的打算找一個外人來當執行人？

　　對於這個問題，九位受訪者中有七位說道，除了家庭成員，至少該有一位外部人士作為他們遺產的共同執行人。泠先生，一個退休的創業家，也是九個孫子女的祖父，就是其中之一。泠先生自己擔任過幾份遺產的共同執行人，他知道當祖父母的財產讓一些二、三十歲，被寵壞的孩子們繼承是什麼情況，這些孩子沒受過訓練，紀律，或野心去維持他們一向習以為常的、富有的生活方式。 這些成年人中，有些仍然住在家裡，他們都收到來自祖父母的「經濟資助照護」。但是就像泠先生解釋的，當「井枯之時」，問題就來了。祖父母去世後，孫子輩和他們的父母互相爭奪。每一代都覺得

他們應該拿到大部分的財產。

　　這些經驗對冷先生造成深切的影響。他了解到一個人早該在過世之前，即選擇專業人士作為遺產共同執行人。因此，這些年來他跟一位經驗豐富的遺產律師，還有一位傑出的稅務會計師保持密切往來。冷先生退休前就徵詢過他們的意見，了解到，有一天，這些專業人士很可能得代表他去防範，或至少降低他的孫子女們爭奪遺產的可能性。這些年來，他也諮詢他們的意見，該如何「給予但不至於寵壞」他們。冷先生現在會給他的孫輩禮物，但禮物的形態並不是商品或特權生活。他在贈與之前一定會先取得這些孫輩的父母同意或祝福。

　　給孫子女的信託是受到控制的……每個孫子女要達到某種成熟度才會拿到錢……對這點我不是那麼同意。不過，我還是聽從我的律師和會計師的意見……我可不想從墳墓裡頭伸出手來控制他們……但這個信託設立的方式，讓我的孫子女必須努力才能得到。

　　冷先生的繼承人一直要到三十歲之後，才會開始拿到他們繼承的部分。某些有錢的祖父母給孫輩商品或特權，冷先生給他們教育。這種贈與目的在增強孫子女的紀律、野心，和獨立精神。

　　接下來葛拉漢先生說話了。他表達了作為共同執行人的親身經歷，對於他選擇自己遺產執行人有幫助。

　　你必須運用自己的判斷。你必須能夠兼具同理心和同情心。我是（好朋友的）一大筆錢的財產遺產執行人。我握有決定權……不見得每一個（決定）都是命令……。

　　當那位女兒（二十三歲）準備嫁人的時候，……我知道她父親會希望她有個很棒的婚禮……所以我們給她……那種他會幫女兒辦的婚禮。

　　等她結婚後有了自己的家庭，我仍然不太能確定她的成熟度，所以只給她一筆錢讓她買個好房子……後來我確定她有能力照顧自己……所以我答應把信託裡剩下的部分都給了她。

　　他女兒就在三十歲生日前夕，拿到她剩餘的財產繼承。那個時候，葛拉漢先生判定她有處理這些遺產的能力。從她穩定的婚姻、做母親的角色，以及自己的事業看來，她已經展現了她的成熟度。

　　在選擇他自己的遺產執行人時，葛拉漢先生選擇了一位律師，是他的老朋友。他發現，「與其讓孩子們彼此反目，倒不如讓他們一起對這個裁決人生氣」。

　　沃德先生也是一位富有的受訪者，他曾經擔任過遺產共同執行人。他選擇兩位律師當他的好幾百萬美元遺產執行人，而不是他的兒子或女兒。其中一位律師是他的姪女，另一位是國內頂尖法律事務所合夥人。沃德先生解釋他這麼做的原因：

　　我選擇年紀比較輕的律師，因為我覺得他們比較可能會了解我的財產繼承人需要什麼。兩位都具備崇高的品德和知識……這兩位律師在職場上也互相認識。

　　除了具備理解力、同情心和品德，對沃德先生來說還有另外一個特質也很重要：

　　撰寫（我）遺囑的律師，是跟我姪女一起選擇的共同執行人。我覺得，要是我兒子和女婿之間發生爭議……他會是一個合適的調停人，這是我選擇他的原因。他一直是我朋友，事業上也很成功。

　　沃德先生的評論和我們許多研究發現一致。首先，多數超優理財族會跟幾位專業人士保持長期的親近關係，例如好的律師和會計師。第二，像沃德先生這類人會有親戚／好友給予他遺囑、信託、遺產和贈與方面的忠告。事實上，如果一切順利，財產的繼承人，通常是兒子和女兒，若有專業的遺產律師幫忙，就能少繳一點稅。如果兒女是律師，通常會是他們富有父母的正式和非正式的法律顧問，及意見領袖。對全方位的遺產規劃，包括遺產律師的選擇、遺囑的條款、家族資產的最終意向、執行人的選擇、信託服務的使用，和給與子孫金錢資助的場合與金額，他們都有高度影響力。

（律師親屬）通常會建議他們的富人父母，如何透過每年給子孫金錢贈與，來把遺產稅降到最低。所以，只因為某個兒子或女兒是律師，就能增加家庭中所有兒女收到父母大筆金錢贈與的機率。（因此，這些小孩繼承的遺產規模，比富人所有子女的一般金額要小。因為這些父母的大部分財產，早在父母過世之前，就分配給律師和他們的兄弟姐妹。）

這些老練的受訪者想要告訴安德魯先生什麼？首先，他的遺產規劃相當複雜，包括很多主觀的規定。他已經了解到他的計畫包括無數的口頭保證，和金錢上的承諾。關於這些複雜安排的處理，安德魯先生需要專家建議。考慮請一個遺產律師／裁決人作為他遺產的共同執行人，會是個睿智的做法。否則，他的遺產規劃很可能會成為孩子們之間許多衝突和敵意的起因。

但是，如果安德魯先生就像我們訪談過的許多其他超遜理財族一樣？如果是這樣，他就不太可能和專業人士，好比律師，建立親近和長期的工作關係。還記得安德魯先生說過，他不需要外人來幫他，因為「我相信我的孩子們……任何事都以信任為基礎。」但信任在這種情況下，並不是唯一的元素。

給富人父母和會賺錢的子女之規則

那些有成功成年子女的父母，關於他們如何培育出這樣的下一

代，給了我們許多寶貴的資訊。以下是他們的部分準則：

1. 永遠不要告訴子女他們的父母有錢。

為什麼許多超遜理財族父母的成年子女，更可能很會賺錢卻不會存錢？我們相信，其中一個主要原因是，他們在小時候一直被告知父母有錢。成年的超遜理財族，通常有一對在想像中過有錢人生活的父母。這種地位高／消費高的生活，今天在美國隨處可見。難怪他們的兒子女兒想要仿效他們。相反地，那些有著富人父母的成年超優理財族一再告訴我們：

> 我從來不知道我爸有錢，直到我成了他的遺產執行人。
>
> 他從來不關心那些的。

2. 不管你多有錢，教你的孩子懂得紀律和節儉。

你可能還記得，我們在第三章介紹了北方醫生，一位有錢人，他的成年子女過著節儉、有紀律的生活。北方醫生詳述了他和太太如何養育他們的子女。簡單地說，他們以身作則，他們的小孩受到可靠榜樣的耳濡目染，他們生活的特性就是紀律和簡樸。北方醫生說得最好：

> 孩子們很聰明，他們不會去遵守父母親自己都不遵守的規定。

我們（太太跟我）是很自律的父母……我們遵守自己的規定過日子
……我們以身作則……他們（孩子們）以我們為榜樣學習。

　　父母告誡孩子該做的，跟身為父母所做的，彼此應該有一致
性。孩子們眼睛很利，會抓到我們不一致的地方。

　　北方醫生曾經收到女兒在十二歲時送給他的生日禮物。那是一
張印著「國王的規則」的海報。女兒在海報上寫下父親對孩子諄諄
教誨的鐵則。北方醫生至今仍然將這張海報收在辦公室裡，在他位
子後方顯眼處展示。

　　孩子會尋求紀律和規則指引。她用這張海報表達對我的尊敬。
孩子們應該被訓練為他們自己的行為負責。今天，我的子女都很有
紀律，生活簡樸。他們遵守規則。為什麼？因為他們的父母就是這
樣……坐而言不如起而行。

　　北方醫生的十二歲女兒在海報上寫了哪些規則？我們來看一
些：

◆ 要懂得堅強……生活很艱難。換句話說，沒人保證會給你一
　 座玫瑰花園。
◆ 永遠別說「我真可憐」……（或）我覺得自己真可憐。

◆ 走路的時候小心你的鞋跟……不濫用它，就不會需要換新的。換句話說，要善待你的物品，它們可以使用很久。

◆ 關上前門……不要把暖氣漏出去，浪費父母的錢。

◆ 隨手歸還物品。

◆ 沖廁所。

◆ 遇到需要幫忙的人，在他開口之前就答應他。

3. 確定子女已經成長到建立一種成熟、有紀律、成年人的生活方式和職業後，才讓他們了解你是個有錢人。

再一次，北方醫生說得好：

我為孩子們設立了信託……享有遺產稅方面的好處。但是我打算到他們四十歲之後再把錢分給他們。這樣一來，在那個年紀，我的錢對他們的生活方式才不會造成太大影響。他們應該早已經建立了自己的生活模式。

北方醫生也告訴我們，他從來不會贈與子女現金，就算他們今天已經是成年人了仍然如此。

現金讓他們有太多選擇，……尤其是對年紀還輕的孩子來說。媒體，特別是電視，掌控年輕一輩的價值觀。就好像媒體播放罐頭

笑聲，來試圖控制我們該覺得什麼好笑……他們太過強調消費……我從來不會為了這種原因給他們錢。我總是跟孩子們說，如果你有大筆購物需求，你自己得先存錢去買。

4. 把有關每個孩子／孫子將繼承什麼，或受贈什麼的討論，降低到最少。

永遠不要輕忽口頭承諾：「比利，以後房子給你；鮑勃，避暑小屋是你的；芭芭拉，銀器給妳。」尤其在大庭廣眾之下，尤其當你酒精下肚，你會很容易忘記或搞不清楚誰分到什麼東西。但是孩子們可不會忘記，要是他們被虧待，你和其他兄弟姐妹可脫不了干係。錯誤的承諾經常導致彼此不和，與衝突發生。

5. 永遠不要把給錢或其他大筆禮物給成年子女，當作談判策略的一部分。

你可以因為愛，甚至是義務或慈悲而給與。如果父母迫於高壓力的談判技巧而屈服，成年子女會喪失他們對父母的愛和尊敬。父母跟他們年幼的子女討價還價，通常會產出這類威嚇的行為。就算是兒童，也嚐到「強尼有單車，所以我應該要有火車。」的好處。強尼和他的兄弟收到的，應該是象徵愛和善意的禮物，但是相反的，他們學到的是，爸爸媽媽必須被說服、壓迫，和威嚇才會給與。男孩們或許會開始視彼此為競爭對手。

父母經常讓這種衝突持續到子女成年。你是否曾經跟你的子女或孫子女講過類似下面這些話：

我們幫你哥哥重新裝潢他的房子，送他的小孩去念私立學校，幫他付健康保險費用。我們想多給你一點錢。5,000美元你看如何？

這種提議有什麼不對？通常，收到禮物的一方會把它看成是父母有罪惡感，或想要息事寧人的象徵。

6. 不要插手成年子女的家務事

父母們要注意，你所認定的理想生活方式，跟你的成年子女或你的女婿、媳婦之認知可能完全相反。父母的干預會讓成年子女感到怨恨不滿。讓他們過自己的日子，就算你想給意見也要徵求他們同意。要是你打算給他們很大的禮物，先得到他們同意。

7. 別試圖跟你的孩子一爭長短

永遠不要吹噓你累積了多少錢，這會給他們一個混淆的訊息。孩子們通常不可能在基礎上跟父母相比，他們也不想這麼做。不必拿你的成就來自吹自擂，你的子女夠聰慧去欣賞你的成就。永遠不要用「我在你這年紀的時候，已經……」來開始一段對話。

很多成功有野心的富人子女，並不認為累積財富是他們至高無

上的目標。相反的，他們希望受良好教育、被同儕尊重、享有崇高社會地位。對許多這類型子女來說，各種職業之間收入和財富的差異，在他們看來並不像父母輩所想的那麼重要。美國一般白手起家的有錢人自己有公司，他可能資產淨值很高，但自尊低。這些社會地位低，資產淨值高的父母，時常間接透過他們受高等教育，有崇高職業的成年子女來彌補他們的人生。問一個靠自己致富的有錢人一個簡單問題：「羅斯先生，跟我談談你自己。」最近有個典型的大富豪（高中沒畢業）是這麼回答的：

　　我結婚的時候，還只是個孩子，一個青少年……高中都沒畢業。但是我自己創業……今天我很成功，有數十個大學生聽我指揮，還有我的經理人為我賣命。

　　附帶一提，我有沒有提過我女兒快要從巴納德學院以優異成績畢業（Barnard College）呢？

　　同樣的，這位富豪不希望任何一個孩子自己創業。而且，實際上大部分的富人子女不曾真的成為公司老闆。對他們來說，金錢只列在他們人生目標和成就清單的第二或第三位。

8. 永遠要記得，你的孩子是獨立個體。

　　每個孩子的動機和成就都不同。不管你再怎麼提供「經濟資助

照護」，不公平一定會存在。經濟資助能縮小他們之間的差異嗎？不太可能。提供補貼給表現比較差的孩子，通常會讓他們的財富差異更加擴大，而不是拉近。這麼做的結果，可能會造成兄弟鬩牆，因為表現優異的兄弟姐妹會對這種贈與感到不滿。

9. 強調孩子的成就，不管多微不足道，它不是用來表彰你或他們的成功。

　　教導孩子去成就某事，而不光是消費。為了消費而賺錢，不該是一個人的終極目標。肯的父親總是這麼對他耳提面命。肯主修財務和行銷，他以傑出成績拿到商業管理碩士學位。他的父親是位醫生，一向是個超優理財族。他經常告訴肯：

　　人們擁有什麼沒什麼了不起，我對他們成就了什麼比較佩服。我很自傲身為醫生。不停地努力在你的領域做到最好……不要追求金錢。如果你在你那行是最棒的，金錢自然會找到你。

　　肯的父親秉持這種信念過生活。他量入為出，聰明投資。據肯的說法：

　　我父親每八年買一輛新的別克。他在同一棟房子已經住了三十二年。簡單的房子，很好的房子，不到一英畝大。全家六個人，有

四間房，兩套衛浴……一套爸媽使用，另一套四個小孩共用。

肯的父親最欣賞兒子的什麼地方？

首先，我高中的時候就在一家鬆餅餐廳工讀，當打雜小弟。第二，我從來沒跟他要過錢，反倒是他主動借我幾千塊創業——就在我大學剛畢業的時候。第三，我把自己的公司賣了，賺到的利潤夠讓我念研究所……從來沒要求他補助過。

今天，肯專注於獲致成就。他是一家主要通信和娛樂事業的重要高層主管。他同時也在商用不動產和績效良好的上市公司精明投資。就像他父親，肯是個超優理財族。他住的很普通，開二手車。

肯的父親是個最佳典範，也是他最好的老師。但肯也相信，他早年在餐廳打雜的經驗對他有重大影響：

我得看看大多數人……其他人是怎麼過日子的。我看到人們必須十分辛勤工作來養家……工時很長，拿的是最低工資，僅可讓他們勉強餬口。錢不應該拿來浪費……不管賺多少。

10. 告訴孩子，有很多東西比金錢珍貴。

健康、長壽、開心、充滿愛的家庭、自力更生、要好的朋友

……只要擁有以下五樣，就是個富有的人。……名譽、尊重、正直、誠實，和成就某些事的過往！

金錢就如同人生這塊蛋糕上頭的糖霜……你不必去作弊，去偷……用不著違法……（或）逃稅。

誠實的賺錢比不誠實賺錢要容易多了。如果你欺騙他人，生意也不可能一直做下去。人生要看長遠點。

厄運來了躲不掉。你不可能保護孩子遠離人生的起伏。有些人之所以有成就，是靠著去體驗，並克服障礙……就算在他們的童年時期就開始經歷這些。這些人面對掙扎逆境的權利，從來不曾被剝奪。其他人，實際上是被欺瞞的。有些人試圖保護他們的子女，不受社會上任何一種可能的細菌感染……卻沒辦法讓他們免疫於恐懼、擔心，和依賴的感覺。一點也沒有。

第七章

找到利基讓自己邁向有錢之路

他們懂得瞄準市場機會。

　　為什麼你不是有錢人？或許因為你沒好好追求存在於市場上的機會。有很大的商機專門瞄準那些有錢人、有錢人的子女，和有錢的鰥夫寡婦。通常，那些做有錢人生意的人也會變得有錢。相反的，許多人，包括很多公司老闆、自僱專業人士、業務專才，或拿薪水的勞工，從沒有賺過大錢。或許是因為他們的客戶錢不多，或根本沒錢！

　　不過，你可能會說，你告訴過我們，有錢人通常很節儉。為什麼瞄準這些不會「花大錢」的人？為什麼要把焦點放在對商品和服務價錢錙銖必較的人？有錢人，尤其是白手起家的有錢人，是節儉和對價錢敏感沒錯，他們對許多消費產品和服務的看法確實如此。不過，當他們在尋找投資建議和服務、記帳服務、稅務諮詢、法律諮詢、自己和家人的醫療和牙科照護、教學商品，以及住家的時候，他們對價格就沒那麼計較了。因為大多數有錢人是自己當老闆或擔任經理人，他們也會是工業用產品或服務的採購人。他們是任何商品的消費者，從辦公室空間到電腦軟體。況且，說到為他們的子女或孫子女購買商品或服務，有錢人一點也不小氣。有錢人的子女在把父母或祖父母給他們的大筆金錢拿來花費的時候，更是不知小氣為何物。

跟著鈔票走

　　未來十年，這個國家的財富將會達到前所未有的高，為有錢人服務的機會更是史上最多。關於美國經濟狀況，考慮下列事實：

◆ 1996年，大約有350萬個美國家庭（總數1億個家庭）的資產淨值高於100萬美元。這些百萬富翁家庭的財富，幾乎占了全美私人財富的一半。

◆ 1996到2005這十年間，美國家庭握有的財富成長速度，估計比家庭人口成長速度快將近6倍。到了2005年，美國家庭的全體資產淨值會是27.7兆美元，比1996年高出20%以上。

◆ 2005年，百萬富翁家庭人口估計會達到約560萬戶。到那個時候，美國的大多數私人財富（27.7兆中的16.3兆美元，或59%左右），將由資產淨值百萬以上家庭中的5.3%所持有。

　　從1996年一直到2005年這段期間，據估計，692,493位逝世者將留下至少100萬美元遺產，換算之後，相當於2.1兆（以1990年時美元的價值來計算）。這個金額的大約1/3會被已逝者的配偶所繼承（80%的情況是寡婦）。寡婦們估計將會收到5,602億美元的遺產，而已逝者的子女將會繼承大約4,000億美元遺產（見表7-1）。換算之後，估計有207萬又7,490名子女，每個人繼承189,484美元。繼承

有錢父母遺產的子女，消費超出相同收入／年齡級距者的機率比較高。

此外，為了把遺產稅降到最低，許多富人父母還在世時，便藉由轉移多數財富給後代子孫，來減少財產規模。1996 到2005 這十年間，根據預測，在世的父母／祖父母已轉移1兆美元以上財富給他們的後代子孫。這些贈與的形式包羅萬象，包括現金、收藏品、房子、汽車、商用不動產、上市股票，和房貸償還。這1兆美元的贈與換算之後，富人父母的每個孩子可以拿到至少60萬美元（用1990年

表7-1：100萬美元遺產分配[1]（單位：10億美元）

分配對象別	年度			
	1996 總數=40,921	2000 總數=66,177	2005 總數=100,650	1996-2005 總數 總數=692,493
遺產稅淨納稅額	14.95	24.65	40.65	269.04
遺產給配偶	38.92	64.17	105.80	700.24
遺贈慈善機構	8.56	14.12	23.28	154.07
生前移轉	21.88	36.07	59.47	393.65

[1]估計分配金額以1990年幣值計算。

表 7-2：遺產服務的估計費用[1]（單位：百萬美元）

分配類別	年度			
	1996 總數=40,921	2000 總數=66,177	2005 總數=100,650	1996-2005 總數 總數=692,493
律師費用	962.5	1,586.9	2,626.3	17,105.6
執行人費用	1,241.1	2,042.3	3,373.7	22,329.9
管理人費用	938.1	1,546.7	2,550.0	16,878.1

[1]估計費用以1990年幣值計算。

時美元價值來計算）。1兆美元是非常保守的估計，因為就像前面提過的，到了2005年，資產淨值大於或等於100萬美元的美國家庭，私人財富會到達16.3兆美元之譜，也就是美國全體家庭財富的59%。對子孫贈與這1兆美元，只能代表整體財富的一小部分（6.3%）。

這種贈與多數是免稅的。父母通常把財富分配出去，以降低贈與稅的應納稅額。父母親一年最多可以分別贈與子女和孫子女1萬美元。因此，一個母親、一個父親、三個孩子、六個孫子女，一年可以有18萬美元的贈與免稅。另外要注意，學費資助和醫療費用資助，通常並不包括在贈與稅義務的計算裡。

做有錢人生意的職業和事業

俯拾即是。為有錢人和他們的繼承人解決問題的專業人士，在未來二十年應該需求很高。

具有專長的律師

一位父親最近問我們，他兒子該從事什麼行業比較理想。我們討論這件事當時，他兒子正在讀大二，成績優異。當我們建議他兒子可以考慮當律師的時候，這位父親作何反應？他說，律師已經滿街都是了。我們回答道，法學院畢業生的確非常多；但人們對優秀

的律師總會有需求，那些能帶來新業務的律師更是搶手。這位父親問我們，哪種專長的律師最適合他兒子。我們描述了三種給他聽：

遺產律師——已經過剩？

我們最先建議的領域是，擅長遺產法的律師。1996至2005這十年間，處理100萬美元或以上遺產而產生的相關律師費，估計將達171億（見表7-2）。許多律師也因為擔任遺產執行人、遺產共同執行人，和遺產管理人而賺取收益。100萬美元（含）以上遺產由律師擔任執行人或管理人的情況，只占一小部分。而這一小部分估計將產生223億執行費用和169億管理費用，也是精明的遺產律師口袋裡的高額利潤。

重點是，1996至2005這十年間，遺產律師從處理100萬美元（含）以上遺產所創造出的收益，很可能高於250億美元。這個數字，比1994年全體律師事務所提供所有類型服務賺到的淨收入還高！當然，這個總數和同期十年間聯邦政府放入口袋的2,700億遺產稅相比，根本微不足道（見表7-1）。

要做個成功的遺產律師，光提供法律諮詢是不夠的。比較成功的那些律師，也會擔任有錢人和他們繼承人的家庭顧問，或指導人。這類律師，必須擅長於滿足那些身分是鰥夫和寡婦客戶的需求。在那些有錢的已婚人口中，幾乎所有的先生或太太都會把他們的財產留給配偶，因為先生或太太可以繼承配偶的遺產，而不需支

付遺產稅。*這種無上限的配偶扣除額，基本上會把遺產稅支付時機遞延到第二位配偶去世的時候。

　　有錢的寡婦被迫面對一種特別艱難的情況，她們之中有超過半數，跟同一個人結婚已經超過五十年。1996至2005這十年間，每產生一位鰥夫的同時，有錢寡婦人數很可能高達四位。年齡會是這種差異產生的最佳理由。在已婚富豪人口中，男性（先生）平均死亡年齡是75.5歲，而女性（太太）平均死亡年紀是82歲。況且，這些男性娶的老婆平均比他們小兩歲。因此，以一般富人人口來看，先生在75歲半過世的時候，他的遺孀年輕兩歲，也就是他的太太會在73歲時成為寡婦，一般女性會活到82歲。這種情況下的寡婦多數不會再婚。因此，多數女性在她們過世前會當九年寡婦。

　　據估計，1996到2005這十年間，有錢的已婚人口中，有將近296,000位女性會成為寡婦。她們每個人平均繼承的遺產約200萬美元（以1990年幣值估算）。同一時期，這群人中有幾近72,000位男性會成為鰥夫。據估計，這些男性會繼承至少1,250億美元，也就是平均一個人繼承大概170萬美元左右。

---

*此處所指「繼承」，不同於傳統定義——也就是先人過世後，法定繼承人收到現金或等值的權利或所有權。配偶在此處也不符合嚴格定義。事實上，幾乎所有的富人夫婦，其財富都是兩人共有；所以我們幾乎不可能估計個別富翁的人數，這是用富人家庭數目來取代的主要原因。無論如何，我們討論配偶之間的財產轉移時，「繼承」這個詞在這裡有些誤導。當夫婦兩人都還在世的時候，他的就是她的，她的也是他的。

　　美國哪一些州對遺產律師的需求最強烈？我們預估，在未來十年，加州、佛羅里達、紐約、伊利諾、德州、賓州的需求會特別高（見表7-3和7-4）。

稅務律師

　　對富人來說，收入中最大部分的支出是什麼？答案是所得稅。年度已實現收入在20萬美元（含）以上的有錢人，只占全美家庭的1%；但是他們繳納的個人所得稅，是全美家庭的25%。他們會希望未來有辦法降低收入中的已實現部分。

　　2005年，當美國整體個人財富中的59%掌握在富人家庭手中，這會有什麼後果產生？政府很可能會對富人增加壓力，或許在收入之外，發展出更創新的方法來抽富人稅。依據我們對富翁們的問卷調查，這種可能性對富人們來說如同芒刺在背。繳納越來越高的稅好補貼政府支出，降低國家赤字，是這些富人心中最主要的恐懼。有好幾個州已經開徵富人稅。這些州的居民每一年都必須詳列他們名下的所有金融資產——股票、債券、定存等等，都有相關稅目。我們的聯邦政府要收這些富人稅困難嗎？並不太難，因為他們已經知道，某些州稅在納入已實現收入之前的本金是多少。

　　我們相信，未來二十年，有錢人必會在合法的範圍內盡其所能維持富有狀態。這些是我們經濟環境下，一個將會被自由派政客和他的好朋友——也就是國稅局圍剿的，特定區隔的一群人。當然，

表 7-3：遺產100萬或100萬美元以上的預估數量和金額[註]

	遺產的數量			遺產總體金額		
	1994	2000	2005	1996	2000	2005
阿拉巴馬	359	563	883	952,915,427	1,571,091,934	2,590,292,690
阿拉斯加	45	70	110	105,229,924	173,494,815	286,044,592
亞利桑那	508	796	1,249	1,206,636,467	1,989,407,210	3,279,977,983
阿肯色	240	376	590	97,472,127	985,065,004	1,624,097,625
加州	7,621	11,952	18,744	20,784,079,307	34,267,153,645	56,496,985,101
科羅拉多	412	646	1,012	1,039,437,810	1,713,743,226	2,825,484,910
康乃迪克	1,052	1,650	2,588	2,873,946,160	4,736,336,164	7,812,195,622
德拉瓦	151	237	371	349,597,194	576,388,329	950,303,699
哥倫比亞特區	129	203	318	583,441,470	961,932,362	1,585,958,346
佛羅里達	3,720	5,835	9,151	13,274,170,363	21,885,407,028	36,082,936,085
喬治亞	731	1,147	1,799	2,057,829,634	3,392,787,490	5,593,760,901
夏威夷	259	406	637	765,840,006	1,262,656,708	2,081,768,972
愛達荷	110	172	270	212,798,292	350,845,070	578,445,730
伊利諾	2,002	3,140	4,925	5,688,262,029	9,378,358,600	15,462,299,309
印第安納	479	751	1,179	1,944,415,160	3,205,798,634	5,285,468,397
愛荷華	502	787	1,235	933,038,664	1,538,320,691	2,536,262,045
堪薩斯	430	675	1,059	992,668,954	1,636,634,420	2,698,353,980
肯塔基	408	640	1,004	1,053,468,466	1,736,875,868	2,863,624,189
路易斯安那	16	495	777	948,238,542	1,563,381,053	2,577,579,597
緬因	253	397	623	558,887,821	921,450,239	1,519,214,608
馬里蘭	766	1,201	1,884	1,936,230,610	3,192,304,502	5,263,220,484
麻塞諸瑟	1,200	1,882	2,951	3,203,666,590	5,281,953,251	8,708,468,675
密西根	85	1,544	2,422	2,485,764,661	4,098,333,070	6,757,008,907
明尼蘇達	577	904	1,418	1,403,065,660	2,313,264,197	3,813,927,887
密西西比	231	362	568	534,334,172	880,968,115	1,452,470,870
密蘇里	789	1,237	1,940	2,395,734,614	3,949,898,617	6,512,281,867
蒙大拿	93	146	229	191,752,307	316,146,107	8,708,468,675
內布拉斯加	312	489	767	574,087,699	946,510,601	1,560,532,160
內華達	173	271	426	411,565,927	678,557,498	1,118,752,180
新罕布夏	237	371	582	477,042,324	786,509,827	1,296,735,482
紐澤西	1,582	2,482	3,892	4,343,657,438	7,161,480,411	11,807,285,084
新墨西哥	121	190	298	330,889,651	545,544,807	899,451,327
紐約	3,636	5,702	8,942	12,767,897,504	21,050,704,197	34,706,743,772
北卡羅萊納	827	1,297	2,034	2,099,921,604	3,462,185,416	5,708,178,738
北達科他	126	198	310	192,921,528	318,073,827	524,415,084
俄亥俄	1,398	2,192	3,438	3,555,602,226	5,862,197,020	9,665,128,920
奧克拉荷馬	350	549	862	1,017,222,603	1,677,116,543	2,765,097,718
俄勒岡	321	503	789	722,578,815	1,191,331,062	1,964,172,862
賓夕法尼亞	1,760	2,761	4,330	5,100,143,673	8,408,715,358	13,863,627,870
羅德島	214	335	525	401,042,934	661,208,016	1,090,147,721
南卡羅萊納	482	757	1,187	952,915,427	1,571,091,934	2,590,292,690
南達科他	81	128	200	268,920,918	443,375,618	731,002,845
田納西	472	740	1,160	1,556,233,661	2,565,795,539	4,230,281,681
德克薩斯	1,922	3,014	4,727	5,849,614,580	9,644,383,983	15,900,901,016
猶他	83	131	205	377,658,507	622,653,613	1,026,582,256
佛蒙特	84	132	207	182,398,536	300,724,346	495,810,625
維吉尼亞	924	1,448	2,272	2,965,145,428	4,888,698,337	8,060,100,935
華盛頓	697	1,093	1,714	2,015,737,665	3,323,389,564	5,479,343,064
西維吉尼亞	126	198	310	308,674,445	508,918,123	839,064,135
威斯康辛	480	753	1,181	1,324,727,827	2,184,106,946	3,600,983,580
懷俄明	81	128	200	195,259,971	321,929,267	530,771,631
其他	64	101	158	275,936,246	454,941,959	750,072,484
總數	40,921	64,177	100,650	117,340,719,569	193,462,140,273	318,965,145,743

註：遺產金額以1990年美元幣值計。

表7-4：2000年，美國各州預估遺產100萬美元（含）以上的筆數排名

州別	筆數	總金額	平均金額	排名
加州	11,952	34,267,153,645	2,867,121	1
佛羅里達	5,835	21,885,407,028	3,750,905	2
紐約	5,702	21,050,704,197	3,691,901	3
伊利諾	3,140	9,378,358,600	2,986,706	4
德克薩斯	3,014	9,644,383,983	3,199,594	5
賓夕法尼亞	2,761	8,408,7715,358	3,045,791	6
紐澤西	2,482	7,161,480,411	2,885,822	7
俄亥俄	2,192	5,862,197,020	2,674,136	8
麻塞諸瑟	1,882	5,281,953,251	2,807,188	9
康乃迪克	1,650	4,738,336,164	2,871,869	10
密西根	1,544	4,098,333,070	2,654,315	11
維吉尼亞	1,448	4,888,684,337	3,375,224	12
北卡羅萊納	1,297	3,462,185,416	2,669,469	13
密蘇里	1,237	3,949,898,617	3,192,418	14
馬里蘭	1,201	3,192,304,592	2,657,293	15
喬治亞	1,147	3,392,787,490	2,958,510	16
華盛頓	1,093	3,323,389,564	3,040,937	17
明尼蘇達	904	2,313,264,197	2,558,322	18
亞利桑那	796	1,989,407,210	2,498,002	19
愛荷華	787	1,538,320,691	1,953,634	20
南卡羅萊納	757	1,571,091,934	2,076,484	21
威斯康辛	753	2,184,106,946	2,901,461	22
印第安納	751	3,205,798,634	4,265,994	23
田納西	740	2,565,795,539	3,467,637	24
堪薩斯	675	1,636,634,420	2,424,247	25
科羅拉多	646	1,713,743,226	2,654,536	26
肯塔基	640	1,736,875,868	2,711,934	27
阿拉巴馬	563	1,571,091,934	2,791,534	28
奧克拉荷馬	549	1,677,116,543	3,053,025	29
俄勒崗	503	1,191,331,062	2,367,867	30
路易斯安那	495	1,563,381,053	3,155,647	31
內布拉斯加	489	946,510,601	1,935,581	32
夏威夷	406	1,262,656,708	3,108,297	33
緬因	397	921,450,239	2,319,648	34
阿肯色	376	985,065,004	2,619,438	35
新罕布夏	371	786,509,827	2,120,397	36
密西西比	362	880,968,115	2,434,008	37
羅德島	335	661,208,016	1,973,824	38
內華達	271	678,557,498	2,499,696	39
德拉瓦	237	576,388,329	2,434,051	40
哥倫比亞特區	203	961,932,362	4,743,494	41
西維吉尼亞	198	508,918,123	2,574,768	42
北達科他	198	318,073,827	1,609,230	43
新墨西哥	190	545,544,807	2,871,968	44
愛達荷	172	350,845,070	2,039,959	45
蒙大拿	146	315,146,107	2,160,697	46
佛蒙特	132	300,724,346	2,274,795	47
猶他	131	622,653,613	4,756,169	48
南達科他	128	443,375,638	3,471,839	49
懷俄明	128	321,929,267	2,520,857	50
阿拉斯加	70	173,494,815	2,480,281	51
總計	64,076	193,007,198,314	3,012,139	

註：遺產金額以1990年美元幣值計。

這些富人會準備好花大錢去尋求法律諮詢，幫助他們抵擋這種攻勢。稅務律師將被證明是防衛中不可或缺的部分。所以，我們建議這位父親，適合他兒子的第二種法律專長會是稅務法律。

移民法律師

我們建議的第三個專長是移民法。專長於移民法的律師，很可能因為這方面的未來可能發展而受益。舉個例，想要移民到這個國家且成為入籍公民，將會越來越困難。同時，想成為美國公民的需求也會大幅增加，特別是那些有錢的外國人。想想那些住在台灣的富有創業家和倡導自由企業的人，對自己的未來有什麼打算？中國也想要他們的資金回歸中國。中國想要菲律賓是因為它的油田。誰知道中國政府會怎麼對付它想染指的國家裡頭的富人們？對許多活在它的影響力下的有錢人來說，中國是個實質的威脅。這些國家有很多人會想尋求美國公民身分。移民律師當然會從這個趨勢上得到好處。

「人民沒有安全感」在台灣的泛亞太移民公司的克里斯·江說道。「他們想要到美國來。台灣海峽爆發飛彈危機之後，有幾十億現金流出台灣……中國把台灣視為一個叛逃的省份」』（戴若·費爾斯（Darryl Fears），「台灣對荒蕪區域的辯論」，《亞特蘭大憲法報》，1996年4月27日，頁1）

台灣這些有錢企業主的恐懼，從他們把錢移往美國可見一斑。事實上，他們最近光在加州的投資，就超過百億美元。他們現在還考慮在亞特蘭大投資5千萬美元（Fears, p.1）。在這個國家投資對他們有什麼好處？

國會在1990年設立了百萬投資方案。如果其他國籍人士投資100萬美元在美國的企業，並能創造十個工作機會，他們就能取得美國永久居留權（約翰‧埃姆斯偉勒（John R. Emshwiller），「詐騙困擾美國投資換簽證方案」。（《華爾街日報》，1996年4月11日，B1版）

對移民相關法律專長的需求，並不僅來自於外國有錢的創業家。有許多具備特殊技能的專業人士，和科學方面的工作者，美國企業對這類人的需求亦增多。這些受僱者對有豐富經驗並具有移民專業的律師之服務需求，也逐漸提升。

醫療和牙醫照護專家

未來十年內，富人人口在醫療照護方面花錢不會手軟，許多專科醫師將會因此而受益。越來越多有錢人會幫他們的成年子女和孫

子女支付醫療和牙醫費用。目前，每十位富人中至少四位（44%）正在支付，或已經支付他們成年子孫的醫療／牙醫費用。我們估計，未來十年富人們將花費520億以上金錢，在支付他們的成年子女以及孫子女的醫療和牙醫費用。

多數這類醫療和牙醫費用，並不包括在健康保險計畫範圍內。有經驗的健康照護專科醫師，若不想與官僚的第三方組織打交道，而寧願直接面對自費的個人，提供這些未被納入的服務就會更重要。越來越多的健康照護專科醫師已經把眼光放在這些自費的富人市場上。這些具備最高技能和信譽卓著的專科醫師，已經準備好對這種趨勢善加利用。他們要求的費用通常高於任何保險公司願意支付的上限，他們也收得到這筆費用。有錢人通常會直接支付費用給這些負責醫療照護的專業人士或機構。這麼一來，他們就能用這種方法分配財產，而避掉支付贈與稅的可能性。況且，許多有錢人會支付他們想要的「非必要」健康照護服務。

將因此受益的專科醫師包括：

◆ 牙醫：提供牙齒美容，包括漂白、黏合、瓷牙、牙齒隱形矯正、整形鼻腔手術、下巴和下顎矯正手術。

◆ 整形外科醫生：提供鼻子塑型手術、耳朵塑型手術、刺青移除、臉部塑型、化學換膚、永久除毛。

◆ 皮膚科醫生：提供點痣、整形手術、青春痘治療、雀斑去

除、雷射除毛。

◆ 過敏治療專家：提供疲倦、皮疹、蕁麻疹、瘙癢、過敏引起的情緒波動和憂鬱、食物過敏、學習障礙、新居症候群。

◆ 心理學家：提供就業諮詢、學術和職業評估、注意力不足過動症治療、強迫性飲食失調、害羞或自信的訓練、智力與能力傾向測驗。

◆ 精神科醫師：提供壓力和焦慮、藥物酒精濫用、學習壓力、恐慌症的治療。

◆ 脊椎指壓治療師：提供紓壓，頭、頸、下背痛等療程。

資產清算師、協調人和估價師

並非所有跨世代間的贈與，都採現金或和它等值的形式。對成年子女和孫子女的贈與內容，經常像是私人／家族企業股份、錢幣收藏、集郵、寶石和貴金屬、林地、農場、石油與天然氣產權、個人房地產、商用房地產、槍枝收藏、瓷器、古董、藝術品、汽車、家具。這些資產的受贈者大多對這些東西興趣不大，想把它們立刻變現。他們會需要專家來對這些受贈品的價值，或變現的方法給予建議，甚至代他們管理一段時間，或了解如何增值。

因此受惠的專業人士包括：

◆ 鑑價師和拍賣師：對五花八門的私人和其他資產提供估價／鑑定服務與銷售，如以上所列。

◆ 錢幣和郵票交易商：提供鑑價服務。有時候，立刻以現金購入這些錢幣、郵票收藏。

◆ 當鋪老闆：提供在地服務。他們通常自稱買入遺產裡的珠寶、鑽石、寶石、錢幣、槍枝、古董、瓷器、收藏品、名貴腕錶、純銀餐具等等。

◆ 房地產管理專業：提供單一／多個家庭住屋地產管理、維修、收租、即時可用的清潔服務。

教學機構和專業人士

40%以上的美國富人幫他們的孫子女支付私立中小學的學費。隨著富人人口數量的快速增長，代表有好幾百萬個就讀私立學校的學生，未來十年的學費都有人資助。基於這些事實，私立學校對於設備、老師、輔導員、家教的需求很可能會增加。同時，學費和相關費用應該會大幅提升。為什麼？因為有錢的祖父母們把私立學校的成本炒得越來越高。既然許多成年子女不必為他們的孩子享受的好處付出半毛錢，這些父母對私立學校費用升高，相對來說沒什麼感覺。

將因此而受益的專業人士和組織包括：

◆ 業主和老師：提供收費的私立托兒所、幼稚園、小學、國中和高中。

◆ 業主和老師：提供專業領域，例如音樂、戲劇、藝術、特殊教育／學習障礙計畫、職業諮詢、學力性向測驗（SAT），和其他類型入學／技能測試的輔導課。

專業服務專家

就像前面提過的，世代之間的財產移轉，律師扮演非常關鍵性的角色，會計師在這方面也很重要。這些專業人士通常會是有錢人的重要顧問。這種背景之下的顧問，超越了一般核心的會計和法律服務。有錢人必須仰賴這些專業人士的洞見，諮詢如何才能將大筆金融資產和其他贈與，以最佳方式分配給子孫。該如何避免支付可觀的贈與稅和遺產稅，客戶通常把這些會計師當作第一道防線。這些專家經常被要求擔任他們有錢客戶的遺產共同執行人。這些遺產共同執行人收到某個百分比的遺產之情況並不少見。這是有錢人唯一能夠報答這些他們信得過的顧問們，服務他們一輩子，提供忠告的方法。

因此而能受益的專業人士有：

◆ 會計師：提供稅務規劃策略；遺產、信託，和贈與稅解決方

案；信託服務；公司／資產估價；退休規劃。

房屋專家／家用產品／服務

　　子孫購屋時，有一半以上的富人會在金錢方面助他們一臂之力。這個數字事實上低估了某些經濟照護的事件。因為，其他大筆的金錢贈與並沒有指定用途在購屋，或相關費用支出。那些收到來自親戚的「購屋補助」的人，對房屋價格通常不像未受補助那些人那麼計較（一如往常，我們的資料顯示，花別人的錢比較輕鬆自在）。這種趨勢應該能嘉惠住宅區房屋買賣和房貸業務生意。

　　買屋津貼通常不會抵消對房貸之需求。事實上，提供買價一部分津貼的父母，大多會鼓吹他們的子女去買價格更高的房子，或要兒女提高房貸的金額。

　　得以受益的專業人士包括：

◆ 房屋營造商。

◆ 房貸放貸人。

◆ 重建包商。

◆ 裝潢包商。

◆ 住宅不動產開發商。

◆ 住宅不動產仲介。

◆ 油漆、牆面塗料、裝潢產品零售商。

◆ 警報器和保全系統、安全諮詢服務的銷售商。

◆ 室內設計和裝潢服務提供者。

募款顧問

得以受益的專業人士包括：

◆ 進行慈善研究，發展定位策略的專業人士、基金會、教育機構的顧問。

旅行社、旅遊局、旅行顧問

有錢人喜歡祖孫三代闔家出遊，許多有錢人總是大手筆消費。最近花費5,000美元以上度假的有錢人超過55%。六位中有一位花費超過1萬美元。

得以受益的專業人士包括：

◆ 安排家族旅遊的度假村經營者。

◆ 遊輪、團體旅遊、環遊世界、翻山越嶺和狩獵。

機會可能在哪裡？

　　如果想挖有錢人的口袋，要知道出現這些機會的地理區域分佈。注意，本章前段我們提供過依照州別，遺產超過100萬美元（含）的筆數和金額列表（見表7-3和7-4）。要記住，每有一筆100萬美元以上遺產，就有40位仍在世的有錢人。因此，對那些想從有錢人身上賺錢的人，還在世的這群富人更顯重要。

　　考慮到這一點，我們估計到了2005年，有多少美國家庭資產淨值會超過100萬（含）美元。我們也估計了這些家庭如何分佈到這五十州、哥倫比亞特區，和住在美國地區以外的美國人（見表7-5）。注意，加州的富人人口最多；但若談到集中率，每10萬個家庭的富人集中率，由康乃迪克州奪冠。

表7-5：2005年估計富人家庭數量

	總數	每10萬戶家庭	相對集中率
美國	5,625,408	5,239	100
阿拉巴馬	66,315	3,844	73
阿拉斯加	19,216	7,148	136
亞利桑那	76,805	4,501	86
阿肯色	32,008	3,228	62
加州	773,213	5,762	110
科羅拉多	92,677	5,936	113
康乃迪克	109,481	8,702	166
德拉瓦	18,237	6,247	119
哥倫比亞特區	14,076	6,815	130
佛羅里達	289,231	4,911	94
喬治亞	146,064	4,973	95
夏威夷	30,857	6,046	115
愛達荷	19,264	3,883	74
伊利諾	283,329	6,054	116
印第安納	108,679	4,674	89
愛荷華	46,202	4,100	78
堪薩斯	49,784	4,755	91
肯塔基	56,271	3,668	70
路易斯安那	62,193	3,611	69
緬因	18,537	3,887	74
馬里蘭	149,085	7,283	139
麻塞諸瑟	154,390	6,746	129
密西根	202,929	5,406	103
明尼蘇達	102,662	5,533	106
密西西比	30,045	2,841	54
密蘇里	92,665	4,431	85
蒙大拿	12,954	3,661	70
內布拉斯加	28,026	4,276	82
內華達	36,272	5,577	106
新罕布夏	26,941	6,013	115
紐澤西	258,917	8,275	158
新墨西哥	26,352	3,758	72
紐約	431,607	6,153	117
北卡羅萊納	130,362	4,450	85
北達科他	9,559	3,865	74
俄亥俄	197,554	4,485	86
奧克拉荷馬	46,734	3,593	69
俄勒岡	62,775	4,795	92
賓夕法尼亞	238,010	5,033	96
羅德島	19,672	5,125	98
南卡羅萊納	58,479	3,867	74
南達科他	10,613	3,3584	68
田納西	91263	4,285	82
德克薩斯	365,034	4,736	90
猶他	33,850	4,097	78
佛蒙特	10,035	4,407	84
維吉尼亞	171,516	6,327	121
華盛頓	134,570	5,764	110
西維吉尼亞	21,774	3,077	59
威斯康辛	100,421	4,852	93
懷俄明	9,021	4,4493	86
其他	41,239	3,640	69

第八章

慎選職業，輕鬆做有錢人

他們選對了職業。

大約十年前,一份全國性新聞雜誌的記者來電,問了一個我們經常被問的問題:

哪些人是有錢人?

現在,你或許可以猜到答案。多數美國富人自己經營公司,自僱的專業人士也包括在內。美國富人家庭戶長有20%已經退休,其餘的80%,超過2/3的戶長是自僱的公司老闆。在美國,將近1/5的家庭,也就是18%的美國家庭戶長是自僱的公司老闆或專業人士,而自僱的人成為有錢人的機率,是受僱者的四倍。

這位記者接著問了下一個合理的問題:

有錢人都做哪一類生意?

我們的回答跟我們給所有人的答案一樣:

你不能用某人的生意類型,來判斷他是不是有錢人。

研究遍佈各行各業的有錢人二十年後,我們可以定論,想要預

估某個人的財富等級，某公司老闆的個性比他從事的行業更重要。

無論我們再怎麼試著解釋這個觀點，記者還是想要一個簡單的答案。那會是一個多棒的故事、多讚的頭條，就好像他們可以昭告讀者：

十種有錢人會做的生意！

我們已經竭盡所能地強調，天底下沒有讓人肯定變有錢的配方。記者們經常忽略這個事實，他們會扭曲我們的研究結果，製造轟動。沒錯，自己當老闆的確比較可能成為有錢人。但是，許多記者沒有告訴你，大多數自己做生意的老闆並不是有錢人，而且連有錢人的邊都沾不上。

我們告訴過記者，某些產業通常比其他產業獲利更高。所以，在高獲利產業有自己事業的老闆們，依照定義，通常能實現較高的收入。不過，就算你在一個賺錢的產業，也不代表你的事業就具備高效能。就算你的生意具有高效能，也可能永遠不會躋身有錢人行列。為什麼？理由是，即便你獲利甚豐，你可能花更多錢購買非營業相關的消費品和服務，你可能已經離婚三次，或有賭博的惡習。你可能沒有退休計畫，也沒有任何績優股在手上。或許你根本不覺得需要累積財富。錢，對你來說，可能是最容易再生的資源。如果你是這麼想的，你可能是個揮霍者而不是個投資者。

那麼，假使你生性節儉，謹慎投資，自己還有個賺錢的事業。要是這樣，你很可能成為有錢人。

某些產業獲利是比其他他產業高。在本章中，我們會找出幾種高獲利的產業。但是再次強調，我們要提醒讀者小心，不要把我們的研究結果和建議過度簡化。對於如何能在美國變有錢這個問題，人們經常想要一個「精華版」答案。更糟的是，那些把我們有數據為憑的研究結果扭曲解釋的那些人。想想，就類似這樣，有個商業經紀人最近留了個訊息給我們：

我想你們可能會想知道，有人印了一份傳單，說你是史丹佛大學的教授，你發現美國有20%的有錢人是開乾洗店的……是真的嗎？

第一，我們兩個作者中沒有人在史丹佛教過書。第二，我們也從來沒說過，每五個富人中就有一個現在在乾洗店裡燙衣服。我們的確發現1980年代中期，乾洗店是個獲利不錯的小本生意。再說一次，獲利並不會自動等於有錢或能致富。這就好像我們的兒子，或許你家兒子也這樣，以為只要買了一雙喬登氣墊鞋，就可以入選籃球校隊。一個標籤不會讓你成為校隊隊員，一個產業的標記也不會使老闆變成有錢人。創造利潤且能獲致財富，需要天分和紀律。這就是為什麼某些人對美國一般大眾傳遞以下訊息，會惹惱我們的原

因：

只要買我的教材／在家自學工具，你的事業就會成功。今天
立刻開始創業——你明天就會變成有錢人。我自己在這個產業成功
過，你也辦得到！真的很容易！

再說一次，重點不在工具，不在這個想法，也不是這個產業。
舉個例子，五金／木材零售事業在二十五年前的獲利數據，絕對引
不起我們的注意，它們無法說服我們投資這類生意。但你想想，高
獲利的家得寶（Home Depot）創立者就想到了，他們重新改造這個
產業，不讓產業主導他們的獲利、銷售量、經常性開支，或規定他
們如何經營事業、如何投資。這些創立者有過人的天分、紀律，和
勇氣。他們成為有錢人，並且幫助他們許多員工和其他投資人達到
經濟上的獨立。做得很成功的這些人，在他們自己的行業中立下很
高的標準。

計畫趕不上變化

凡事皆在變，就算自己是所謂的企業主／管理者身處在企業
環境。就拿我們剛剛提到的乾洗產業來舉例（事實上，比較合適的
名稱是水洗、乾洗、衣物服務）。說到這個產業，湯姆‧史丹利在

1988年說過：

　　1984年，有6,940家合夥事業；91.9%有淨收入產生，平均收入（淨利是收入一部分）報酬率是23.4%。（湯瑪斯・史丹利，《富人行銷》（霍姆伍德，伊利諾）：爾文出版社，1988年，190頁）

　　這個產業的獲利率到了1990年代又是什麼光景？我們分析過國稅局聯邦所得稅申報數據。1992年，我們判斷合夥事業有4,615家，其中只有50.5%有淨收入產生，而平均報酬率是13%。同樣在1992那年，美國有24,186家獨資的乾洗業者，他們的平均淨收入是多少？以平均來看，是5,360美元。這個數字讓乾洗業者在171種獨資生意中，平均淨收入列在116名。以報酬率8.1%來看，這個行業在當時名列119。多少比例的乾洗業者有淨收入產生？差不多3/4，也就是其中的74.1%，淨收入至少有1美元。這樣看來，乾洗業者在171種產業當中排名92。

　　這短短八年之間發生了多少變化，而乾洗這個行業不是唯一一種面臨改變的。表8-1中的數據，列出某些產業的對比。你可以注意到，有些產業在幾年之間獲利經歷了重大的變化。舉例來說，販賣男人和男孩衣物的商店，從1984到1992年，增加了至少2倍。1984年，所有這類獨資商店都有獲利；但1992年只有82.7%是賺錢的。在171種我們研究的獨資事業當中，它的獲利率排名因此從第1名掉到

表8-1：特定類別獨資事業依淨收入註百分比排名，1984與1992年對照表

類別	1984			1992			
	整體事業家數	淨收入百分比	排名	整體事業家數	淨收入百分比	排名	平均淨收入（美金千元）
男人與男孩服飾店	1,645	100.0	1	3,410	82.7	57	8.2
骨科醫生診所	1,001	100.0	3	10,598	96.3	13	7.76
移動式房屋經紀商	4,718	95.4	7	6,844	92.3	23	10.1
高速公路和街道建築包商	6,812	92.5	8	8,641	56.0	138	12.7
木工和地板包商	312,832	92.0	9	497,631	92.0	25	8.9
整脊師診所	18,928	91.5	10	32,501	85.1	49	47.5
屋頂和金屬薄板包商	53,539	91.4	11	98,235	86.9	42	9.1
藥房和專賣店	14,128	90.9	12	8,324	82.2	60	45.5
煤礦開採	717	90.7	14	76	34.2	165	196.6
窗簾、布幕、座椅面料商店	17,508	90.3	15	29,827	79.2	74	6.2
農藝／獸醫	16,367	89.7	16	19,622	92.5	22	41.7
計程車／乘客運輸	42,975	89.5	17	38,907	97.1	11	7.0
其他本地和城市間乘客運輸	16,945	89.4	18	30,666	93.6	20	8.8
牙科實驗室	15,246	89.4	19	28,101	96.0	15	15.2
初級金屬製造	4,972	89.2	20	3,460	100.0	1	26.1
油漆、壁紙、裝潢包商	180,209	88.8	21	235,599	91.1	28	7.6
牙醫診所	77,439	88.2	22	96,746	94.9	16	73.1
保齡球場	1,456	88.1	23	1,547	91.3	27	57.4
眼科診所	16,919	86.9	25	12,576	96.1	14	60.1

註：淨收入的計算，係根據1992到1994年國稅局（IRS）聯邦所得稅數據資料。譯註：原書中即無排行13。

57名。公路和街道建設包商這一行的排名，從第8名掉到138名，而採煤礦則從14名掉到165名。

許多外力和常見的不可抗拒因素，影響了產業本身和產業內某些公司的獲利能力。通常，如果某個產業中獲利高的公司數量龐大，就會吸引更多的人進入這個產業，這麼一來就會使利潤變薄。消費者喜好轉變也會影響利潤。政府的行動也是如此。如果有一個能源政策偏好使用煤礦，或許獨資的採礦事業家數就不會在八年之間從717家降到76家。要知道，這76個採礦生意中，只有34.2%有淨利產生。儘管如此，這一行的平均淨收入是196,618美元。很顯然，有少數採礦業業主不太在意產業的趨勢和標準，這些人中有很多因為他們對煤礦業的堅持，和與眾不同的信念而獲益。許多成功的業主告訴我們，他們很享受這種身處自己選擇的行業中「短暫的辛苦」，因為多數的競爭者會受不了而被淘汰。在採礦這一行是這樣，這個產業中有34.2% 的生意有盈餘，淨收入大約在60萬美元左右。

許多人問我們，「我應該獨資創業嗎？」多數不曾有過創業經驗的人選擇獨資。美國1,500多萬家獨資事業，平均淨收入只有6,200美元！大約252%的獨資事業，在一般年頭裡連一分錢都沒賺到。合夥事業更糟，平均42%賺不到錢。那麼公司呢？只有55%在一般的12個月期間有應稅所得。

自僱專業人士與其他事業業主

　　把自己的事業傳給子女去擁有和經營的事業業主，每五位有錢人中還不到一位。為什麼？讓我們為這些富人父母鼓掌。他們知道把事業經營成功的機率，他們了解多數事業很容易因為同業競爭、因應消費趨勢、高營運成本，和其他不可抗力所影響。

　　所以，這些有錢人會建議他們的孩子做哪一行？他們鼓勵孩子們去當自僱的專業人士，例如醫生、律師、工程師、建築師、會計師和牙醫。如前所述，有子女的富人夫婦，比美國其他父母送孩子去讀醫學院的機率是5倍，而念法學院的機率是4倍。

　　這些富人們知道，自己做生意成功和失敗的機率和風險。他們似乎也了解，隨便拿某一年的數字來看，只有極少數自僱專業人士賺不了錢。而且，多數專業服務事業的獲利能力，比一般小型事業的平均數要高出許多。我們會用確實的數字來闡述這一點。但首先，讓我們討論成為自僱專業人士的其他相關特性。

　　先假想你自己是卡爾・強森先生，為強森煤礦的獨資經營者。在76家同業裡，你是26家有獲利的業者之一。不久前，這個產業中還有717家獨資業者，十家當中至少有九家賺錢。現在這個產業的業者減少了90%。但你很厲害，你資源豐富，而且又聰明。雖然多數其他業者退出市場，你還是堅持不懈。現在到了你收割的時候。你去年的淨利達60萬美元，今年也一樣不錯。目前你有兩個孩子還在

讀大學，成績優異。你開始問自己某些問題：

◆ 我是否該鼓勵我的兩個小孩大衛和克利斯蒂開始參與煤礦業
　生意？
◆ 我是否該鼓勵他們將來接管我父母留下來的煤礦？
◆ 採礦對孩子們來說是最好的出路嗎？

　　我們訪談過的那些有錢的事業經營者，多數不會鼓勵他們的子
女接手這類生意；倘若子女的學業成績優異更是如此。他們會建議
大衛和克利斯蒂，兩位會讀書的年輕人考慮其他的出路。

　　今天，有多數的事業會需要投資土地、設備、建築廠房。強森
煤礦自己擁有蘊藏煤礦的山區，也擁有價值幾百萬美元的設備。它
僱有許多礦工，必須持續升級營運安全，必須符合職業安全與健康
標準（OSHA）規定。它得去處理不可人為控制的每頓煤礦報價。它
必須隨時警醒，留意其他競爭者把客戶挖走。它必須隨時注意美國
能源政策的修正。它也必須保持礦工的快樂與安全，得時時處理礦
坑坍方和停工的可能性。最後，它的營運是在一個固定點，山嶽不
可能被搬到比較暖和的氣候，或臨近比較有效率的鐵路營運，要是
發生鐵路長期罷工，該如何處理？

　　問你自己這些問題。如果你這麼做，將很快明瞭自己一直處在
一種不穩定的狀態。你的營運狀態優良，那又怎樣？以上提及的不

可抗力因素，有可能讓你的生意毀於一旦。考慮到這些，你去年賺的60萬美元感覺好像沒那麼多了。你還有幾年可以賺60萬？搞不好明年這些不可抗力就會害你破產？你能不能把你的技能拿到技術大學教課用？大概不行。你的技術比較是黑手級，而不是學術級。

我們曾經訪問過一個有錢的企業主，他為了躲避大屠殺而逃離歐洲。我們問他為什麼所有的成年子女都是自僱專業人士。他的回答如下：

他們可以拿走你的生意，但拿不走你的聰明才智！

這代表什麼？一個政府和／或債主可以沒收你的生意，包括其中的土地、機器、礦井、建物等等，它卻無法奪走你的知識。這些專業人士賣什麼？不是煤，不是塗料，更不是披薩，他們多數販賣的是自己的聰明才智。

好比醫生，在美國境內可以帶著他們的才智到處去。他們的資源具備相當的可攜帶性。同樣的，牙醫、律師、會計師、工程師、建築師、獸醫、整脊師也是一樣。美國富人夫婦的子女從事這些職業者相當多。

那麼，這些職業的收入特性，與強森煤礦相比又是如何？自僱專業人士中，只有少數曾經在一年中賺到60萬美元這種利潤，而且多數自僱專業人士花很多年的時間在學習，這一點費時費錢。無論

如何，多數富人父母相信，做個專業人士將獲益終身，成本根本不算什麼。還記得，多數富人父母支付子女教育、訓練費用的全額或大部分。他們當然會投自己辛苦賺來的錢一票。

你呢，你會投給誰？注意，平均來說，煤礦業創造的淨收入（196,600美元）比表8-2中列出的獨資行業都要高。但是在同一期間內，煤礦營運賺取淨收入的比例是多少？只有大概1/3（34.2%）。在表8-2列出的專業服務當中，這個比例跟其他賺錢的行業形成相當強烈的對比。怎麼樣的百分比是高獲利？內科醫生診所約87.2%，牙醫診所約94.9%，獸醫約92.5%，提供法律諮詢的事務所是86.6%。

我們也檢視一下平均收入報酬率。平均來說，煤礦業240萬美元毛收入會創造196,600美元淨收入（240萬收入的8.2%左右）。那麼醫生呢？內科醫生診所平均淨收入是87,000美元，也就是毛收入154,804 美元的56.2%。以這種報酬率來看，一個內科診所若要賺取與煤礦業相同的淨收入（196,600美元），它必須產生多少毛收入？只要349,800美元，和煤礦營運所需的240萬相比，簡直是天壤之別。骨科醫生診所的數字更低，平均而言，賺取淨收入196,600美元需要的毛收入為340,138美元。律師事務所平均需要414,800美元毛收入，來創造與煤礦營運同等的淨收入。

你會給大衛和克里斯蒂什麼建議？如果你像大多數事業成功的業主，你會建議他們成為專業人士。美國的有錢人也是這麼想的。美國有錢人通常是白手起家的創業者，他們突破逆境，事業成功，

表 8-2：獨資事業獲利¹ 前十名列表

行業種類	行業家數	平均淨收入（美金千元）	平均淨收入排名	淨收入百分比	平均收入報酬率	創造平均淨收入所需要的平均毛收入	創造平均煤礦業淨收入所需要的平均毛收入（美金千元）
煤礦業	76	196.6	1	34.2	8.2	2,397.6	2,397.6
內科診所	192,545	87.0	2	87.2	56.2	154.8	349.8
骨科診所	10,598	77.6	3	96.3	57.8	134.3	340.1
牙醫診所	96,746	73.1	4	94.9	34.2	201.9	543.1
眼科診所	12,576	60.1	5	96.1	30.7	195.8	640.4
保齡球館	1,547	57.4	6	91.3	31.0	185.2	634.2
整脊師診所	32,501	47.5	7	85.1	39.3	120.9	500.3
藥房	8,324	45.5	8	82.2	8.7	523.0	2,259.8
獸醫	19,622	41.7	9	92.5	22.5	185.3	873.8
法律諮詢	280,946	39.8	10	86.6	47.4	84.0	414.8

¹淨收入的計算是根據美國國稅局1992年的稅務資料。當時，美國有1,500萬家獨資事業，囊括171種行業。

成為有錢人。他們的成功主要是憑藉在創業的同時過著簡約生活。多數成功人士了解，他們不總是能夠心想事成。

他們的子女可以過得好些。他們不需要承擔高度風險，他們會接受良好教育，成為醫生、律師和會計師。知識就是他們的資本。不過與父母不同，他們進入社會的時間，將會延遲到二十幾歲後期至三十歲出頭。一旦他們踏入社會，很可能選擇一種中上階級的生活方式，一種跟他們節儉父母創業時大相徑庭的生活形態。

這些子女通常不懂節儉。他們怎麼會懂？他們的高社會地位需要比較高水平的消費，因此投資的水平較低。結果，他們可能會淪落到需要「經濟資助照護」。雖然收入相當高，但和多數專業人士一樣，他們被迫消費。所以，對很多創造高收入的行業類別來說，相對應的家庭支出需求也高，因此基於不同收入特性的事業，很難推估他們的財富水平。

「枯燥平淡」的行業和有錢人

《富比士》（Forbes）雜誌最近一篇文章的標題很有趣：

收益穩健成長的那些枯燥公司，或許不會成為雞尾酒派對中的熱門話題，但是長期來看，它們會是最好的投資。〔弗萊明・米克斯／大衛・佛迪樂（Fleming Meeks and David S. Fomdiller，，《富比

士》，1995年11月6日，228頁〕

　　同一篇文章後段，作者提到，以長期來說，高科技公司可能也經常會跌出績優表現的行列。通常，就是那些我們稱之為「枯燥乏味」的行業，反而使它們的經營者獲利穩健成長。《富比士》表列幾種表現傑出的小型企業，在過去十年耐久度最高的某些代表性產業，包括牆板製造、建築材料製造、電子用品商店、預售屋，和汽車零組件。

　　沒錯，這些行業聽起來不是太有趣，但通常就是這類平淡無奇的生意，才能為它們的經營者創造財富。這些枯燥乏味的行業，一般不太會吸引太多競爭者加入，對它們產品／服務的需求，一般而言也不會受到快速衰退的影響。我們最近發展出自己的列表，顯示由百萬富翁經營的行業別（見附錄3）。我們想在此時列出其中一個範例（見表8-3）。有錢人都做哪一類型的生意？各式各樣枯燥平淡的生意。

風險——還是自由？

　　為什麼人們喜歡自己當老闆？首先，多數成功的企業主會告訴你，他們十分自由，他們是自己的老闆。況且，他們說，自僱的風險不像受僱於他人那麼高。

表8-3：部分自僱之富人經營的行業／從事的職業

廣告禮品經銷商	人力資源顧問服務
救護車服務	工業用清潔劑製造商
布料／成衣製造商	清潔服務包商
拍賣師／鑑價師	職業訓練／職業技術學校經營者
餐館老闆	長期照護設備
柑橘果農	肉品加工商
錢幣和郵票交易商	移動式住家營地所有人
地質顧問	報紙發行人
軋棉加工	辦公室短期招募服務
柴油引擎翻新／經銷商	蟲害防治服務
甜甜圈製作機製造商	物理學家／發明家
工程／設計	公關／遊說團體
募款人	稻農
熱傳導設備製造商	噴砂承包商

　　有位教授詢問一群包括六十位在上市公司擔任高階主管的商管碩士學生以下問題。

　　風險是什麼？

　　有位學生回答：

　　自己創業！

　　其他同學附和。接著，這位教授自己引用某位創業家的說法，來回答他自己的問題：

風險是什麼？只有一種收入來源。受僱於他人有風險……他們只有一種收入來源。那麼，那些為你的雇主提供清潔服務的創業家呢？他有成千上百個客戶……成千上百個收入來源。

事實上，自己當老闆必須承擔可觀的財務風險。不過，企業主有一套信念幫助他們降低風險，或至少減少他們所認知的風險：

◆ 我的命運掌握在自己手裡。

◆ 幫冷酷無情的雇主打工才是風險。

◆ 什麼問題我都能解決。

◆ 成為公司執行長的唯一方法，就是自己成立一家公司。

◆ 我能夠賺的錢沒有上限。

◆ 因為每天必須面對風險和逆境，我變得更堅強、更有智慧。

要成為企業主，也需要你有自己當老闆的意願。如果你一想到離開公司的安全環境就厭煩，創業可能不是你的路。我們訪談過最成功的企業主之間有個共同特性：他們都樂在工作，他們都很自豪自己可以「單打獨鬥」。

想到有個大富豪曾經告訴過我們關於自僱這回事：

今天有很多受薪族（雇員）在不喜歡的工作崗位上工作。我會

坦白告訴你，成功的人通常有工作，喜歡他的工作，每天早上一睜
開眼睛便迫不及待起床想到辦公室上班。我的標準也是這樣，而且
我一向如此。我總是等不及要起床跑到辦公室，開始著手做事。

對這位老兄來說（膝下無子的鰥夫），重點不在賺錢。事實
上，他的遺產規畫已把他所有的遺產，都捐給他的大學母校當作獎
學金基金。

這位老兄和其他類似的人，是怎麼選擇他們想要開創的事業？
他念書的時候，工程和科學教授把他教得很好。這些教授有很多自
己也是創業家，他們是他的行為典範。多數成功的企業主對他們選
定的產業，有某種程度的知識或經驗，而且經常是在創業之前就已
經具備。好比賴瑞，販售印刷服務已經超過十二年了，他是公司裡
的頂尖業務。但是，他已經厭倦這種時時擔驚受怕，擔心雇主會破
產的日子，所以他考慮開展自己的印刷事業。他就這一點來尋求我
們的建議。

我們詢問賴瑞一個簡單的問題：「對印刷公司來說，當務之
急是什麼？」他立刻回答：「更多生意，更大的利潤，更多的客
戶。」因此，賴瑞已經回答了他自己的問題。他的確展開了自己的
事業，但不是開一家印刷公司，而是成為一個自僱的印刷服務經紀
商。現在，他代表幾家很不錯的印刷公司，從每一筆成功銷售交易
中抽取佣金。他的生意營業費用很低。

在開始自己的事業之前，賴瑞告訴我們，他沒有勇氣自己創業。他說，每次只要想到「單打獨鬥」就覺得害怕。賴瑞認為，那些自僱者都是毫無恐懼的，他們的字典裡從來沒有恐懼兩個字。

我們必須幫助賴瑞修正他的看法。一開始，我們先解釋他對勇氣的定義並不正確。我們如何定義勇氣？勇氣通常伴隨著恐懼出現。沒錯，賴瑞，這個勇敢的人、創業家，認知到恐懼和它的影響。但他去面對它，克服了心中的恐懼，所以他會成功。

我們花了相當可觀的時間去研究勇敢的人。想必雷·克洛克（Ray Kroc）有無限的勇氣，才會想到對全世界推銷食物。要知道他在一次世界大戰期間，只是個在前線開救護車的小子。華德·迪斯奈是另一個勇者。李·艾科卡想必勇氣十足，才會告訴國會和全世界，克萊斯勒（Chrysler）將重新「盛大登場」。他並不符合「創業家」的嚴格定義，但在我們心中，他的血管裡流著創業家的血。

美國盛產恐懼。而根據我們的研究，哪些人比較不會恐懼和擔心？你猜是那個有500萬美元信託帳戶的人，還是靠自己打拼，資產淨值好幾百萬美元的創業家？通常，答案會是創業家，每天必須面對風險，每天測試他的勇氣。這麼一來，他學會克服恐懼。

＊＊＊

我們把以下這個案例拿來壓軸，因為在我們眼裡，它囊括了超

優理財族和超遜理財族之間所有的差異。本書從頭到尾都在強調，這兩組人的需要南轅北轍。超優理財族需要去成就，去創造財富，達到經濟獨立，從無到有建造某個事物。超遜理財族通常需要展現自己的高檔生活方式。要是這兩組的成員，在同一個時間處在同一個空間會怎麼樣？就像以下案例演繹的，最可能的情況是衝突。

　　W先生是位白手起家的有錢人，據保守估計，他的身家應該超過3千萬美元。身為一個典型的超優理財族，W先生經營好幾家公司，製造工業設備、測試工具，和特殊測量儀器。他也投入許多其他創業者的活動，包括房地產生意。

　　W先生住的社區屬於中等階級，鄰居的財富只有他的一小部分。他和太太開著一輛標準型福特房車。他的生活和消費習慣也顯得相當中產階級形態。他上班從來不打領帶或穿西裝。W先生對他涉入的豪宅房地產投資樂在其中：

　　　我在我的（設備）生意之外也有賺錢……在房地產……上帝不斷造人，但祂卻沒有把土地變多……如果你夠聰明，選地點的時候夠挑剔，你會賺得到錢。

　　W先生的確十分挑剔。只有在價錢對的時候，他才獨資或與人合夥出手去買。他通常會從那些陷入財務困境的地產所有人，和／或開發商手上買下房地產，或一部分所有權。

最近他找到更多其他「在陽光明媚的地方賺大錢的投資機會」。

有個可憐的傢伙想蓋一座豪華高樓大廈……要讓建商願意蓋，他必須預售這些單位的五成……所以我去跟他談了這筆生意……（我）買下同一個房型……平面圖……的所有單位。我以小搏大，他也拿到他的錢。於是他蓋了高樓。我因為把某種房型全部買下來，任何想買那種房型的人都得來找我……就像獨占，沒有人跟我搶……我把它們全部賣了，除了一戶。

不過W先生這一戶也沒有留太久。他和他的家人到那裡度過一、兩次假。有時候他會邀請好朋友去使用它；或者把它租出去，直到它被賣掉為止。W先生為什麼不在這些高樓單位永久保留一戶給自己？這不是他的風格。

多數跟W先生購買度假公寓的人，屬於中上階層的超遜理財族。W先生和許多公寓單位的買家有些意見不合，W 先生之前買下的公寓單位，有好幾位買家設下許多嚴格的規定，W先生覺得就算在他自己的單位度假，也不是那麼自在。所以，他覺得非賣掉那些公寓之中「唯一剩餘的單位」不可。

我有一隻狗……你可以說牠是六位數的小狗……我已經賣了好

幾套房子，因為……他們通過了狗法律。（他們說）「你知道，你得把狗給處理掉……」在我處理掉我的狗之前，我會先把整棟大樓賣掉！

　　W 先生預料到，他最近投資的這批公寓買家對身分、地位這方面會相當在意，對於他想養狗的念頭想必漠不關心。所以，在公寓開始建造以前，他就把他的狗列入建築物的聲明事項當中。條文中敘明，W先生和他的家人在公寓裡的時候，他們有權把狗帶在身邊。

　　據W先生說，所有的買家都拿到這份聲明的副本，所以他們都知道W先生有權利在公寓裡養狗。他們買房子的時候，沒有一個人對這點提出異議；然而當公寓的單位全數售罄，除了W先生的「最後保留戶」不算，這些所有權人竟團結起來組成了一個行動委員會。它的組成目的是，要發展和強制執行一個範圍更廣的嚴格條款。這些新的規定本不該限制W先生和他的小狗。畢竟，這些權利早就已經註明在原始聲明當中。

　　行動委員會通過一個狗法條，它巧妙地繞過原始聲明率涉到狗的部分，聲明在某些限制之下，只要牠們不到15磅重，狗是被允許的。對養狗的權利和當初的聲明來說，這麼做太過分了。W先生覺得這是逼他賣掉公寓單位的伎倆。他那隻價值六位數的狗重量有30磅。他想，就算讓那隻狗節食也過不了關。W先生特別懊惱的是，

他根本沒有機會對跟狗相關的限制投贊成或反對票。他決定不管有什麼限制，他都要留著他的狗。畢竟，他在整棟建築物開始興建之前，就已經是主要投資人了。

他們（行動委員會）寫了封信給我，說我必須把狗處理掉，因為牠超過15磅……所以我去參加他們的某一次會議……我抱怨他們的投票系統……他們沒把我算進去。

就在他離開會議之前，W先生對委員會說：

你們怎麼知道牠超過15磅？……你們哪裡知道？ 牠可能是空心的……我不會把狗送走的。

開會之後幾天，行動委員會主委在W太太遛狗的時候堵她，用一種法庭用的語氣對她說：「把狗帶走，妳違反我們的規定。」到了那天下午，W太太告訴先生早先發生的事情。看得出來她對那段對話很不舒服。他告訴她要保持冷靜。

幾週之後，W先生收到一封信，強烈要求他把狗送走。信中也陳述，要是他不遵守相關的狗法條，他們將採取法律行動。後來又收到兩封信，每封信的措辭都比第一封更具威脅性。

W先生對這些要求不為所動。這些信都是那位行動委員會主委寫的。他是個律師。但是，W先生發現到這位主委在公寓所在地的州並沒有律師執照，無法執業。因此，W先生對委員會發出的要求

「立刻不予理會」。

　　然而，就算他們只是在這個公寓單位度假，W先生和他家人開始覺得待在那裡不自在。行動委員會是想拿那隻狗當幌子，趕走他們家的人嗎？W先生覺得這才是他們真正的目的。他和家人並不是一般人所認為的那種「上流社會時尚人士」，相對地，這棟公寓到處都是那種（依照W先生的用語）你們想像得到的，最衣冠楚楚的公寓主人。

　　W先生對行動委員會成員的怒氣日益增加。他覺得那些成員想盡辦法惡劣對他。他尤其對那位主委曾經在其他住戶面前，讓他太太難堪這件事耿耿於懷。W先生想了一個辦法。

　　在一次跟住戶的會議之後，當著所有出席的行動委員會成員的面，W先生站起來自我介紹：

　　我就是那個你們一直寄信的收件人……關於我家的狗……已經慎重考慮過你們的提議……我決定，我不會把我的狗送走，我也不打算賣掉我的公寓。

　　他這麼一表態，底下的聽眾噓聲四起。等他吸引了所有目標聽眾的注意，他反過來介紹自己的提議：把他的公寓單位改造成公司的利潤共享和退休計畫，允許生產線員工使用這個單位，作為度假小屋，一年52週，週週如此。他問這些聽眾：「這樣你們大家可以

接受嗎？」

　　聽眾當中為數不少的成員開始呻吟。毫無疑問地，他們正在想像W先生的藍領員工，一整年52週侵犯他們的空間！某些與會者開始大喊，「狗可以留下！留下你的狗！」行動委員會主委提議，立即在隔壁會議室召開委員會議。他們關起門來開會，五分鐘之後，委員會成員魚貫而入，回到房間。主委告訴住戶成員，行動委員會作了一個決定。

　　「我們檢視過目前狀況的所有元素之後，行動委員會建議，W先生可以繼續留著他的狗。我要求那份限制據此而修正。全部都有利於……」

　　這場光榮的勝利後不久，W先生一家把他們的公寓單位出售。他們這麼做是因為W先生感覺到：

　　我不喜歡住在一棟人們不喜歡狗的房子裡。

　　據W先生說，他的狗對他和家人都很重要，重要到他們願意用比較低的價格把房子賣了。其他公寓裡，只要住戶對他們的狗不友善，他們也把那個單位賣掉。所以，那隻住公寓裡的狗價值多少錢？對W一家來說，牠應該值好幾十萬美元。這個數字是他估計用

低於真正市價出售的那些公寓單位的損失。一個充滿敵意的環境，就算充滿了時髦的上流社會人士，對狗狗來說不是個好地方——對超優理財族來說也不是。

致謝

　　本書的基礎始於1973年，當時我接受了第一份關於富人人口的研究。這本書展現了我們從第一份研究，和後來許多關於富人的研究所獲得的知識和洞見。最近，本書的共同作者比爾‧丹柯，和我以1995年5月到1996年1月為期間，進行了一份問卷調查，我們覺得這一份問卷調查最發人深省。我們自己做這份問卷，這讓我們得以全盤掌控，專注於解釋人們如何能在美國成為有錢人。

　　我們蒐集關於富人的資訊，一路走來，有很多特別的人提供協助。自從我開始這個研究，比爾一直是我最重要，也最珍貴的得力助手。不會有人找得到一位比比爾‧丹柯博士更優秀的共同作者。

　　我要感謝我太太珍妮特，感謝她的指引、耐性，和協助早期手稿的成型。特別要謝謝可敬的露絲‧提勒（Ruth Tiller）優秀的工作，幫忙製作問卷的格式、訪談文字記錄、編輯，和文字處理。我欠蘇珊‧嘉蘭（Suzanne De Galan）一個深深的謝意，她編輯手稿，這是非常了不得的工作。我也想在這裡感謝我的孩子們，莎拉和布烈德（Sarah and Brad），他們在暑期工讀期間協助我的這個專案。

　　最後，我想要感謝成千上萬對我們的工作有貢獻的人們，他們知無不言，言無不盡，而且有興趣分享「他們的故事」。他們真的是住在隔壁的有錢人！

　　　　　　　　　　　　　湯瑪斯‧史丹利博士，亞特蘭大，喬治亞

許多人在我的職業生涯路上給我很多眷顧。我要特別感謝我在阿爾巴尼的大學、紐約州立大學的主要支持者：比爾・霍爾斯坦教授（Bill Holstein）、修・法利教授（Hugh Farley）、唐・博克教授（Don Bourque）、薩爾・貝拉多教授（Sal Belardo），和其他在學校裡不斷促成一種學術氛圍，使我們的努力得以開花結果的人們。而且我很確定，要不是在1970年代初期，比爾和唐把湯姆・史丹利找到學校裡教書，這本書和史丹利／丹柯團隊其他有成效的努力，永遠不會問世。

多數完成本書的必要實驗性研究相關的耗時費力工作，由我的三個孩子，克利斯蒂、陶德和大衛（Christy, Todd, and David）在我的監督指導下，興高采烈地完成。他們這麼勤奮和細心，並不是因為事後有什麼「服務獎金」激勵他們。他們對完成工作的投入，就好像他們在這個計畫中有什麼實質好處似的。我相信，這種市場研究的經驗，在未來他們自己建立事業的時候，會幫助他們變成資訊充足的精明消費者。

最後，我必須認可家母，也給她鼓掌，是她給了我紀律和信心。由於她以身作則，在逆境中仍努力不懈，教會了我怎麼抬頭挺胸地生活，在上帝的指引之下勇敢進取。

威廉・丹柯博士，阿爾巴尼，紐約

附錄

附錄1：有錢人都在哪裡？

我們是怎麼找到這些有錢人來參加問卷調查的？某位成績中下的學生，有一次試著在市場研究課堂上回答這個問題。他建議我們，只要拿到豪華車主的名單即可。讀者們現在應該已了解，多數有錢人並不會買豪華轎車，而多數豪華車車主都不是有錢人。不行，這個方法行不通！

目標瞄準住宅區

我們最近研究所採用的方法，和其他許多的研究方法相同，是由我們的朋友強‧羅賓（Jon Robbin）——地理編碼的發明者——發展出來的。羅賓先生是第一位將美國超過30萬個住宅區，一個個分類或加以編碼的人。用這個系統，人們可以將美國1億個家庭中的90%編碼。

羅賓先生一開始依據每個住宅區的平均所得來編碼。接著，他估計每一個住宅區的平均淨值——用每個住宅區裡的家庭產生之平均利息所得、淨房租收入等等。接下來，用他的數學公式「資本模型」（capitalization model）去估算，需要多少平均淨值才能創造這樣的收入。當他決定好每個住宅區的估計平均淨值，他分別給予編

碼。估計平均淨值最高的社區編為1， 次高的編為2，以此類推。（也可以參考湯瑪斯‧史丹利和墨非‧席沃（Thomas J. Stanley and Murphy A. Sewall）的〈富人消費者對郵寄問卷的回應〉，《廣告研究期刊 》，1986年6月／7月，55-58頁）

我們採用這個估計的淨值等級，幫助我們找出有錢人來參加問卷調查。首先，我們將那些淨值排名大幅超前平均數的選出來，作為樣本住宅區。一家商業郵件名單公司幫忙計算了我們選擇的高淨值住宅區的家庭戶數。接著，名單公司隨機選擇這些被選擇社區裡的家庭戶長，這就是我們做問卷的對象。

我們最近做的全國性研究，期間從1995年6月跨到1996年1月。我們選了3,000名家庭戶長，寄給他們一份8頁的問卷，及一份制式的信函邀請他參與，並且保證匿名。當然，也會對我們收集到的資料保密，並且附上1美元鈔票代表我們的感激之意。我們還附上商業回郵信封，好讓他們完成問卷後寄回。全部1,115份問卷都在期限內完成，並納入我們的分析裡。另外有322份問卷可以提出，其中156份地址不詳；122份未完成；44份雖然填用，但是等我們收到時分析已經開始了。整體來看，回覆率達到45%。在這1,115份問卷當中，有385份，也就是所有問卷的34.5%，家庭資產淨值至少是100萬美元。

依職業瞄準

　　我們用替代問卷調查作為這份問卷的輔助。通常我們會採用所謂的專門法（ad hoc method），在那裡，我們調查一群較狹隘的人口區隔，與大批調查富人社區住民的方法截然不同。這種人口區隔包括有錢的農民、資深高階管理者、中階經理人、工程師／建築師、醫療保健專科、會計師、律師、老師、教授、拍賣師、創業家和其他。專門問卷調查之所以有用，是因為再好的編碼方法，通常會忽略掉住在鄉下地方的有錢人。

附錄2：1996年汽車車款：估計每磅的價格

廠牌和車款	大約定價／零售價	重量（磅）	每磅成本	相對成本指數（平均數=100）
Dodge Ram	$17,196	4,785	$3.59	52
Hyundai Accent	$8,790	2,290	$3.84	56
Isuzu Hombre	$11,531	2,850	$4.05	59
Chevrolet S-Series	$14,643	3,560	$4.11	60
Dodge Dakota	$15,394	3,740	$4.12	60
Ford Ranger	$15,223	3,680	$4.14	60
Mazda B-Series	$15,320	3,680	$4.16	61
Ford Aspire	$9,098	2,140	$4.25	62
Dodge Neon	$11,098	2,600	$4.27	62
Plymouth Neon	$11,098	2,600	$4.27	62
GMC Sonoma	$15,213	3,560	$4.27	62
Geo Metro	$9,055	2,065	$4.38	64
Ford Escort	$11,635	2,565	$4.54	66
GMC Sierra C/K	$17,394	3,829	$4.54	66
Hyundai Elantra	$12,349	2,700	$4.57	67
Ford F-Series	$20,143	4,400	$4.58	67
Plymouth Voyager	$18,703	3,985	$4.69	68
Plymouth Grand Voyager	$18,958	4,035	$4.70	68
Mercury Cougar	$17,430	3,705	$4.70	69
Ford Thunderbird	$17,485	3,705	$4.72	69
Pontiac Grand Am	$14,499	3,035	$4.78	70
Mitsubishi Mirage	$11,420	2,390	$4.78	70
Plymouth Breeze	$14,060	2,930	$4.80	70
Mercury Mystique	$15,018	3,110	$4.83	70
Saturn	$11,695	2,405	$4.86	71
Nissan Truck	$15,274	3,125	$4.89	71
Ford Aerostar	$20,633	4,220	$4.89	71
Eagle Summit	$11,712	2,390	$4.90	71
Chevrolet Astro	$22,169	4,520	$4.90	71
Jeep Wrangler	$15,869	3,210	$4.94	72
Dodge Stratus	$15,285	3,085	$4.95	72
Eagle Summit Wagon	$15,437	3,100	$4.98	73
Oldsmobile Ciera	$15,455	3,100	$4.99	73
Pontiac Trans Sport	$19,394	3,890	$4.99	73
GMC Safari	$22,562	4,520	$4.99	73
Chevrolet C/K	$19,150	3,829	$5.00	73
Suzuki Swift	$ 9,250	1,845	$5.01	73
Mazda Protégé	$13,195	2,630	$5.02	73
Chevrolet Cavalier	$14,000	2,765	$5.06	74

廠牌和車款	大約定價／零售價	重量（磅）	每磅成本	相對成本指數（平均數=100）
Dodge Avenger	$16,081	3,175	$5.06	74
Chevrolet Lumina	$17,205	3,395	$5.07	74
Mercury Tracer	$12,878	2,535	$5.08	74
GMC	$27,225	5,343	$5.10	74
Geo Prizm	$12,820	2,510	$5.11	74
Chevrolet Lumina Van	$19,890	3,890	$5.11	75
GMC Suburban	$28,855	5,640	$5.12	75
Ford Bronco	$25,628	5,005	$5.12	75
Hyundai Sonata	$15,849	3,095	$5.12	75
Toyota Tercel	$11,128	2,165	$5.14	75
Dodge Caravan	$20,505	3,985	$5.15	75
Ford Contour	$14,978	2,910	$5.15	75
Oldsmobile Achieva	$14,995	2,905	$5.16	75
Chevrolet Corsica	$14,385	2,785	$5.17	75
Ford Probe	$15,190	2,900	$5.24	76
Saturn SC	$12,745	2.420	$5.27	77
Chevrolet Caprice	$22,155	4,205	$5.27	77
Pontiac Sunfire	$14,619	2,765	$5.29	77
Dodge Grand Caravan	$21,375	4,035	$5.30	77
Eagle Talon	$17,165	3,235	$5.31	77
Chevrolet Monte Carlo	$18,355	3,450	$5.32	78
Nissan Sentra	$13,364	2,500	$5.35	78
Pontiac Grand Prix	$18,970	3,535	$5.37	78
Chevrolet Suburban	$30,340	5,640	$5.38	78
Jeep Cherokee	$18,411	3,420	$5.38	78
Chevrolet Beretta	$15,090	2,785	$5.42	79
Buick Skylark	$16,598	3,055	$5.43	79
Ford Crown Victoria	$21,815	4,010	$5.44	79
Isuzu Rodeo	$22,225	4,080	$5.45	79
GMC Jimmy	$23,876	4,380	$5.45	79
Chevrolet Tahoe	$29,337	5,343	$5.49	80
Hondo Civic	$13,415	2,443	$5.49	80
Toyota T100	$19,013	3,460	$5.50	80
Ford Windstar	$21,675	3,940	$5.50	80
Toyota RAV4	$15,998	2,905	$5.51	80
Oldsmobile Cutlass Supreme	$18,808	3,410	$5.52	80
Suzuki Esteem	$12,649	2,290	$5.52	81
Nissan 200SX	$14,259	2,580	$5.53	81
Toyota Corolla	$14,143	2,540	$5.57	81
Ford Mustang	$19,338	3,450	$5.61	82
Toyota Tacoma	$17,078	3.040	$5.62	82
Honda Passport	$22,935	4,080	$5.62	82
Mercury Grand Marquis	$22,680	4.010	$5.66	82
Oldsmobile Silhouette	$22,005	3,890	$5.66	82
Suzuki Sidekick	$15,949	2.805	$5.69	83

廠牌和車款	大約定價／零售價	重量（磅）	每磅成本	相對成本指數（平均數=100）
Ford Taurus	$19,998	3.516	$5.69	83
Suzuki X90	$14,249	2,495	$5.71	83
Geo Tracker	$14,340	2,500	$5.74	84
Chevrolet Blazer	$23,995	4,180	$5.74	84
Chrysler Sebring	$18,296	3,175	$5.76	84
Buick Century	$18,063	3,100	$5.83	85
Mitsubishi Galant	$17,644	3,025	$5.83	85
Chrysler Cirrus	$18,525	3,145	$5.89	86
Chevrolet Camaro	$19,740	3,350	$5.89	86
Volkswagen Jetta	$17,430	2,955	$5.90	86
Mazda MPV	$24,510	4,150	$5.91	86
Dodge Intrepid	$20,353	3,435	$5.93	86
Toyota Paseo	$13,038	2,200	$5.93	86
Mercury Villager	$23,165	3,900	$5.94	87
Buick Regal	$20,623	3,455	$5.97	87
Nissan Quest	$23,299	3,900	$5.97	87
Ford Explorer	$26,558	4.440	$5.98	87
Nissan Altima	$18,324	3,050	$6.01	88
Chrysler Concorde	$21,410	3,550	$6.03	88
Mercury Sable	$20,675	3,415	$6.05	88
Pontiac Firebird	$21,489	3,545	$6.06	88
Eagle Vision	$21,540	3,550	$6.07	88
Mitsubishi Eclipse	$19,713	3,235	$6.09	89
Hondo Accord	$20,100	3,255	$6.18	90
Volkswagen Golf	$16,563	2,635	$6.29	92
Subaru Impreza	$15,345	2,425	$6.33	92
Buick Roadmaster	$26,568	4,195	$6.33	92
Volkswagen Passat	$20,375	3,180	$6.41	93
Toyota Camry	$20,753	3,230	$6.43	94
Pontiac Bonneville	$23,697	3,665	$6.47	94
Chrysler Sebring Convertible	$22,068	3.350	$6.59	96
Nissan Pathfinder	$27,264	4,090	$6.67	97
Toyota 4Runner	$26,238	3,930	$6.68	97
Oldsmobile 88	$23,208	3,470	$6.69	97
Mazda 626	$19,145	2,860	$6.69	98
Chrysler Town & Country	$27,385	4,035	$6.79	99
平均數	**$23,992**	**3,450**	**$6.86**	**100**
Buick le Sabre	$23,730	3,450	$6.88	100
Toyota Previa	$28,258	4,105	$6.88	100
Subaru Legacy	$20,995	3,040	$6.91	101
Acura Integra	$18,720	2,665	$7.02	102
Oldsmobile Bravado	$29,505	4,200	$7.05	102
Nissan 240SX	$20,304	2,880	$7.05	103
Hondo Odyssey	$24,555	3,480	$7.06	103

廠牌和車款	大約定價／零售價	重量（磅）	每磅成本	相對成本指數（平均數=100）
Mitsubishi Montero	$31,437	4,445	$7.07	103
Jeep Grand Cherokee	$28,980	4,090	$7.09	103
Isuzu Oasis	$24,743	3,480	$7.11	104
Mazda MX-6	$20,372	2,865	$7.11	104
Honda Civic del Sol	$17,165	2,410	$7.12	104
Isuzu Trooper	$31,657	4,365	$7.26	106
Land Rover Discovery	$33,363	4,535	$7.36	107
BMW 318ti	$20,560	2,790	$7.37	107
Toyota Celica	$20,568	2,720	$7.56	110
Toyota Avalon	$25,453	3,320	$7.67	112
Nissan Maxima	$23,639	3,070	$7.70	112
Acura SLX	$33,900	4.365	$7.77	113
Toyota Land Cruiser	$40,258	5,150	$7.82	114
Buick Riviera	$29,475	3,770	$7.82	114
Oldsmobile 98	$28,710	3,640	$7.89	115
Honda Prelude	$22,920	2,865	$8.00	117
Audi A4	$26,500	3,222	$8.22	120
Cadillac Fleetwood	$36,995	4,480	$8.26	120
Acura CL	$25,500	3,065	$8.32	121
Buick Park Avenue	$30,513	3,640	$8.38	122
Chrysler LHS	$30,255	3.605	$8.39	122
Oldsmobile Aurora	$34,860	3,995	$8.73	127
Infiniti G20	$25,150	2,865	$8.78	128
Mazda MX-5 Miata	$20,990	2,335	$8.99	131
Subaru SVX	$32,745	3,610	$9.07	132
Volvo 850	$30,038	3,285	$9.14	133
Lexus LX450	$47,500	5,150	$9.22	134
Mazda Millennia	$31,560	3,415	$9.24	135
Mitsubishi Diamante	$35,250	3,730	$9.45	138
Lexus ES300	$32,400	3,400	$9.53	139
Cadillac De Ville	$38,245	3,985	$9.60	140
Mercedes-Benz C-Class	$32,575	3,370	$9.67	141
Acura TL	$31 ,700	3,278	$9.67	141
Lincoln Town Car	$39,435	4,055	$9.73	142
Audi A6	$33,150	3.405	$9.74	142
Infiniti I30	$31 ,300	3,195	$9.80	143
Volvo 960	$34,610	3,485	$9.93	145
BMW 3-Series	$33,670	3,250	$10.36	151
Lincoln Mark VIII	$39,650	3,810	$10.41	152
Lincoln Continental	$41 ,800	3,975	$10.52	153
SAAB 900	$33,245	3,145	$10.57	154
BMW Z3	$28,750	2,690	$10.69	156
Cadillac Eldorado	$41,295	3,840	$10.75	157
SAAB 9000	$36,195	3,275	$11.05	161
Toyota Supra	$39,850	3,555	$11.21	163

廠牌和車款	大約定價／零售價	重量（磅）	每磅成本	相對成本指數（平均數=100）
Infiniti J30	$40,460	3,535	$11.45	167
Cadillac Seville	$45,245	3,935	$11.50	168
Nissan 300ZX	$41,059	3,565	$11.52	168
BMW 5-Series	$43,900	3,675	$11.95	174
Range Rover	$58,500	4,875	$12.00	175
Lexus GS300	$45,700	3,765	$12.14	177
Acura RL	$45,000	3,700	$12.16	177
Chevrolet Corvette	$41,143	3,380	$12.17	177
Mitsubishi 3000 GT	$47,345	3,805	$12.44	181
Mercedes-Benz E-Class	$44,900	3,585	$12.52	183
Lexus SC400/SC300	$47,900	3,710	$12.91	188
Mazda RX-7	$37,800	2,895	$13.06	190
Infiniti Q45	$56,260	4,250	$13.24	193
Lexus LS400	$52,900	3,800	$13.92	203
BMW 740iL	$62,490	4,145	$15.08	220
Jaguar XJ6	$61 ,295	4,040	$15.17	221

附錄3：有錢人都做什麼工作？

Accountant
Accountant/ Auditing Services
Advertising Agency
Advertising Specialty Distributor
Advertising/Marketing Advisor
Aerospace Consultant
Agriculture
Ambulance Service
Antique Sales
Apartment Complex Owner/Manager
Apparel Manufacturer-Sportsmen
Apparel Manufacturer-Infant Wear
Apparel Manufacturer-Ready-to-Wear
Apparel Retailer Wholesaler-Ladies' Fashions
Artist-Commercial
Attorney
Attorney-Entertainment Industry
Attorney-Real Estate
Auctioneer
Auctioneer / Appraiser
Audio/Video Reproduction
Author-Fiction
Author-Text Books/Training Manuals
Automotive leasing
Baked Goods Producer
Beauty Salon(s)Owner-Manager
Beer Wholesaler
Beverage Machinery Manufacturer
Bovine Semen Distributor
Brokerage/Sales
Builder
Builder/Real Estate Developer
Business/Real Estate Broker/Investor
Cafeteria Owner
Candy/Tobacco Wholesaler
Caps/Hats Manufacturer
Carpet Manufacturer
Citrus Fruits Farmer
Civil Engineer and Surveyor
Clergyman-Lecturer
Clinical Psychologist

Coin and Stamp Dealer
Commercial Laundry
Commercial Real Estate Management Company
Commercial Laboratory
Commercial Property Management Company
Commodity Brokerage Company-Owner
Computer Consultant
Computer Applications Consultant
Construction
Construction Equipment Dealer
Construc1ion Equipment Manufacturing
Construction-Mechanical/Electrical
Construction Performance Insurance
Consultant
Consulting Geologist
Contract Feeding
Contractor
Convenience Food Stores Owner
Cotton Gin Operator
Cotton Farmer
Cotton Ginning Owner/Manager
CPA/Broker
CPA/Financial Planner
Curtain Manufacturer
Dairy Former
Dairy Products Manufacturer
Data Services
Dentist
Dentist-Orthodontist
Department Store Owner
Design/Engineering/Builder
Developer/Construction
Diesel Engine Rebuilder/Distributor
Direct Mail Services
Direct Marketing
Direct Marketing Service Organization
Display and Fixture Manufacturer
Donut Maker Machine Manufacturer
Electrical Supply Wholesaler
Employment Agency Owner/Manager
Energy Production Engineer/Consultant

Energy Consultant
Engineer / Architect
Excavation Contractor
Excavation/Foundation Contracting
Executive Transportation/Bodyguard Service
Farmer
Fast Food Restaurants
Financial Consultant
Florist Retailer Wholesaler
Freight Agent
Fruit and Vegetable Distributor
Fuel Oil Dealer
Fuel Oil Distributor
Fund Raiser/Consultant
Funeral Home Operator
Furniture Manufacturing
General Agent Insurance Agency
General Contractor
Grading Contractor
Grocery Wholesaler
Grocery Store Retailer
Heat Transfer Equipment Manufacturer
Home Health Care Service
Home Builder/Developer
Home Repair/Painting
Home Furnishings
Horse Breeder
Human Resources Consulting Services
Import/Export
Independent Investment Manager
Independent Insurance Agency
Industrial Laundry/Dry Cleaning Plant
Industrial Chemicals Cleaning/Sanitation Manufacturer
Information Services
Installations Contractor
Insurance Agent
Insurance Agency Owner
Insurance Adjusters
Investment Management
Irrigated Farmland Realtor-Lessee
Janitorial Services Contractor
Janitorial Supply-Wholesaler Distributor
Janitorial Contractor
Jewelry Retailer/Wholesaler
Job Training Vocational Tech School Owner

Koolin Mining, Processing, Sales
Kitchen and Bath Distributor
Labor Arbitrator
Labor Negotiator
Laminated and Coated Paper Manufacturer
Land Planning, Designing, Engineering
Lawyer- Personal Injury
Lecturer
Liquor Wholesaler
Loan Broker
Long-Term Care Facilities
Machine Design
Machine Tool Manufacturing
Managed Care Facilities Owner
Management Consulting
Manufactured Housing
Manufacturer-Women's Foundation Wear
Marina Owner/Repair Service
Marketing/Soles Professional
Marketing Services
Marketing Consultant
Mattress/Foundation Manufacturer
Meat Processor
Mechanical Contractor
Medical Research
Merchant
Micro-Electronics
Mobile-Home Park Owner
Mobile-Home Dealer
Motion Picture Production
Motor Sports Promoter
Moving and Storage
Newsletter Publisher
Non-Profit Trade Association Management
Nursing Home
Office Furnishings
Office Temp Recruiting Service
Office Pork Developer
Office Supply Wholesaler
Office Machines Wholesaler
Oil/Gas Investment Company Owner
Orthopedic Surgeon
Oversize Vehicle Escort Service
Owner /College President
Point Removal/Metal Cleaning

Patent Owner/Inventor
Paving Contractor
Pest Control Services
Petroleum Engineering Consulting Services
Pharmaceuticals
Pharmacist
Physical and Speech Therapy Company
Physician
Physician Anesthesiologist
Physician-Dermatologist
Physicist-Inventor
Pizza Restaurant Chain Owner
Plastic Surgeon
Poultry Former
President/Owner Mutual Fund
Printing, Self Storage, Farming
Printing
Private Schooling
Property Owner/Developer
Public Relations/Lobbyist
Publisher of Newsletters
Publishing
Race Track/Speedway Operator
Radiologist
Rancher
Real Estate Agency Owner
Real Estate Broker
Real Estate Developer
Real Estate Investment Trust Manager
Real Estate Broker/Developer/Financier
Real Estate Auctioneer
Real Estate
Restaurant Owner
Retail Newsletter
Retail Chain-Women's Ready-to-Wear
Retail Store/Personnel Service
Rice Former
Soles Agent
Soles Representative Agency
Salvage Merchandiser
Sand Blasting Contractor
Sand and Grovel
Scrap Metal Dealer
Seafood Distributor
Seafood Wholesalers

Service Station Chain Owner
Ship Repair-Dry Dock
Sign Manufacturer
Soft Drink Bottler
Software Development
Specialty Steel Manufacturer
Specialty Oil Food Importer/Distributor
Specialty Tools Manufacturer
Specialty Fabric Manufacturer
Speculator in Distressed Real Estate
Stock Broker
Store Owner
Tax Consultant/Attorney
Technical Consultant/Scientific Worker
Technical/Scientific Worker
Textile Engineering Services
Timber Former
Tool Engineer
Tradesman
Trading Company
Transportation/Freight Management
Travel Agency Owner/Manager
Travel Agency Owner
Truck Stop[s] Owner
Trustee Advisor
Tug [Boat] Services Owner
Vegetables Former
Vehicle Engines & Parts Wholesaler
Water Supply Contracting
Welding Contracting
Welding Supply Distributor
Wholesale Distribution
Wholesale/Distributor
Wholesale Grocery
Wholesale Produce
Wholesale Photo Franchiser
Xerox Sales/Service

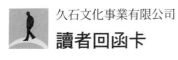

久石文化事業有限公司

讀者回函卡

Better Living Through Reading

親愛的讀者，謝謝您購買這本書！這一張回函是專為您、作者及本社搭建的橋樑，我們將參考您的意見，出版更多的好書，並提供您相關的書訊、活動以及優惠特價。請您把此回函傳真（02-25374409）或郵寄給我們，謝謝！

您的個人基本資料

姓　名：＿＿＿＿＿＿　性　別：＿＿＿＿　出生日期：＿＿＿＿＿年＿＿月

地　址：＿＿＿＿＿＿＿＿＿＿＿＿＿＿＿＿＿＿＿＿＿＿＿＿＿＿＿＿

E-mail：＿＿＿＿＿＿＿＿＿＿＿＿＿＿　電話：＿＿＿＿＿＿＿＿＿＿

學　歷：□高中以下　□高中　□專科與大學　□研究所以上

職　業：□1.學生　□2.公教人員　□3.服務業　□4.製造業　□5.大眾傳播
　　　　□6.金融業　□7.資訊業　□8.自由業　□9.退休人士　□10.其他

您對本書的評價　書號：L038

您購買的書的書名：原來有錢人都這麼做

得知本書方法：□書店　□電子媒體　□報紙雜誌　□廣播節目　□DM
　　　　　　　□新聞廣告　□他人推薦　　□其他＿＿＿＿＿＿＿＿

購買本書方式：□連鎖書店　□一般書店　□網路購書　□郵局劃撥
　　　　　　　□其他＿＿＿＿＿＿＿＿＿

內　　容：□很不錯　　□滿意　　□還好　□有待改進

版面編排：□很不錯　　□滿意　　□還好　□有待改進

封面設計：□很不錯　　□滿意　　□還好　□有待改進

本書價格：□偏低　　　□合理　　□偏高

對本書的綜合建議：＿＿＿＿＿＿＿＿＿＿＿＿＿＿＿＿＿＿＿＿＿＿

＿＿＿＿＿＿＿＿＿＿＿＿＿＿＿＿＿＿＿＿＿＿＿＿＿＿＿＿＿＿＿

您喜歡閱讀那一類型的書籍（可複選）

□商業理財　　□文學小說　　□自我勵志　　□人文藝術　　□科普漫遊

□學習新知　　□心靈養生　　□生活風格　　□親子共享　　□其他＿＿＿

您要給本社的建議：＿＿＿＿＿＿＿＿＿＿＿＿＿＿＿＿＿＿＿＿＿＿

＿＿＿＿＿＿＿＿＿＿＿＿＿＿＿＿＿＿＿＿＿＿＿＿＿＿＿＿＿＿＿

請沿虛線裁下裝訂寄回，謝謝！

久石文化事業有限公司　收

104　臺北市南京東路一段25號十樓之四

電話：02-25372498

請沿虛線對折後裝訂寄回，謝謝！

LONGSTONE PUBLISHING